Le
Livre
de
Poche
Jeunesse

Legend

Marie Lu

C'est en regardant le film *Les Misérables* que Marie Lu a eu l'idée de mettre en scène un hors-la-loi de génie et une jeune enquêtrice exceptionnelle... au XXIe siècle. Avant de se consacrer exclusivement à l'écriture, Marie Lu était directrice artistique d'un studio de jeux vidéo. Elle vit en Californie et *Legend* est sa première trilogie.

MARIE LU

Legend

Tome 1

Ce roman est dédié à ma mère.

REMERCIEMENTS

Chaque fois que je feuillette *Legend*, je me revois à l'âge de quatorze ans, écrivant à la lumière de ma lampe pendant les heures les plus sombres de la nuit les semaines d'école, sereine et ignorante de la longue route pour se faire publier. Je sais aujourd'hui combien de personnes sont nécessaires à la naissance d'un livre, et à quel point leur travail fait la différence. Je remercie du fond du cœur mon agent, Kristin Nelson, de m'avoir prise sous son aile avec un manuscrit qui n'a pas trouvé preneur et pour n'avoir jamais cessé d'avoir foi en moi quand j'écrivais *Legend*, et pour ses précieux conseils qui ont permis d'aboutir à ce résultat. Je ne serais pas là sans toi. Je remercie également l'équipe fantastique de la Nelson Literary Agency pour s'être assurée qu'on n'omettait aucun détail : Lindsay Mergens, Anita Mumm, Angie Rasmussen et Sara Megibow.

Merci à mon extraordinaire éditrice, Jen Besser, d'avoir accepté mon manuscrit et de l'avoir lustré jusqu'à ce que l'histoire brille encore plus que si j'avais dû le faire seule. Je suis si chanceuse de t'avoir à mon côté !

Merci à l'incroyable équipe éditoriale de Putnam Children's and Penguin Young Readers, qui a aimé *Legend* avec tant de passion et m'a traitée comme une princesse : Don Weisberg, Jen Loja, Shauna Fay, Ari Lewin, Cecilia Yung, Marikka Tamura, Cindy Howle, Rob Farren, Linda McCarthy, Theresa Evangelista, Emily Romero, Erin Dempsey, Shanta Newlin, Casey McIntyre, Erin Gallagher, Mia Garcia, Lisa Kelly et Courtney Wood, ainsi qu'à toutes les maisons d'édition à l'international qui ont donné sa chance à *Legend*.

Je remercie mon agent artistique, Kassie Evashevski, qui a trouvé les meilleures sociétés de production pour l'adaptation de *Legend* au cinéma, Temple Hill Entertainment et CBS Films. Isaac Klausner, Wyck Godfrey, Marty Bowen, Grey Munford, Ally Mielnicki, Wolfgang Hammer, Amy Baer, Jonathan Levine, Andrew Barrer et Gabe Ferrari : vous êtes géniaux.

Un remerciement particulier à Wayne Alexander, pour avoir partagé son expertise juridique avec moi.

Merci à Kami Garcia et Sarah Rees Brennan qui, malgré leurs vies si talentueuses et si occupées, ont pris le temps d'écrire des louanges à une auteure n00b*, et à JJ, Cindy Pon, Malinda Lo et Ellen Oh pour leurs précieux conseils, leurs mots réconfortants et les bons moments sur Twitter.

Je remercie Paul Gregory d'avoir utilisé sa magie pour me rendre présentable sur la photo, mes amis

---

* « n00b » est un terme qui désigne les joueurs débutants dans le monde du jeu vidéo. (*NdÉ*)

sur deviantArt qui ont contribué à nourrir ma créativité depuis 2002 grâce à leurs conseils et leurs encouragements et à la fam bam d'avoir toujours été là pour moi (et pour toute cette délicieuse nourriture).

Enfin, un remerciement très important à Primo Gallanosa, qui avait lu *Legend* dans sa forme la plus primaire (un délire de deux phrases), de m'avoir laissée emprunter sa personnalité pour le personnage de Day et donner son nom à l'infâme dictateur de la République, de m'avoir suggéré que June devrait être une fille, et de m'avoir écoutée jour et nuit, avec mes peurs, mon enthousiasme, ma tristesse et ma joie. Je t'aime.

LOS ANGELES, CALIFORNIE
RÉPUBLIQUE AMÉRICAINE
POPULATION : 20 174 282

Partie 1

LE GARÇON QUI MARCHE
DANS LA LUMIÈRE

Day

Ma mère me croit mort.

Il est clair que ce n'est pas le cas, mais je préfère ne pas la détromper.

Deux fois par mois – au moins –, je vois un avis de recherche à mon nom sur les JumboTron du centre de Los Angeles. C'est un spectacle surprenant, car en règle générale, les écrans géants ne diffusent que des moments heureux : des enfants souriants sur fond de ciel bleu, des touristes posant devant les ruines du Golden Gate ou des publicités colorées à la gloire de la République – sans oublier les messages de propagande : « *Les Colonies veulent nos terres. Elles veulent ce qui nous fait cruellement défaut. Allons-nous les laisser s'emparer de ce qui nous appartient ? Non ! Soutenez notre juste cause.* »

Soudain, mon prestigieux casier judiciaire défile sur les JumboTron dans un halo bigarré :

RECHERCHÉ PAR LA RÉPUBLIQUE
AVIS NUMÉRO : 462 178-3 233 "DAY"

Soupçonné de voie de fait, d'incendie, de vol, de destruction de matériel militaire et d'entrave à l'effort de guerre.
200 000 unités de récompense pour toute information conduisant à son arrestation.

La photo qui accompagne l'avis de recherche n'est jamais la même. Parfois, c'est un écolier à lunettes avec une épaisse chevelure bouclée couleur cuivre, ou bien un garçon aux yeux sombres et au crâne parfaitement chauve. On me représente avec la peau noire, ou blanche, ou olivâtre, ou brune, ou jaune, ou rouge, ou tout ce qui leur passe par la tête.

En vérité, la République n'a pas la moindre idée de ce à quoi je ressemble. Elle ne sait pas grand-chose sur moi, sinon que je suis jeune et que mes empreintes digitales ne figurent pas dans leurs bases de données. C'est la raison pour laquelle le gouvernement me déteste. Je ne suis pas le hors-la-loi le plus dangereux du pays, mais je suis le plus recherché. Je suis la preuve vivante que le système n'est pas parfait.

Il n'est pas très tard, mais il fait déjà sombre dehors. Les images des JumboTron se reflètent dans les flaques des rues. Je suis assis sur le rebord branlant d'une fenêtre du deuxième étage, caché par des poutrelles rouillées, invisible depuis l'extérieur. Le bâtiment était jadis un immeuble d'habitation, mais ce n'est plus qu'une carcasse délabrée. Des éclats de verre et des ampoules brisées jonchent le sol de la pièce où je me trouve. La peinture des murs est écaillée. Dans un coin, un vieux tableau de l'Elector Primo gît face contre terre. Je me demande qui habitait ici. Qui est assez idiot pour abandonner son portrait de l'Elector ?

Comme d'habitude, j'ai glissé mes cheveux sous ma vieille casquette de livreur de journaux. J'observe la petite maison de plain-pied qui se dresse de l'autre côté de la rue tandis que mes doigts jouent avec mon pendentif.

Tess s'appuie contre le mur près de la fenêtre voisine. Elle me regarde avec attention. Je suis agité ce soir, et elle le sent. Elle le sent toujours.

L'épidémie a fait des ravages dans le secteur de Lake. À la lumière des JumboTron, j'aperçois des soldats au bout de la rue. Ils fouillent les maisons les unes après les autres. Leurs pèlerines noires et brillantes ne sont pas boutonnées, car il fait très chaud ce soir. Ils portent cependant des masques à gaz. Après une inspection, ils peignent parfois une grande croix rouge sur la porte. À partir de ce moment, plus personne n'entre ni ne sort du bâtiment – enfin, pas à la vue de tous.

— Tu ne les vois toujours pas ? souffle Tess.

La pénombre m'empêche de discerner son visage.

Afin de tromper mon ennui, je fabrique une sorte de fronde avec de vieux tuyaux en PVC.

— Ils n'ont pas dîné. Ils ne se sont pas assis à la table depuis des heures.

Je change de position pour soulager mon genou douloureux.

— Peut-être qu'ils ne sont pas chez eux ?

Je lance un regard irrité à Tess. Elle s'efforce de me rassurer, mais je ne suis pas d'humeur à supporter sa condescendance.

— Une lampe est allumée. Et regarde ces bougies. Maman les aurait éteintes si elle n'était pas à la maison.

Tess approche.

— Nous devrions quitter la ville pour une dizaine de jours, tu ne crois pas ? (Elle essaie de parler d'une voix calme, mais je sens sa peur.) L'épidémie ne durera plus très longtemps et tu pourras alors revenir les voir. Nous avons largement assez d'argent pour acheter deux billets de train.

Je secoue la tête.

— Une nuit par semaine, tu te souviens ? Laisse-moi les voir une nuit par semaine.

— Oui, mais cette semaine tu es venu *chaque* nuit.

— Je veux seulement m'assurer qu'ils vont bien.

— Et si tu tombes malade ?

— Je suis prêt à courir le risque. Et puis tu n'étais pas obligée de venir avec moi. Tu aurais pu rester à Alta.

Tess hausse les épaules.

— Il faut bien que quelqu'un te surveille.

Elle a deux ans de moins que moi, mais j'ai parfois l'impression d'entendre ma mère.

Sans un mot, nous observons les soldats approcher de la demeure familiale. Quand ils s'arrêtent devant une nouvelle maison, un homme frappe à la porte tandis qu'un second se place à côté de lui, pistolet levé. Si personne n'a ouvert au bout de dix secondes, ils entrent en force. Je ne vois pas ce qui se passe à l'intérieur, mais je n'en ai pas besoin. Je connais leur mode opératoire. Un soldat prélève un échantillon de sang à chaque personne présente, puis il le glisse dans un lecteur portable pour vérifier s'il est contaminé. L'opération ne dure qu'une dizaine de minutes.

Je compte les maisons qui séparent les soldats de la mienne. Je vais devoir attendre des heures avant de connaître le sort de ma famille.

Un cri retentit soudain à l'autre bout de la rue. Je tourne la tête tandis que ma main se pose sur le manche du couteau accroché à ma ceinture. Tess retient son souffle.

C'est une victime de l'épidémie. Elle est sans doute contaminée depuis plusieurs mois, car sa peau craquelée saigne de partout. Comment se fait-il que les soldats ne l'aient pas arrêtée au cours des fouilles précédentes ? Désorientée, la malheureuse titube, puis se met à courir avant de trébucher et de tomber à genoux quelques mètres plus loin. Je tourne la tête de l'autre côté de la rue. Les soldats l'ont repérée. Celui qui a déjà dégainé son arme approche avec prudence. Ses onze camarades l'observent sans bouger. Une victime isolée ne présente pas un grand danger. L'homme lève son pistolet et prend le temps de viser. La malade tressaute sous le coup des impacts avant de s'effondrer.

Le soldat fait demi-tour et rejoint ses camarades.

Je serais prêt à tout pour avoir une de ces armes. Ces petits jouets ne valent pas très cher. Quatre cent quatre-vingts unités. À peine le prix d'une cuisinière. Ils sont assez précis pour toucher une cible à trois pâtés de maisons de distance. Comme toutes les armes modernes, ils fonctionnent grâce à un système de répulsion magnétique. Un jour, mon père m'a raconté que cette technologie avait été dérobée aux Colonies. La République ne tient pas à ce que ce genre d'information s'ébruite, bien évidemment. Tess et moi sommes assez riches pour en acheter cinq. Au fil des années, nous avons appris à économiser l'argent que nous volons pour affronter un éventuel coup dur. Le problème n'est pas le prix. Le problème, c'est qu'elles sont équipées de mouchards capables de transmettre la forme de la main, l'empreinte du pouce et la position de leurs propriétaires. Autant se présenter tout de suite à un poste de police. Je dois donc me contenter d'armes plus rudimentaires : des frondes en PVC et autres ustensiles de fortune.

— Ils ont encore trouvé un foyer contaminé, dit Tess en plissant les yeux.

Je baisse la tête et je vois les soldats sortir d'une maison. L'un d'entre eux secoue une bombe de peinture et trace une énorme croix rouge sur la porte. Je connais la famille qui habite là. Il y a une fille de mon âge. Quelques années auparavant, mes frères et moi jouions avec elle à un, deux, trois, soleil ou au hockey de rue avec des barres de fer et une boule de papier en guise de crosses et de palet.

Tess hoche la tête en direction du baluchon posé à mes pieds pour m'arracher à mes pensées.

— Pourquoi est-ce que tu as apporté ça ?

J'esquisse un sourire, puis je me penche pour attraper et défaire le paquet.

— Quelques menus objets récupérés cette semaine. Ma famille pourra s'offrir une petite fête quand la patrouille sanitaire sera passée.

Je fouille dans le carré de tissu et j'en tire une paire de lunettes de protection. Je vérifie une fois encore que les verres ne sont pas fêlés.

— C'est pour John. Un cadeau d'anniversaire un petit peu en avance.

Mon frère aîné aura dix-neuf ans cette semaine. Il travaille quatorze heures par jour dans l'usine de cuisinières à friction du quartier et, quand il rentre à la maison, il se frotte toujours les yeux, irrités par la fumée. Quel coup de chance d'avoir trouvé ces lunettes dans un convoi de matériel militaire !

Je les pose et je passe le reste du sac en revue. Il y a surtout des conserves de viande et de pommes de terre sautées que j'ai volées dans la cafétéria d'un dirigeable. Il y a aussi une vieille paire de chaussures dont les semelles sont en bon état. Je voudrais distribuer ces cadeaux moi-même, mais John est le seul à savoir que je suis encore en vie et il a promis de ne rien dire à maman et à Eden.

Eden aura dix ans dans deux mois et il devra alors passer l'Examen. J'ai échoué au mien et c'est la raison pour laquelle je suis inquiet. Eden est sans nul doute le plus intelligent de nous trois, mais il raisonne comme moi. Quand j'ai passé l'Examen, j'étais tellement sûr d'avoir réussi que je n'ai même pas pris la peine d'assister à la correction. Un peu plus tard, les admins m'ont entraîné, moi et d'autres gamins, dans un coin du stadium. Ils ont donné un coup de tampon sur ma copie et ils m'ont fourré dans un train en direction du centre-ville. Je n'ai rien pu emporter, sinon mon pendentif. Je n'ai même pas eu la chance de dire au revoir à ma famille et à mes amis.

L'orientation d'un individu est décidée au terme de l'Examen.

La note parfaite est de mille cinq cents points, mais personne n'a jamais réussi le sans-faute. Non, ce n'est pas tout à fait exact. C'est arrivé une fois, il y a quelques années. Les militaires ne se sont pas privés de faire tout un battage publicitaire autour du petit génie. Personne ne sait ce qu'il est devenu, mais je ne crois pas qu'il ait trop à se plaindre question argent et pouvoir.

Entre mille quatre cent cinquante et mille quatre cent quatre-vingt-dix-neuf, vous pouvez être fier de vous, parce que vous êtes bon pour six ans de lycée et quatre ans dans les meilleures universités de la République : Stanford, Drake ou Brenan. Ensuite, vous serez embauché par le Congrès et vous toucherez un salaire plus que généreux. Vous entrerez alors dans un univers de joie et de félicité – c'est du moins ce qu'affirme la propagande officielle.

Si vous obtenez entre mille deux cent cinquante et mille quatre cent quarante-neuf points, vous ferez quatre ans de lycée avant de poursuivre votre scolarité dans un établissement d'enseignement supérieur. On peut imaginer pire.

Entre mille et mille deux cent quarante-neuf points, le Congrès a décidé que vous n'aviez pas un niveau suffisant pour étudier au lycée. Vous ferez alors partie des pauvres, comme les membres de ma famille. Vous finirez sans doute noyé dans une turbine ou bouilli dans une centrale énergétique.

Vous aurez échoué.

En règle générale, c'est le sort réservé à la plupart des enfants issus des quartiers défavorisés. Si vous avez la malchance de faire partie de cette catégorie, un fonctionnaire de la République se présentera chez vous pour faire signer une décharge assurant les pleins pouvoirs du gouvernement sur votre personne. Ledit fonctionnaire déclarera que vous avez été envoyé dans un camp de travail de la République et que vous ne reviendrez plus jamais. Vos parents n'auront pas d'autre choix que d'accepter. Il y en a même qui fêtent la nouvelle, car le gouvernement leur offre mille unités en guise de condoléances. De l'argent et une bouche en moins à nourrir ? Et dire qu'il y en a qui critiquent nos dirigeants !

Mais tout cela n'est qu'un vaste mensonge. Le pays n'a aucun besoin d'enfants médiocres et de gènes déficients. Si vous avez de la chance, le Congrès se débarrassera de vous plutôt que de vous envoyer dans un laboratoire chargé d'analyser les imperfections de votre ADN.

Encore cinq maisons avant la mienne. Tess remarque la lueur d'inquiétude dans mes yeux et elle pose une main sur mon front.

— Est-ce que tu es sur le point d'avoir une de tes migraines ?

— Non. Tout va bien.

Je jette un coup d'œil vers la maison de ma mère et j'aperçois un visage familier. Eden s'arrête devant la fenêtre ouverte, regarde en direction des soldats qui approchent et pointe un étrange objet en métal vers eux. Ses cheveux blond platine brillent sous la lumière des lampadaires pendant un bref instant, puis il recule très vite et disparaît. Tel que je le connais, il a dû construire un appareil pour mesurer les distances ou quelque chose dans ce genre.

— On dirait qu'il a maigri, dis-je en marmonnant.

— Il est vivant et il est encore capable de marcher. À mon avis, c'est déjà pas mal, réplique Tess.

Quelques minutes plus tard, John et ma mère passent devant la fenêtre, en grande conversation. John et moi nous ressemblons, mais il est devenu plus trapu depuis qu'il travaille quatorze heures par jour à l'usine. Ses cheveux – comme ceux de la plupart des habitants du quartier – descendent plus bas que les épaules et sont accrochés en queue-de-cheval. Sa veste est maculée de taches d'argile rouge. Je comprends que maman est en train de le réprimander pour une raison que j'ignore – sans doute pour avoir laissé Eden regarder par la fenêtre. Elle est interrompue par une quinte de toux chronique et elle repousse la main de son fils d'une tape sèche. Je pousse un soupir. Au moins, ils sont tous les trois sur pied. Même si l'un d'eux est contaminé, il aura une chance de s'en sortir.

Je n'ose pas imaginer ce qui se passerait si un militaire traçait une croix sur la porte de notre maison. Mes deux frères et ma mère resteraient sans doute pétrifiés dans le salon longtemps après le départ des soldats. Maman finirait par se ressaisir et par afficher une expression résolue, mais elle pleurerait toute la nuit en silence. Au matin, on leur livrerait une petite ration d'eau et de nourriture en attendant qu'ils guérissent, ou qu'ils meurent.

Je pense à l'argent volé que Tess et moi avons caché. Deux mille cinq cents unités. De quoi manger pendant plusieurs mois, mais pas assez pour acheter des médicaments afin de soigner ma famille.

Les minutes se succèdent avec une lenteur insupportable. Je range ma fronde et je fais quelques parties de pierre-feuille-ciseaux avec Tess – elle adore ce jeu, allez donc savoir pourquoi. Je jette plusieurs coups d'œil vers la fenêtre de ma maison, mais je ne vois personne. Ils doivent être dans l'entrée, prêts à ouvrir la porte.

Le moment fatidique arrive. Je me penche tant que Tess m'attrape par le bras de peur que je bascule. Les soldats frappent et ma mère leur ouvre aussitôt. Ils entrent et la porte se ferme derrière eux. Je tends l'oreille dans l'espoir d'entendre des bribes de conversation, des bruits de pas, n'importe quoi pourvu que cela provienne de chez moi. Plus vite le contrôle sera terminé, plus vite je pourrais donner le sac de cadeaux à John.

Le silence s'installe.

— Pas de nouvelle, bonne nouvelle, non ? murmure Tess.

— Très drôle.

Je compte les secondes dans ma tête. Une minute, deux minutes, cinq minutes et enfin, dix minutes.

Quinze minutes. Vingt minutes.

Je regarde Tess qui hausse les épaules.

— Peut-être que leur lecteur est cassé, dit-elle.

Trente minutes.

Je n'ose pas quitter la maison des yeux. J'ai peur de battre des paupières de crainte de manquer quelque chose. Mes doigts pianotent nerveusement sur le manche de mon couteau.

Quarante minutes. Cinquante minutes. Une heure.

— Il se passe quelque chose, murmuré-je.

Tess esquisse une moue dubitative.

— Tu n'en sais rien.

— Bien sûr que si, je le sais. Pourquoi resteraient-ils si longtemps si tout allait bien ?

Tess s'apprête à répondre, mais la porte s'ouvre avant qu'elle ait le temps de prononcer un mot. Les soldats sortent en file indienne, le visage impassible. Le dernier ferme derrière lui et attrape quelque chose à sa ceinture. Le vertige me saisit. Je sais ce qui va suivre. Le militaire lève le bras et trace une grande diagonale rouge en travers de la porte, puis une autre afin de former un X.

Je marmonne un juron et je m'apprête à me retourner, mais le soldat fait alors quelque chose de tout à fait inhabituel, quelque chose que je n'ai jamais vu.

Il lève le bras de nouveau et trace une ligne verticale au milieu du X.

June

13.47
Université de Drake, secteur de Batalla.
Température intérieure : 22 °C.

Je suis assise dans le bureau de la secrétaire du doyen, une fois de plus. De l'autre côté de la porte en verre dépoli, j'aperçois des camarades de classe, des étudiants qui ont au moins quatre ans de plus que moi. Ils sont là dans l'espoir d'en apprendre un peu plus sur ce qui se passe. Plusieurs d'entre eux étaient présents quand deux gardes menaçants sont venus me chercher pendant la séance d'entraînement – la leçon du jour : comment charger et décharger un fusil d'assaut XM-621. La nouvelle de mes arrestations se répand toujours comme une traînée de poudre à travers le campus.

« Le petit génie de la République s'est encore attiré des ennuis. »

Le bureau est silencieux, à l'exception du léger ronronnement de l'ordinateur de la secrétaire. J'ai mémorisé la pièce dans les moindres détails. Dalles de marbre taillées à la main et importées du Dakota ; trois cent vingt-quatre carreaux en plastique au plafond, sept mètres de tenture grise accrochée de part et d'autre du portrait du glorieux Elector, sur le mur du fond ; écran de soixante-dix centimètres sur la cloison latérale, son coupé. Les gros titres annoncent : « De soi-disant "patriotes" posent une bombe dans un poste militaire de quartier. Bilan : cinq morts. » Puis : « La République défait les Colonies à la bataille de Hillsboro. » Arisna Whitaker, la secrétaire du doyen, pianote sur la surface de verre de son bureau. Elle tape probablement le rapport me concernant. Je suis la seule étudiante de Drake à en avoir reçu huit dans un trimestre sans se faire renvoyer.

— Vous vous êtes blessée à la main, madame Whitaker ? demandé-je au bout d'un moment.

La secrétaire interrompt son travail et me lance un regard courroucé.

— Qu'est-ce qui vous fait penser cela, mademoiselle Iparis ?

— Vous ne tapez pas comme d'habitude. Vous privilégiez votre main gauche.

Elle soupire et se laisse aller contre le dossier de son fauteuil.

— Vous avez raison, June. Hier, je me suis tordu le poignet pendant une partie de kivaball.

— Je suis désolée de l'apprendre. Quand vous frappez la balle, vous devriez utiliser davantage les muscles de l'épaule.

Cette remarque n'est qu'une simple constatation objective, mais elle résonne comme une moquerie – ce qui n'améliore guère l'humeur de Mme Whitaker.

— Mettons les choses au point, mademoiselle Iparis. Vous vous croyez très intelligente. Vous croyez peut-être mériter un traitement de faveur en raison de vos résultats irréprochables. Vous croyez peut-être même que votre comportement aberrant vous vaut l'admiration de certains de vos condisciples. (Elle fait un geste en direction du groupe d'étudiants qui attend dans le couloir.) Pour ma part, je dois vous avouer que j'en ai plus qu'assez de vos visites dans ce bureau. Soyez certaine d'une chose : quand vous obtiendrez votre diplôme et quand le gouvernement vous donnera votre affectation, vos bouffonneries n'impressionneront guère vos supérieurs hiérarchiques. Est-ce que vous comprenez ?

Je hoche la tête – pour lui faire plaisir. Elle se trompe. Je ne *crois* pas être intelligente. Je suis la seule à avoir décroché un sans-faute à l'Examen. C'est pour cette raison que j'ai été envoyée ici, dans la plus prestigieuse université du pays, à douze ans au lieu de seize. J'ai sauté la deuxième année et mes notes sont parfaites depuis trois ans. Je suis intelligente. Je possède ce que la République appelle « de bons gènes ». Et mes professeurs répètent sans cesse que les gènes supérieurs font de meilleurs soldats, qui offrent de meilleures chances de remporter la victoire contre les Colonies. Ce n'est quand même pas ma faute si les entraînements de l'après-midi ne nous apprennent pas comment escalader un bâtiment de dix-huit étages avec un XM-621 dans le dos. C'est pour cette raison que j'ai pris ma formation en main. Pour progresser, pour mieux servir mon pays.

On raconte qu'un jour Day a escaladé un immeuble de quatre étages en moins de huit secondes. Si le pire criminel de la République est capable d'un tel exploit, il faut bien que quelqu'un fasse mieux que lui si on veut avoir une chance de le capturer. Car, si on ne le capture pas, comment gagnera-t-on la guerre ?

Trois « bips » s'échappent du bureau de Mme Whitaker. Elle appuie sur un bouton.

— Oui ?

— Le capitaine Metias Iparis est arrivé, dit une voix. Il est là pour sa sœur.

— Parfait. Laissez-le entrer. (Elle lâche le bouton et pointe le doigt vers moi.) J'espère que votre frère va se décider à réagir et à vous mettre un peu de plomb dans la tête, parce que si je vous revois dans ce bureau avant la fin du trimestre…

— Metias s'occupe de moi bien mieux que nos parents avant leur mort, répliqué-je sur un ton plus sec que je le voulais.

Un silence inconfortable s'installe dans le bureau.

Au bout de ce qui me semble une éternité, j'entends des bruits dans le couloir. Les étudiants qui attendaient devant la porte en verre dépoli s'écartent pour laisser passer la haute silhouette de mon frère.

Quand Metias entre, quelques filles dissimulent un sourire derrière leurs mains dans le couloir. Il ne leur prête aucune attention. Il est venu pour moi. Nous avons tous deux des yeux sombres avec un reflet doré, des cheveux noirs et de longs cils – qui rendent Metias particulièrement séduisant. Malgré la porte fermée, j'entends des murmures et des gloussements étouffés dans le couloir. Mon frère revient sans doute de patrouille et il n'a pas pris le temps de se changer, car il porte son uniforme d'apparat : le manteau noir des officiers avec une double rangée de boutons dorés, des gants (en néoprène avec un liseré en fibres synthétiques de polyéthylène et une broderie indiquant son grade), des épaulettes brillantes, un képi strict, un pantalon noir et des bottes cirées. Nos regards se croisent.

Il est furieux.

Mme Whitaker l'accueille avec un grand sourire.

— Ah ! capitaine ! s'exclame-t-elle. Je suis ravie de vous voir.

Metias effleure le bord de son képi pour la saluer.

— Il est malheureux que ce soit encore dans de telles circonstances, dit-il. Je vous présente mes excuses.

— Ce n'est rien, capitaine, dit la secrétaire avec un petit geste de la main.

Après ce qu'elle a dit sur lui ! Quelle hypocrite !

— Vous n'êtes pas responsable. On a surpris votre sœur en train d'escalader un immeuble pendant la pause-déjeuner. Elle a quitté le campus et s'est éloignée de deux pâtés de maisons afin de se livrer à ce petit exercice. Comme vous le savez, les étudiants sont tenus de s'entraîner sur les murs d'escalade de l'université. En outre, il est interdit de quitter le campus pendant la journée…

— Je le sais, l'interrompt Metias en me regardant du coin de l'œil. J'ai aperçu les hélicoptères qui tournaient autour de Drake à midi et j'ai tout de suite eu le… sombre pressentiment que ma sœur y était pour quelque chose.

Ils ont fait intervenir *trois* hélicoptères. Ils n'ont pas osé venir me chercher sur la paroi de l'immeuble, ils m'ont capturée avec un filet.

— Je vous remercie de votre aide, dit Metias à la secrétaire. (Il claque des doigts pour m'ordonner de me lever.) Quand June regagnera le campus, son comportement sera irréprochable.

Je ne prête pas attention au sourire de façade de Mme Whitaker et je suis mon frère dans le couloir. Un groupe d'étudiants se précipite sur moi.

Un garçon prénommé Dorian se glisse derrière moi. Voilà deux ans qu'il me demande d'être sa cavalière pour le bal annuel de l'université. Sans succès.

— June ! Est-ce que c'est vrai ce qu'on raconte ? Tu as grimpé jusqu'à quel étage ?

Metias le fusille du regard.

— June rentre à la maison, lâche-t-il.

Il pose une main ferme sur mon épaule et m'entraîne à l'écart de mes camarades de classe. Je tourne la tête pour leur adresser un sourire.

— Jusqu'au treizième étage ! dis-je d'une voix forte.

Les étudiants se lancent aussitôt dans des conversations à voix basse. Nos relations sont plutôt distantes. Sur le campus, on me respecte, on parle de moi, on fait courir des rumeurs sur mon compte, mais on évite de m'adresser la parole.

Telle est la vie d'une étudiante de quinze ans en quatrième année dans une université où on entre normalement à l'âge de seize ans.

Metias ne m'adresse pas un mot. Nous remontons des couloirs et nous passons devant les pelouses – entretenues avec un soin maniaque – de la place centrale où se dresse la statue du glorieux Elector. Au bout de quelques minutes, nous entrons dans un gymnase où des étudiants se livrent aux exercices de l'après-midi. Je devrais être parmi eux. Je les observe courir le long d'une interminable piste entourée par un écran circulaire qui leur donne l'illusion de se trouver sur une route désolée de la ligne de front. Ils avancent en chargeant et en déchargeant leurs fusils aussi vite que possible. Dans la plupart des autres universités, les étudiants suivant une formation militaire sont moins nombreux mais, à Drake, la majorité des diplômés sont affectés dans l'armée. Quelques-uns obtiendront un poste au Congrès et une poignée choisira de rester ici pour enseigner. Mais Drake est la meilleure université de la République et, dans la mesure où les étudiants les plus brillants sont orientés vers les forces armées, la salle d'entraînement est toujours pleine.

Nous sortons du bâtiment et nous arrivons dans une rue qui longe le campus. Je monte à l'arrière d'une Jeep militaire qui nous attend. Metias s'assied sur le siège passager. Il a le plus grand mal à contenir sa colère.

— Exclue pendant une semaine ? Aurais-tu l'obligeance de bien vouloir m'expliquer ? me demande-t-il enfin. Je passe la matinée à m'occuper d'un groupe de rebelles des Patriotes et qu'est-ce que j'apprends à mon retour ? Que des hélicoptères tournent autour d'un immeuble à deux pâtés de maisons de Drake ! Parce qu'une jeune fille est en train d'en escalader la façade !

J'adresse un regard amical à Thomas, le chauffeur de la Jeep.

— Je suis désolée, dis-je en marmonnant.

Metias se tourne vers moi et me regarde en plissant les yeux.

— Mais qu'est-ce qui t'est passé par la tête ? Est-ce que tu t'es rendu compte que tu quittais l'enceinte du campus ?

— Oui.

— Évidemment. Après tout, tu as quinze ans. Tu as escaladé treize étages d'un… (Il s'interrompt, inspire un grand coup et s'efforce de reprendre son calme.) Pour une fois, j'aimerais pouvoir accomplir mes missions quotidiennes sans me demander avec angoisse ce que tu es en train de mijoter.

Je cherche le regard du chauffeur dans le rétroviseur, mais Thomas garde les yeux braqués droit devant lui. Pourquoi m'apporterait-il son soutien ? Il est aussi élégant que d'habitude dans son uniforme repassé à la perfection. Ses cheveux noirs sont peignés en arrière et pas une mèche ne dépasse. Thomas fait partie de l'unité commandée par mon frère. Il est beaucoup plus jeune que Metias, mais je n'ai jamais rencontré une personne aussi disciplinée que lui. Parfois, je voudrais lui ressembler. Je suis certaine qu'il désapprouve mes petits exploits encore plus que mon frère.

Nous quittons le cœur de Los Angeles et nous remontons l'autoroute sinueuse sans que personne ne prononce un mot. Les immeubles de cent étages du centre de Batalla laissent place à des zones couvertes de tours-casernes et de complexes civils qui oscillent entre vingt et trente étages. La plupart des bâtiments ont perdu leur crépi au cours des terribles tempêtes de l'année. Au sommet, des lumières rouges clignotent afin de guider les avions et les hélicoptères. Des étais métalliques zèbrent les façades. J'espère que ce n'est qu'une solution provisoire. Les combats se sont intensifiés récemment et voilà des dizaines d'années que le budget de rénovation des infrastructures est réalloué à l'effort de guerre. Je me demande si ces immeubles résisteront au prochain tremblement de terre.

Quelques minutes s'écoulent.

— Tu m'as vraiment fait peur, aujourd'hui, dit Metias d'une voix plus calme. Les soldats auraient pu te prendre pour Day et te tirer dessus.

Je sais que, dans sa bouche, ces paroles ne sont pas un compliment, mais je ne peux retenir un sourire. Je me penche vers mon frère et je pose les coudes sur son siège.

— Metias, lui dis-je en lui tirant l'oreille comme je le faisais quand j'étais enfant. Je suis désolée de t'avoir fait peur.

Il laisse échapper un gloussement dubitatif, mais je sais que sa colère reflue déjà.

— Ouais ! C'est ce que tu dis chaque fois, Puceron. Est-ce que Drake ne te donne pas assez de travail pour t'occuper la cervelle ? Si c'est le cas, je ne vois pas ce que nous allons faire de toi.

— Tu sais… si je pouvais t'accompagner pendant une de tes missions, j'apprendrais plus de choses qu'à l'université et je me tiendrais à carreau.

— Bien essayé. Tu ne participeras à aucune opération militaire avant d'avoir obtenu ton diplôme et de recevoir ta propre feuille de route.

Je me mords la langue. L'an dernier, Metias a accepté que je l'accompagne en mission. Une fois, c'est arrivé une seule fois ! Les étudiants de troisième année faisaient un stage d'observation dans l'armée. Son officier supérieur lui avait donné l'ordre de pourchasser et d'exécuter un prisonnier de guerre des Colonies qui s'était échappé. Metias m'a emmenée. Ensemble, nous avons traqué l'évadé, qui s'enfonçait de plus en plus profond dans notre territoire. Il n'a pas cherché à gagner le mur de démarcation et le no man's land qui s'étend du Dakota au Texas occidental, la frontière entre la République et les Colonies. Il s'est éloigné du front et de son ciel constellé de dirigeables. J'ai suivi sa piste jusque dans une ruelle de Yellowstone City, dans le Montana, et Metias l'a abattu.

Pendant la mission, je me suis cassé trois côtes et j'ai reçu un coup de couteau dans la cuisse. Depuis, mon frère refuse de m'emmener où que ce soit.

Metias reprend la parole après un long silence.

— Dis-moi un peu, demande-t-il avec une curiosité réticente. Combien de temps est-ce que tu as mis pour escalader les treize étages ?

Thomas laisse échapper un raclement de gorge désapprobateur, mais j'esquisse un grand sourire. La tempête est passée. Je suis redevenue la petite sœur chérie de Metias.

— Six minutes, murmuré-je. Et quarante-quatre secondes. Qu'est-ce que tu penses de ça ?

— Je pense que c'est sans doute un nouveau record. Un record que tu n'es pas censée détenir.

Thomas arrête la Jeep à la hauteur du marquage au sol d'un feu rouge et il lance un regard exaspéré à mon frère.

— Capitaine, vous entendez ce que vous dites ? Le comportement de June… euh… de Mlle Iparis n'est pas près de s'améliorer si vous la félicitez à chacune de ses incartades.

— Détends-toi, Thomas, dit mon frère en lui assenant une claque sur l'épaule. On peut quand même pardonner un petit écart de conduite de temps en temps, surtout si c'est dans le but de progresser pour mieux servir la République. Nous devons vaincre les Colonies, non ?

Le feu passe au vert et Thomas tourne la tête pour regarder devant lui. J'ai l'impression qu'il compte jusqu'à trois avant de repartir.

— Peut-être, marmonne-t-il. Mais vous devriez faire attention à la façon dont vous encouragez Mlle Iparis. Surtout maintenant que vos parents sont décédés.

Les lèvres de Metias se contractent en une ligne et une lueur d'inquiétude familière passe dans ses yeux.

Je possède une intuition remarquable, mes résultats scolaires sont parfaits et j'excelle en matière d'exercices militaires, de tir et de combat à mains nues. Pourtant, les yeux de Metias se départent rarement de cette lueur angoissée. Il a toujours peur que quelque chose m'arrive, que je sois victime d'un accident comme celui qui a coûté la vie à notre père et à notre mère. Il ne se départ jamais de cette crainte et Thomas ne l'ignore pas.

Contrairement à Metias, j'étais très jeune quand mes parents sont morts et ils ne me manquent pas vraiment. S'il m'arrive de les pleurer, c'est parce que je ne me souviens pas d'eux. Je me rappelle de longues jambes d'adultes passant autour de moi dans l'appartement, de mains m'extrayant de ma chaise de bébé, mais pas davantage. En revanche, Metias est présent dans tous les souvenirs liés à mon enfance : les gens rassemblés dans l'auditorium tandis qu'on me remet une récompense, les bols de soupe préparée pour moi quand je suis malade, les réprimandes, le lit bordé…

La Jeep traverse Batalla et entre dans un quartier miséreux.

Est-ce que ces miséreux ne pourraient pas s'éloigner un peu de notre véhicule ?

Puis nous arrivons enfin à Ruby avec ses gratte-ciel lumineux disposés en terrasses. Nous sommes chez nous. Metias descend le premier. Je le suis et Thomas m'adresse un petit sourire.

— À plus tard, mademoiselle Iparis, dit-il en effleurant son képi.

J'ai renoncé à le convaincre de m'appeler June. C'est sans espoir. Et puis ce n'est pas désagréable d'être traitée avec autant de respect. Peut-être que dans quelque temps, quand Metias ne frisera plus la syncope à l'idée que je sorte avec un garçon…

— À plus, Thomas. Merci pour la balade, dis-je en lui rendant son sourire.

Metias attend que je ferme la porte pour se tourner vers moi.

— Je rentrerai tard ce soir, dit-il en baissant la voix. (La lueur d'angoisse repasse dans ses yeux.) Ne sors pas toute seule. D'après les dernières nouvelles du front, ils vont couper le courant dans les quartiers résidentiels pendant la nuit pour mieux alimenter les bases aériennes. Tu restes à la maison et tu ne fais pas de bêtises, OK ? Les rues seront plus sombres que d'habitude.

Mon cœur se serre. J'espère que la République va bientôt gagner cette guerre et que nous pourrons passer un mois sans coupures d'électricité.

— Où vas-tu ? Est-ce que je peux t'accompagner ?

— Je suis chargé de la surveillance du labo de Los Angeles. Il doit y avoir une livraison de je ne sais quel virus mutant. Je devrais rentrer avant l'aube. Et, pour ce qui est de m'accompagner, je t'ai déjà dit non. Plus de missions ! (Il hésite pendant un instant.) Je serai de retour dès que possible. Il faut qu'on parle de beaucoup de choses. (Il pose les mains sur mes épaules, ignore mon regard interrogateur et m'embrasse rapidement sur le front.) Je t'aime, Puceron.

C'est sa manière de dire au revoir.

Il tourne les talons et monte dans la Jeep.

— Ne compte pas sur moi pour t'attendre ! crié-je. (Mais le véhicule s'éloigne déjà.) Fais attention à toi, ajouté-je dans un murmure.

À quoi bon ce conseil de prudence ? Metias est trop loin pour m'entendre.

Day

Quand j'avais sept ans, mon père est revenu du front avec une permission d'une semaine. Son travail consistait à nettoyer après le passage des soldats de la République, alors il n'était pas souvent à la maison et maman nous élevait seule. Ce jour-là, quand il est rentré, une patrouille urbaine a fait une fouille de routine. Papa a été emmené au poste de police du quartier pour y être interrogé. Je suppose que les policiers avaient trouvé quelque chose de suspect dans la maison.

Ils l'ont ramené avec les deux bras cassés et le visage tuméfié et ensanglanté.

Quelques nuits plus tard, j'ai trempé une boule de glace dans un jerrycan d'essence. J'ai attendu que le carburant se solidifie et forme une coquille rigide autour de la sphère gelée. Ensuite, je l'ai allumée et je l'ai lancée à travers la fenêtre du commissariat de quartier avec ma fronde. Je me rappelle le camion de pompiers qui a surgi au coin de la rue et les décombres calcinés de l'aile ouest du bâtiment. Le coupable n'a jamais été découvert et je me suis bien gardé de me dénoncer. Après tout, il n'y avait aucune preuve. J'avais commis le crime parfait.

Pendant longtemps, ma mère a espéré que je m'élèverais au-dessus de mon humble condition, que je réussirais ou que je deviendrais célèbre.

Je suis devenu célèbre, mais je ne pense pas que ce soit ainsi qu'elle l'imaginait.

La nuit est tombée. Il s'est écoulé plus de quarante-huit heures depuis que les soldats ont peint le signe étrange sur la porte de ma mère.

J'attends dans l'ombre d'une ruelle à un pâté de maisons du Los Angeles Central Hospital. J'observe les employés entrer et sortir par les portes principales. Le ciel est couvert de nuages et la lune est invisible. J'aperçois à peine le panneau branlant de la Bank Tower au sommet du bâtiment. Il y a de la lumière à chaque étage – un luxe réservé aux établissements gouvernementaux et aux demeures de nos élites. Dans la rue, une file de Jeep attend l'autorisation de pénétrer dans les parkings souterrains. On vérifie l'identité des soldats. Je reste immobile, les yeux rivés sur l'entrée.

Je suis sur mon trente et un, ce soir. J'ai enfilé ma meilleure paire de chaussures – elles m'ont coûté cent cinquante unités prélevées sur notre réserve –, des rangers dont le cuir noir est devenu aussi doux que de la soie au fil des ans, avec de solides lacets et une coquille en acier pour protéger les orteils. J'ai caché un couteau dans chacune d'entre elles et je sens le métal froid contre ma peau quand je bouge un pied. J'ai également rentré les bas de mon pantalon noir à l'intérieur. Je porte une chemise sombre à manches longues serrée à la ceinture et, dans mes poches, il y a une paire de gants et un mouchoir noir. Mes cheveux ne sont pas attachés et ils flottent sur mes épaules. Ce soir, j'ai teint les mèches blond platine en noir d'encre. On dirait qu'elles ont été trempées dans du pétrole. Au cours de la journée, Tess a acheté un seau de sang de cochon nain pour cinq unités dans la sombre arrière-cour d'une cuisine. Je m'en suis badigeonné les bras, le ventre et le visage. Pour faire bonne mesure, je me suis également maculé les joues de boue.

L'hôpital occupe les onze premiers étages du bâtiment, mais un seul m'intéresse : le deuxième, celui qui n'a pas de fenêtre, celui qui est caché derrière une rangée de sculptures en pierre alambiquées et par des drapeaux de la République élimés. C'est là que se trouve le laboratoire où on conserve les échantillons de sang et les médicaments. C'est une gigantesque salle sans couloirs ni portes, une salle remplie de médecins et d'infirmières en masque blanc, d'éprouvettes et de pipettes, d'incubateurs et de chariots médicaux. Je le sais parce que j'y suis déjà entré, le jour où j'ai échoué à l'Examen, le jour où j'étais censé mourir.

J'examine la façade du bâtiment avec attention. Parfois, je m'introduis dans un immeuble en l'escaladant, surtout quand il y a des balcons et des rebords de fenêtres où prendre appui. Un jour, j'ai grimpé un édifice de quatre étages en moins de cinq secondes. Mais la tour qui se dresse devant moi offre trop peu de prises. Il va falloir entrer. Je frissonne malgré la chaleur. Je regrette de ne pas avoir demandé à Tess de m'accompagner, mais deux intrus sont moins discrets qu'un seul. Et puis ce n'est pas sa famille qui a besoin de médicaments. Je vérifie que mon pendentif se trouve sous ma chemise.

Un camion frappé d'un logo médical vient se garer derrière la file de Jeep. Des soldats en descendent. Certains vont saluer les infirmiers tandis que d'autres déchargent les caisses rangées à l'arrière. L'officier responsable est un jeune homme aux cheveux foncés. Son uniforme est tout noir, à l'exception de deux rangées de boutons argentés sur sa veste. Je tends l'oreille pour écouter ce qu'il dit à un infirmier.

— … autour des rives du lac. (Il ajuste ses gants et j'aperçois le pistolet accroché à sa ceinture.) Mes hommes surveilleront les entrées ce soir.

— Bien, capitaine, dit l'infirmier.

L'officier effleure le bord de son képi.

— Je m'appelle Metias. Si vous avez la moindre question, n'hésitez pas à venir me voir.

J'attends que les militaires se déploient autour de l'hôpital et que le fameux Metias soit en grande conversation avec deux de ses subordonnés. De nouveaux camions arrivent et des soldats blessés en descendent. Certains ont des membres brisés, des plaies à la tête ou des lacérations aux jambes. J'inspire un grand coup et je sors de l'obscurité de ma cachette pour me diriger vers l'hôpital d'un pas hésitant.

Une infirmière me remarque à quelques mètres des portes. Ses yeux examinent mon visage et mes bras couverts de sang.

— Eh, cousine ! est-ce que quelqu'un pourrait s'occuper de moi ? (Je grimace comme sous le coup d'une douleur intense.) Il y a encore de la place ce soir ? J'ai de quoi payer.

L'infirmière me lance un regard dépourvu de compassion et se remet à écrire sur son calepin. Je suppose qu'elle n'aime pas beaucoup qu'on l'appelle « cousine ». Une plaque d'identification est suspendue à son cou.

— Qu'est-ce qui vous est arrivé ? demande-t-elle.

J'approche et je me plie en deux en prenant appui sur mes genoux.

— Il y a eu une bagarre. Je crois que j'ai écopé d'un coup de couteau.

L'infirmière ne prend pas la peine de me regarder. Elle termine d'écrire, puis elle se tourne vers un soldat.

— Fouillez-le.

Je reste immobile pendant que deux hommes vérifient que je ne porte pas d'arme. Je prends soin de pousser des cris de douleur quand ils me palpent le ventre et les bras. Ils ne regardent pas à l'intérieur de mes rangers, mais ils n'oublient pas de récupérer la petite liasse d'unités glissées à ma ceinture. Le prix de mon admission, bien entendu.

Si j'étais issu des beaux quartiers, on m'aurait fait entrer sans me demander un sou. Ou bien on se serait dépêché d'envoyer un médecin chez moi, gratuitement.

Les soldats se tournent vers l'infirmière et lèvent le pouce pour lui signifier que tout va bien.

— La salle d'attente est sur la gauche, me dit-elle en me montrant l'entrée. Allez vous asseoir.

Je la remercie et me dirige avec peine vers les portes coulissantes. Le dénommé Metias me regarde passer. Il écoute un de ses hommes avec attention, mais cela ne l'empêche pas de me dévisager. La force de l'habitude. Je décide de mémoriser ses traits, moi aussi.

Le hall de l'hôpital est d'un blanc fantomatique. J'aperçois la salle d'attente sur ma gauche, ainsi que l'infirmière me l'a indiqué. C'est une grande pièce remplie de gens présentant des blessures de toutes tailles et de toutes sortes. Beaucoup d'entre eux gémissent. Un homme est allongé par terre, immobile. Je ne veux surtout pas savoir depuis combien de temps ils sont là, ni la somme qu'ils ont dû débourser pour entrer. Je repère la position des différents soldats. Deux près de la fenêtre du secrétariat ; deux au fond, devant la porte du médecin ; plusieurs à proximité des ascenseurs – ceux-là portent tous un badge d'identification. Je baisse les yeux vers le sol. Je me traîne vers la chaise la plus proche et je m'assieds. Pour une fois, mon mauvais genou se révèle un atout. Je garde les mains contre mes côtes pour ne pas éveiller les soupçons.

Je compte dix minutes dans ma tête, assez longtemps pour que de nouveaux patients arrivent et que les militaires cessent de s'intéresser à moi. Je me lève et je me dirige vers un soldat en clopinant. L'homme redresse instinctivement son arme.

— Retourne t'asseoir ! dit-il.

Je trébuche et je m'effondre contre lui.

— Il faut que j'aille aux toilettes, murmuré-je d'une voix rauque.

Mes mains tremblent tandis que j'agrippe son uniforme noir pour me redresser. L'homme me regarde avec dégoût pendant qu'un de ses camarades laisse échapper un gloussement moqueur. Son doigt glisse vers la détente, mais son supérieur secoue la tête. Pas question de tirer des coups de feu à l'intérieur de l'hôpital. Le soldat me repousse et me montre le bout du hall avec le canon de son arme.

— Là-bas ! crache-t-il. Profites-en pour récurer ta gueule crasseuse. Si jamais tu me retouches, je te truffe comme une omelette !

Je le lâche et je tombe presque à genoux. Puis je me redresse, et me dirige vers le fond du hall en titubant. Mes bottes en cuir crissent contre les dalles. Je sens le regard du soldat dans mon dos tandis que j'entre dans les toilettes et que je ferme la porte derrière moi.

C'est sans importance. Dans quelques instants, il aura oublié à quoi je ressemble. Et il s'écoulera plusieurs minutes avant qu'il remarque que son badge a disparu.

Une fois à l'abri des regards indiscrets, je cesse de jouer la comédie. Je me lave le visage pour me débarrasser du sang de cochon et de la boue. Puis j'ôte mes rangers et je récupère mes couteaux. Je les accroche à ma ceinture et je me rechausse. J'enfile la chemise qui était enroulée autour de mes hanches, je la boutonne jusqu'au cou et je passe une paire de bretelles. Je ramène mes cheveux en arrière et je les attache en une queue-de-cheval serrée avant de les glisser dans mon col.

Je mets mes gants et noue le mouchoir noir autour de ma tête de manière à dissimuler le bas de mon visage. Une petite précaution : si quelqu'un me surprend, je serai obligé d'annuler l'opération et de m'enfuir, inutile de leur laisser en plus une chance de m'identifier.

Une fois ma transformation terminée, je dévisse la grille de la gaine de ventilation des toilettes avec la pointe d'un couteau. Je prends le badge d'identification du soldat, je l'accroche à mon pendentif et je me hisse dans le conduit.

À l'intérieur, il flotte une odeur étrange et je suis heureux d'avoir un mouchoir sur le nez. Je progresse en rampant aussi vite que possible. La gaine ne mesure même pas soixante-dix centimètres de diamètre. Chaque fois que je pousse sur mes coudes pour avancer, je ferme les yeux et j'oublie presque de respirer. J'ai l'impression que le conduit de métal va me broyer. Par chance, le voyage sera de courte durée, car ce réseau de ventilation n'alimente pas le quatrième étage. Je dois gagner une cage d'escalier, à l'abri des regards indiscrets des soldats stationnés au rez-de-chaussée. J'avance. Je pense à Eden, aux médicaments dont John et ma mère auront besoin, à l'étrange marque rouge qu'on a tracée sur la porte de la maison.

Au bout de quelques minutes, j'arrive dans un cul-de-sac. Je regarde à travers une grille et j'aperçois les marches d'un escalier. Le sol d'un blanc immaculé a quelque chose de magnifique mais, plus important encore, il est désert. Dans ma tête, je compte jusqu'à trois, je ramène les bras en arrière et je frappe de toutes mes forces. La grille ne résiste pas. Je jette un coup d'œil par l'ouverture et j'aperçois des marches qui s'enroulent autour d'un pilier qui s'élève au centre d'une cage d'escalier dont les parois de plâtre sont percées de petites fenêtres.

Je renonce à toute discrétion, car il n'y a pas de temps à perdre. Je m'extrais du conduit et j'entreprends de grimper les marches quatre à quatre. Je tire sur la rampe pour aller plus vite. Les caméras de sécurité ont dû me repérer. Une alarme ne va pas tarder à se déclencher. J'atteins le premier étage. Il ne me reste plus beaucoup de temps. En arrivant sur le palier du deuxième, j'arrache le badge suspendu à mon cou et je le glisse dans le lecteur. Le système de sécurité n'a pas eu le temps de verrouiller la cage d'escalier. La serrure laisse échapper un cliquetis et j'ouvre la porte comme si j'avais le diable aux trousses. J'ai réussi.

La grande salle est remplie de chariots médicaux et de paillasses sur lesquelles des produits chimiques mijotent sous des couvercles métalliques. Des soldats et des médecins lèvent la tête et me regardent avec stupéfaction.

J'attrape la personne la plus proche, un jeune docteur qui se tient non loin de la porte. Je dégaine un couteau et je le glisse contre sa gorge avant qu'un soldat ait le temps de me mettre en joue. Les membres du personnel médical se figent. Certains poussent des cris.

— Si vous tirez, c'est lui que vous toucherez ! dis-je à travers le mouchoir qui me couvre le bas du visage.

Les soldats ont pointé leurs armes sur moi. Je sens mon otage trembler.

J'appuie mon couteau un peu plus fort, mais en prenant soin de ne pas le blesser.

— Je ne vous ferai pas de mal, lui murmuré-je à l'oreille. Dites-moi juste où se trouvent les médicaments contre l'épidémie.

Le jeune homme laisse échapper un gémissement étranglé tandis que des gouttes de sueur roulent sur son visage. Il fait un geste en direction d'une rangée de réfrigérateurs. Les soldats hésitent encore sur la conduite à suivre. L'un d'entre eux m'interpelle.

— Relâche le toubib et lève les mains en l'air ! me crie-t-il.

Je me retiens pour ne pas éclater de rire. Ce type doit être une nouvelle recrue. Je traverse la salle avec mon otage et je m'arrête devant les unités frigorifiques.

— Montrez-moi.

Le jeune docteur lève une main tremblante et ouvre la porte d'un réfrigérateur. Une vague d'air froid nous enveloppe. Je me demande si mon otage sent les battements frénétiques de mon cœur.

— C'est là, souffle-t-il.

Je me détourne des soldats le temps d'apercevoir l'étagère supérieure. La moitié des fioles sont marquées : « X : mutations des virus Filoviridae », l'autre moitié : « Remèdes 11.30 », mais toutes sont vides. Le stock est épuisé. Je marmonne un juron et j'examine les étagères du bas. Il n'y a que des inhibiteurs et des analgésiques. Je crache un nouveau juron. Il est trop tard pour reculer.

— Je vais vous libérer, murmuré-je au docteur. Baissez-vous.

Je le lâche et je le pousse assez fort pour qu'il tombe à genoux.

Les soldats ouvrent aussitôt le feu, mais je m'y attendais. Je m'abrite derrière la porte du réfrigérateur et les projectiles ricochent dessus. Je glisse plusieurs fioles d'inhibiteurs dans ma chemise, puis je m'élance. Une balle perdue m'érafle le bras et une vague de douleur remonte jusqu'à mon épaule. Je ne suis plus qu'à quelques mètres de la sortie.

L'alarme se déclenche à l'instant où j'arrive sur le palier. Les serrures se verrouillent. Il est désormais impossible d'ouvrir les portes depuis la cage d'escalier. Je suis pris au piège. Les soldats peuvent entrer mais, moi, je ne peux plus sortir. J'entends des cris et des bruits de pas dans le laboratoire.

— Il est touché ! crie quelqu'un.

Je me tourne vers une des petites fenêtres. Elles sont situées trop haut pour que je puisse les atteindre à partir des marches. Je serre les dents et je tire mon second poignard. Pourvu que le plâtre ne soit pas trop dur ! Je prends mon élan et je bondis en direction du mur.

Je plante un couteau dans le plâtre et une gerbe de sang jaillit de ma blessure. Je suis suspendu par un bras à un peu plus d'un mètre de la fenêtre. Je crie sous le coup de l'effort. Je me balance de gauche à droite avec l'énergie du désespoir.

Le plâtre s'effrite autour de la lame de mon couteau. Derrière moi, j'entends la porte du laboratoire s'ouvrir avec fracas. Des soldats font irruption dans la cage d'escalier et des balles sifflent tout autour de moi. Je me balance une dernière fois et je lâche le couteau enfoncé dans le mur.

La fenêtre explose et je me retrouve soudain plongé dans la nuit. Je tombe, je tombe comme une pierre. J'arrache les boutons de ma chemise et le tissu se gonfle dans mon dos. Plusieurs pensées me traversent l'esprit. Je plie les genoux tandis que je me redresse en position verticale. Je détends mes muscles. Je dois atterrir sur le bol des pieds. Le sol se précipite à ma rencontre. Je me prépare au choc.

La force de l'impact me coupe le souffle. J'accomplis quatre roulés-boulés avant de heurter le mur qui se trouve de l'autre côté de la rue. Pendant un moment, je reste allongé, aveugle, sonné, impuissant. J'entends des éclats de voix furieux par la fenêtre brisée du deuxième étage. Les soldats vont devoir retourner au laboratoire afin de désactiver l'alarme. Mes sens me reviennent peu à peu. J'ai mal au côté et au bras. Je me redresse tant bien que mal et je grimace. Ma poitrine palpite, ma blessure me fait souffrir et je pense que je me suis brisé une côte. En essayant de me relever, je m'aperçois que je me suis également foulé une cheville. Il n'est pas impossible que l'adrénaline m'empêche de sentir d'autres contusions.

Des cris montent au coin de l'immeuble. Je fais un effort pour me ressaisir. Je suis derrière l'hôpital. Plusieurs rues étroites s'enfoncent dans les ténèbres. Je m'engage dans l'une d'elles en boitillant.

Je jette un coup d'œil par-dessus mon épaule et j'aperçois un petit groupe de soldats se rassembler à l'endroit où j'ai atterri. Ils pointent le doigt vers les éclats de verre et les taches de sang. Le jeune capitaine que j'ai croisé en arrivant – Metias – est parmi eux. Il ordonne à ses hommes de se déployer sur-le-champ. J'accélère le pas en m'efforçant d'oublier la douleur. Je rentre la tête dans les épaules en espérant que mes vêtements et mes cheveux noirs m'aideront à me fondre dans la nuit. Je scrute le sol. Je dois trouver une bouche d'égout au plus vite.

Ma vision périphérique devient floue. Je pose une main contre mon oreille pour vérifier qu'elle ne saigne pas. Je ne sens rien, ce qui est plutôt bon signe. Quelques instants plus tard, je repère une bouche d'égout. Je laisse échapper un soupir et j'ajuste le mouchoir qui me couvre le bas du visage. Je me penche pour desceller la plaque.

— Plus un geste ! Restez où vous êtes !

Je me retourne aussitôt. Metias, le jeune capitaine chargé de surveiller l'entrée de l'hôpital, est à quelques mètres de moi. Son arme est braquée sur ma poitrine mais, à ma grande surprise, il ne presse pas la détente. Mes doigts se serrent sur le manche de mon dernier couteau. Une curieuse expression passe sur les traits de l'officier. Il a reconnu le patient qui s'est présenté à l'hôpital en titubant. J'esquisse un sourire. Mes blessures sont bien réelles maintenant.

Metias plisse les yeux.

— Levez les mains ! Je vous arrête pour vol, vandalisme et effraction.

— Vous ne m'aurez pas vivant.

— Aucun problème, je peux vous avoir mort si cela vous fait plaisir.

La suite se déroule dans une sorte de brouillard. Je vois Metias qui se prépare à tirer et je lance mon couteau de toutes mes forces. La lame s'enfonce dans son épaule avant qu'il ait le temps de faire feu et il tombe en arrière avec un bruit sourd. Je n'attends pas qu'il se relève. Je me penche de nouveau et je soulève la plaque d'égout. Je me glisse dans l'ouverture et attrape les barreaux de l'échelle. Je replace le disque de fonte au-dessus de ma tête et je m'enfonce dans l'obscurité.

Mes blessures se rappellent à mon bon souvenir tandis que j'avance en titubant. Ma vue se brouille et je garde une main plaquée contre mon flanc. Je veille à ne pas toucher les parois. J'ai mal en respirant. Je suis certain que je me suis cassé une côte. Je suis assez lucide pour avoir une idée de ma position et je m'efforce de me diriger vers le secteur de Lake. Tess est là-bas. Elle me trouvera et me conduira dans un endroit sûr. J'ai l'impression d'entendre des bruits de pas et des cris de soldats au-dessus de ma tête. Quelqu'un a dû découvrir Metias maintenant. Peut-être que les militaires ont compris que je m'étais enfui par les égouts et qu'ils se sont lancés à ma poursuite. Peut-être qu'ils sont sur mes talons. Peut-être qu'ils ont des chiens avec eux. Je décide de faire plusieurs détours et de marcher dans l'eau répugnante qui coule au milieu de la galerie. J'entends des éclaboussures et des cris derrière moi. Je fais de nouveaux détours. Les voix se rapprochent, puis s'éloignent. Je reste concentré sur la direction que je dois prendre.

Ce serait ironique de s'échapper d'un hôpital pour mourir perdu dans le labyrinthe des égouts. Je compte les secondes pour éviter de perdre connaissance. Cinq minutes. Dix minutes. Trente minutes. Une heure. Les échos des pas sont maintenant très faibles, comme si mes poursuivants avaient emprunté une autre galerie. Parfois, j'entends des bruits curieux, une espèce de bouillonnement, un sifflement de vapeur, un courant d'air. Ils vont et viennent. Deux heures. Deux heures et demie. J'aperçois une échelle menant à la surface et je décide de tenter ma chance. Je suis épuisé et je crains de m'évanouir d'un instant à l'autre. Je rassemble mes dernières forces pour gravir les échelons et me hisser dans une sombre ruelle. Je reprends mon souffle et cligne des paupières pour chasser le brouillard de mes yeux. Je regarde autour de moi.

J'aperçois Union Station quelques pâtés de maisons plus loin. Je suis presque arrivé. Tess m'attend sûrement là-bas.

Encore trois pâtés de maisons. Deux.

Plus qu'un. Je n'en peux plus. Je m'effondre dans un coin sombre de la ruelle. Avant de sombrer dans le néant, j'aperçois la lointaine silhouette d'une jeune fille. Est-ce qu'elle se dirige vers moi ? Je me roule en boule et le monde disparaît dans le brouillard.

Avant de m'évanouir, je m'aperçois que j'ai perdu mon pendentif.

June

Je me souviens du jour où mon frère a raté sa cérémonie d'incorporation dans l'armée de la République.

C'est un dimanche après-midi lourd et chaud. Des nuages bruns couvrent le ciel. J'ai sept ans et Metias dix-neuf. Mon chien, un berger blanc suisse prénommé Ollie, dort sur les dalles de marbre fraîches de l'appartement. Je suis au lit avec une bonne fièvre et Metias est assis à côté de moi, les sourcils froncés par l'inquiétude. Nous entendons les haut-parleurs diffuser le serment d'allégeance à la République. Quand arrive le passage faisant référence à notre président, Metias se lève et salue en direction de la capitale. Notre illustrissime Elector Primo vient d'accepter un nouveau mandat présidentiel de quatre ans, le onzième.

— Tu n'es pas obligé de rester ici, tu sais, lui dis-je lorsque le serment se termine. Va donc à ta cérémonie. Je continuerai à être malade quoi que tu fasses.

Metias fait comme si je n'avais rien dit et pose un autre gant humide sur mon front.

— Je serai incorporé quoi que je fasse, dit-il.

Il glisse un quartier d'orange sanguine entre mes lèvres. Je me souviens de l'avoir vu peler le fruit. La lame du couteau a tracé une spirale et il a retiré la peau en un seul morceau.

— Mais… et le commandant Jameson ? (Mes paupières clignent sur mes yeux gonflés.) Elle t'a fait une faveur en ne t'affectant pas sur la ligne de front… Elle ne sera pas contente si tu rates la cérémonie. Et si elle fait un rapport ? Tu n'as sûrement pas envie qu'on te chasse de l'armée. Tu ne veux pas devenir un de ces misérables pouilleux des bas quartiers, n'est-ce pas ?

Metias me tapote le nez d'un air désapprobateur.

— Ne parle pas des gens ainsi, Puceron. Ce n'est pas poli. Et le commandant en chef ne me chassera pas de sa patrouille parce que j'ai manqué la cérémonie d'incorporation. (Il me fait un clin d'œil.) Et puis je peux toujours m'introduire dans leur base de données pour effacer mon blâme.

Je lui souris. Moi aussi, je veux m'engager et porter l'uniforme noir de la République. J'espère qu'on me placera sous les ordres d'un commandant illustre, comme Jameson. J'ouvre la bouche pour que Metias y glisse un nouveau quartier d'orange.

— Tu devrais faire l'école buissonnière plus souvent. Comme ça, tu aurais le temps de te trouver une petite amie.

Metias éclate de rire.

— Je n'ai pas besoin de petite amie. Je suis déjà assez occupé comme ça avec ma petite sœur.

— Qu'est-ce que tu racontes ? Il faudra bien que tu aies une petite amie un jour.

— Nous verrons. Et puis je suis plutôt difficile en ce qui concerne les femmes.

Je cesse de mâcher et je regarde mon frère dans les yeux.

— Metias, est-ce que notre mère s'occupait de moi quand j'étais malade ? Est-ce qu'elle faisait comme toi ?

Metias tend la main pour écarter les mèches trempées de sueur de mon front.

— Qu'est-ce que tu racontes, Puceron ? Bien entendu qu'elle s'occupait de toi. Et elle s'y prenait bien mieux que moi.

— C'est pas vrai. Personne ne s'occupe de moi mieux que toi, soufflai-je en sentant mes yeux se fermer.

Mon frère sourit.

— C'est gentil.

— Tu ne vas pas m'abandonner toi aussi, hein ? Tu resteras avec moi plus longtemps que maman et papa ?

Metias dépose un baiser sur mon front.

— Je resterai toujours avec toi, ma grande. Jusqu'à ce que tu ne supportes plus ma vue.

00.01
Secteur de Ruby.
Température intérieure : 22 °C.

Je devine qu'il s'est passé quelque chose quand j'aperçois Thomas devant notre porte. Il fait noir, car le courant a été coupé dans les quartiers résidentiels, comme
Metias l'avait annoncé. Seules quelques lampes à huile
éclairent l'appartement. Ollie aboie sans discontinuer. Je
porte mon uniforme d'entraînement, une veste rouge et
noire, ainsi que mes bottes. Mes cheveux sont attachés
en une mince queue-de-cheval. Pendant une fraction de
seconde, je suis heureuse que ce ne soit pas Metias qui
ait sonné. Je n'aurais pas voulu qu'il me voie habillée
ainsi. Il aurait tout de suite compris que je me préparais
à aller courir, que je défiais son autorité une fois de plus.

J'ouvre la porte et Thomas toussote avec nervosité
en voyant ma surprise. Il s'efforce de sourire. Il y a une
tache de graisse noire sur son front, sans doute laissée
par son index. Cela signifie qu'il a nettoyé son fusil
un peu plus tôt dans la soirée et que sa patrouille sera
passée en revue demain. Je croise les bras et il effleure
le bord de son calot pour me saluer.

— Bonsoir, mademoiselle Iparis.

J'inspire un grand coup.

— Je vais courir au stade. Où est Metias ?

— Le commandant Jameson vous demande de m'accompagner à l'hôpital aussi vite que possible. (Thomas
hésite pendant un instant.) Je crains qu'il s'agisse davantage d'un ordre que d'une simple demande.

Je sens une boule se former dans mon ventre.

— Pourquoi est-ce qu'elle n'a pas téléphoné ?

— Elle a préféré que je vienne vous chercher.

— Pourquoi ? demandé-je d'une voix plus forte. Où est mon frère ?

C'est au tour de Thomas d'inspirer un grand coup. Mais je sais déjà ce qu'il va dire.

— Je suis désolé. Metias a été tué.

À cet instant, le monde sombre dans un grand silence. Je m'aperçois que Thomas continue à parler, mais j'ai l'impression de me trouver très loin de lui. Je le vois faire des gestes, m'attirer contre lui pour me prendre dans ses bras. Je l'étreins machinalement. Je ne ressens rien. Je hoche la tête quand il s'écarte de moi et qu'il me demande quelque chose. Il veut que je le suive. Il garde un bras autour de mes épaules. Une truffe humide se plaque contre ma main. Ollie me suit hors de l'appartement et je lui dis de rester près de moi. Je ferme la porte, je glisse la clé dans ma poche et je laisse Thomas me guider dans la cage d'escalier obscure. Il parle sans discontinuer, mais je ne l'entends pas. Je regarde droit devant moi et je vois les reflets déformés d'Ollie et moi sur les décorations en métal accrochées aux murs.

Il fait trop sombre pour que je distingue une expression sur mon visage. Je ne suis même pas sûre qu'il y en ait une.

Metias aurait dû m'emmener. C'est la première pensée cohérente qui traverse mon esprit alors que nous atteignons le rez-de-chaussée de l'immeuble. J'ouvre la porte de la Jeep et Ollie saute sur le siège arrière avant de passer la tête à l'extérieur. Le véhicule sent l'humidité, le caoutchouc, le métal et la transpiration. Il a dû transporter un groupe de personnes il y a peu de temps. Thomas s'installe au volant et vérifie que ma ceinture de sécurité est bouclée. C'est insignifiant. Un réflexe idiot.

Si seulement Metias m'avait emmenée.

Cette pensée tourne en boucle dans ma tête. Thomas ne dit plus rien. Il me lance des regards hésitants pendant que je contemple la ville plongée dans les ténèbres. Il faudra que je lui présente mes excuses, plus tard…

Mes yeux glissent sur les bâtiments familiers tandis que la Jeep avance. Malgré la coupure d'électricité, les cafés sont noirs de monde. Il y a surtout des ouvriers des bas quartiers. Je les aperçois penchés au-dessus de leurs bols de nourriture bon marché. Au loin, des nuages de vapeur flottent très haut dans le ciel. Les JumboTron ne s'éteignent jamais, coupures électriques ou non. Leurs écrans géants affichent les dernières mises en garde à propos des inondations et des mesures de quarantaine. Il y a aussi quelques informations concernant les Patriotes : à Sacramento, un nouvel attentat a coûté la vie à une dizaine de soldats. Une poignée de cadets désœuvrés, des enfants de onze ans avec des lignes jaunes le long des manches de leurs uniformes, sont assis sur l'escalier extérieur de l'académie. Les lettres du vénérable *Walt Disney Concert Hall* sont presque effacées par le temps. Plusieurs Jeep militaires croisent notre chemin et je distingue les visages inexpressifs des soldats qu'elles transportent. Certains ont des lunettes de protection noires qui cachent leurs yeux.

Le ciel est plus couvert que d'habitude, signe avant-coureur d'une tempête. Je remonte ma capuche au cas où j'oublierais de le faire en descendant de la voiture.

Je tourne la tête et je contemple le secteur de Batalla qui fait partie du centre-ville. Il s'agit d'un quartier militaire et les lumières sont donc allumées. La tour de l'hôpital se dresse quelques pâtés de maisons plus loin.

Thomas remarque que je tends le cou pour mieux voir.

— Nous sommes presque arrivés, dit-il.

Tandis que la Jeep approche, je découvre les bandes jaunes tendues autour de l'entrée de l'hôpital. Il y a plusieurs groupes de soldats de la ville, reconnaissables aux lignes rouges sur les manches de leur uniforme. L'uniforme que portait Metias… J'aperçois également des photographes, des policiers, des camionnettes noires et des ambulances. Ollie laisse échapper un gémissement.

— Je suppose qu'on n'a pas attrapé le coupable, dis-je à Thomas.

— Comment avez-vous deviné ?

Je hoche la tête en direction de la tour.

— C'est impressionnant. Cette personne a sauté du deuxième et elle est parvenue à s'échapper.

Thomas tourne la tête pour suivre mon regard. Je continue à observer la fenêtre brisée de la cage d'escalier et la zone entourée de bandes jaunes juste en dessous. Des soldats fouillent les ruelles alentour. Je me demande pourquoi il y a si peu d'ambulances.

— Nous n'avons pas arrêté le coupable, avoue Thomas au bout de quelques instants. (La tache de graisse sur son front lui donne l'air perplexe.) Mais nous découvrirons probablement son corps un peu plus loin.

— Si vous n'avez rien trouvé jusqu'ici, j'en doute.

Thomas ouvre la bouche pour protester, puis il se ravise et se concentre sur la route. La Jeep s'arrête enfin. Le commandant Jameson se détache d'un groupe de militaires et se dirige vers moi.

— Je suis désolé, me dit soudain Thomas.

Je ressens une pointe de culpabilité en songeant à la froideur avec laquelle je l'ai traité. Je lui adresse un hochement de tête. Son père était le concierge de notre immeuble avant sa mort. Sa mère, décédée également, travaillait comme cuisinière à mon école primaire. Malgré ses origines modestes, Thomas a obtenu d'excellents résultats à l'Examen et Metias a soutenu son affectation à l'une des patrouilles les plus prestigieuses de la ville. Il doit être aussi abasourdi que moi.

Le commandant Jameson tapote deux fois à la vitre de ma portière pour attirer mon attention. Ses fines lèvres maquillées dessinent une ligne rouge et vibrante de colère. Ses cheveux auburn paraissent châtain foncé, presque noirs, dans la pénombre.

— On se bouge, Iparis ! On n'a pas de temps à perdre. (Ses yeux se posent sur Ollie, à l'arrière de la Jeep.) Ce n'est pas un chien policier, petite.

Malgré les circonstances, elle garde le contrôle de ses émotions.

Je descends du véhicule et je la salue d'un geste rapide. Ollie saute à côté de moi.

— Vous m'avez demandée, commandant.

Jameson ne prend pas la peine de me rendre mon salut. Elle s'éloigne à grands pas et je m'efforce de rester à sa hauteur.

— Votre frère, Metias, a été tué, dit-elle sans changer de ton. J'ai cru comprendre que votre entraînement en tant qu'agent était presque terminé, c'est exact ? Vous avez déjà suivi le cursus de pistage, non ?

C'est la deuxième fois qu'on m'annonce la mort de Metias. J'ai du mal à respirer.

— En effet, commandant, articulé-je avec peine.

Nous nous dirigeons vers l'hôpital. La salle d'attente est déserte. Les patients ont disparu. Des gardes sont rassemblés autour de l'entrée de la cage d'escalier. C'est sans doute là que commence la scène de crime.

Le commandant avance en regardant droit devant elle, les mains croisées dans le dos.

— Quelle note avez-vous obtenue à l'Examen ?

— Mille cinq cents.

Tous les militaires le savent, mais Jameson fait semblant de l'ignorer, ou de s'en moquer.

Elle s'arrête soudain.

— Ah ! oui, c'est vrai, dit-elle comme si elle avait oublié. Peut-être que vous pourrez nous être utile en fin de compte. J'ai appelé l'université pour leur signaler que vous étiez dispensée des prochains entraînements. De toute manière, vous êtes sur le point de terminer vos études en deux ans au lieu de quatre.

Je fronce les sourcils.

— Commandant ?

— J'ai reçu un double de votre dossier. Vos notes sont toutes parfaites. Vous avez obtenu la validation de la plupart des matières en sautant une année sur deux, n'est-ce pas ? Il y est aussi signalé que vous êtes une fautrice de troubles. Est-ce que c'est exact ?

Je me demande où elle veut en venir.

— Parfois, mon commandant. Est-ce que je vais avoir des ennuis ? Est-ce qu'on va me renvoyer ?

Le commandant Jameson esquisse un petit sourire.

— Pas vraiment. On vous a accordé votre diplôme en avance. Suivez-moi. Il y a quelque chose… que je veux vous montrer.

Je voudrais poser des questions à propos de Metias, à propos de ce qui s'est passé ici, mais la froideur de Jameson m'en dissuade.

Nous traversons un hall et nous arrivons devant la porte d'une sortie de secours. D'un geste, le commandant Jameson ordonne aux soldats en faction de s'écarter, puis elle me fait signe d'ouvrir. Ollie laisse échapper un grognement sourd. Nous sortons et je constate que nous sommes à l'arrière du bâtiment, à l'intérieur du périmètre délimité par les bandes jaunes. Autour de moi, des dizaines de soldats sont rassemblés en petits groupes.

— Dépêchez-vous ! me lance le commandant Jameson d'une voix sèche.

J'accélère le pas.

J'ai deviné où elle me conduit et ce qu'elle veut me montrer. Devant moi, un drap blanc a été posé sur une forme allongée de deux mètres environ. À première vue, le corps est intact, mais il est disposé d'une manière curieuse. On l'a déplacé. Je me mets à trembler. Je tourne la tête vers Ollie et je m'aperçois que les poils de son dos sont hérissés. Je l'appelle plusieurs fois, mais il refuse d'approcher plus près. Je l'abandonne donc pour suivre le commandant Jameson.

Metias m'a embrassée sur le front. « *Je resterai toujours avec toi, ma grande. Jusqu'à ce que tu ne supportes plus ma vue.* »

Le commandant Jameson se penche et écarte le drap blanc. Je contemple le corps d'un soldat en uniforme noir. Un poignard est planté dans sa poitrine. Des taches de sang noir maculent sa chemise, son épaule, ses mains et les rainures du manche du couteau. Il a les yeux fermés. Je m'agenouille près de lui et j'écarte les mèches sombres de son visage. C'est étrange. Je n'enregistre pas les détails de la scène. Je suis comme anesthésiée.

— Dites-moi comment les choses se sont passées, cadette, ordonne le commandant Jameson. Considérez cela comme une interrogation surprise. L'identité de la victime devrait vous motiver.

La provocation n'a aucun effet sur moi. Mon esprit analyse la scène à toute vitesse.

— Le coup a probablement été porté pendant un affrontement au corps à corps, car la blessure est profonde. Il est possible que le meurtrier ait lancé le couteau, mais cela exigerait une force peu commune dans le bras. Il est droitier. (Mes doigts glissent sur le manche taché de sang.) Sa précision est impressionnante. L'arme fait partie d'un lot de deux, non ? Vous voyez ce motif peint à la base de la lame ? Il en manque la moitié.

Le commandant Jameson acquiesce.

— L'autre poignard a été retrouvé planté dans le mur de la cage d'escalier.

Je tourne la tête vers la ruelle à laquelle mon frère faisait face quand il a été tué. Il y a une bouche d'égout quelques mètres plus loin.

— C'est par là que l'assassin s'est enfui. (J'approche et j'observe la plaque.) Il se sert aussi de sa main gauche. C'est intéressant. Il est ambidextre.

— Continuez.

— D'ici, les égouts ont pu le conduire au plus profond de la ville ou bien à l'ouest, vers l'océan. Il a sans doute choisi la ville. Il n'a pas eu le choix compte tenu de ses blessures. Il est impossible de remonter sa piste avec précision maintenant. S'il a oublié d'être idiot, il aura fait de nombreux détours et pris soin de marcher dans l'eau. Il n'aura pas touché les parois des galeries ni laissé aucun indice.

— Restez ici le temps de vous ressaisir. Retrouvez-moi dans deux minutes sur le palier du deuxième étage. Il faut laisser les photographes faire leur travail. (Elle jette un coup d'œil à Metias et, pendant une fraction de seconde, son visage perd sa dureté.) Quel gâchis ! Un soldat de cette trempe.

Elle secoue la tête et s'éloigne.

Je la regarde partir. Les personnes présentes restent à bonne distance pour s'épargner une conversation difficile. J'observe le visage de mon frère. À ma grande surprise, il semble apaisé. Sa peau n'a pas la pâleur à laquelle je m'attendais. Je serais à peine surprise s'il clignait des yeux et esquissait un sourire. Des flocons de sang séché maculent mes paumes. J'essaie de m'en débarrasser, mais ils collent à ma peau. C'est peut-être cela qui déclenche ma colère. Mes mains tremblent si fort que j'agrippe l'uniforme de Metias dans l'espoir de me calmer. Je suis censée analyser la scène de crime, mais je ne parviens pas à me concentrer.

— Tu aurais dû m'emmener, murmuré-je à mon frère.

Je pose ma tête contre la sienne et je commence à pleurer. Je me promets de trouver l'assassin et de le tuer.

Je te traquerai sans relâche. J'écumerai les rues de Los Angeles. J'écumerai les rues de tout le pays s'il le faut. Je finirai bien par te piéger. Je mentirai, je tricherai et je volerai pour remonter à toi. Je t'attirerai hors de ton repaire et je te pourchasserai jusqu'à ce que tu n'aies nulle part où aller. Je te fais une promesse solennelle : ta vie m'appartient.

Des soldats approchent pour emporter Metias à la morgue. J'aurais aimé avoir un peu plus de temps.

3.17
Mon appartement.
Même nuit.
La pluie a commencé à tomber.

Je suis allongée sur le canapé, les bras serrés autour d'Ollie. La place préférée de Metias est vide. De vieux albums photo et les carnets de Metias sont empilés sur la table basse. Nos parents avaient un côté un peu désuet et ils avaient conservé leurs clichés papier. Metias avait hérité de ce penchant à la nostalgie et il rédigeait son journal intime avec un stylo.

— Comme ça, impossible de remonter ma trace sur Internet, avait-il l'habitude de dire.

Une remarque assez ironique de la part d'un expert en piratage informatique.

Est-ce vraiment cet après-midi qu'il est venu me chercher à l'université ?

J'ai du mal à croire que treize heures plus tôt, nous étions encore dans le bureau de Mme Whitaker. Juste avant son départ, il avait évoqué une conversation sérieuse. Je ne saurai jamais ce qu'il avait l'intention de me dire. Des papiers et des rapports sont étalés sur mon ventre. Je serre le pendentif qui a été retrouvé sur la scène de crime. J'examine cet indice depuis un long moment. J'observe la surface lisse et nue. Je baisse la main et je pousse un soupir. J'ai la migraine.

Un peu plus tôt, j'ai appris que le commandant Jameson a informé l'université que je ne reprendrais pas les cours. Elle suivait ma scolarité depuis un bon moment. La patrouille de Metias a perdu un homme et elle cherche un agent pour le remplacer. La mort de mon frère est l'occasion de couper l'herbe sous le pied des autres recruteurs. À partir de demain, Thomas remplacera Metias temporairement et je serai affecté à sa patrouille en tant qu'agent-enquêteur en formation.

Ma première mission consistera à m'occuper de Day.

— Nous avons essayé de nombreuses tactiques pour le capturer, mais sans aucun résultat, m'a expliqué Jameson avant de me dire de rentrer chez moi. En conséquence, voilà ce que nous allons faire : pendant que je continue à travailler sur différents projets, vous allez faire un galop d'essai afin que je voie ce que vous valez. Montrez-moi comment vous traquez Day. Peut-être que vous obtiendrez des résultats intéressants, peut-être pas. Quoi qu'il en soit, vous jetterez un regard neuf sur l'enquête et, si vous parvenez à m'impressionner, je vous garderai dans ma patrouille. Je peux vous faire entrer dans les annales comme le plus jeune agent de tous les temps.

Je ferme les yeux et je m'efforce de réfléchir.

Day a tué mon frère. J'en suis persuadée. On a découvert une plaque d'identité volée entre le premier et le deuxième étage et la photo a permis d'identifier son véritable propriétaire. Bafouillant de peur, le soldat a fait une description du garçon qui s'est effondré contre lui avant de se rendre aux toilettes. Elle ne correspond pas à celles que nous avons déjà, mais cela n'est pas vraiment surprenant : nous ignorons à peu près tout de Day. Nous savons qu'il est jeune, comme l'intrus qui s'est introduit dans le laboratoire au cours de la nuit.

On a découvert des empreintes digitales identiques à celles retrouvées un mois plus tôt sur une scène de crime attribué à Day. Des empreintes digitales qui ne correspondent à aucun civil enregistré dans les bases de données de la République.

Day était bel et bien à l'hôpital et il a laissé cette plaque d'identité derrière lui. Voilà qui ne lui ressemble pas.

Ce manque de prudence m'intrigue. L'effraction a été préparée dans l'urgence, à la va-vite. Day a volé des inhibiteurs et des analgésiques parce qu'il n'a rien trouvé de plus puissant mais, compte tenu de l'énergie qu'il a déployée pour s'échapper, il est peu probable qu'il soit contaminé. Ces médicaments sont donc destinés à quelqu'un d'autre, quelqu'un pour qui il est prêt à risquer sa vie, quelqu'un qui habite à Blueridge, à Lake, à Winter ou à Alta, les secteurs touchés par la dernière épidémie. Si mon raisonnement est exact, Day est prisonnier de ses sentiments et ne quittera pas la ville.

Il est également possible qu'il ait agi pour le compte d'un commanditaire, mais les hôpitaux sont des endroits très surveillés et il faudrait une petite fortune pour convaincre un voleur de s'y aventurer. S'il y avait eu autant d'argent à la clé, Day aurait préparé son effraction et il aurait découvert que le prochain stock de médicaments n'avait pas encore été livré. En outre, il n'a jamais travaillé comme mercenaire. Ses attaques contre l'armée de la République visent à ralentir les convois de matériel ou à détruire des dirigeables et des chasseurs en route pour le front. Il veut nous empêcher de gagner la guerre contre les Colonies. Pendant un moment, nous avons pensé qu'il était à la solde de nos ennemis, mais cette hypothèse a été écartée. Un saboteur aurait monté des opérations plus complexes, il aurait employé du matériel high-tech et bénéficié d'un solide soutien financier. Pour autant que je sache, Day n'a jamais loué ses services et il est peu probable qu'il commence maintenant. Et qui embaucherait un mercenaire inexpérimenté ? Les Patriotes auraient pu commanditer l'opération mais, dans ce cas, on aurait retrouvé leur signature – un drapeau avec treize bandes blanches et rouges et un petit carré bleu frappé de cinquante points blancs – tracée sur un mur à proximité de la scène de crime. Ils revendiquent toujours leurs coups d'éclat.

Mais une incohérence m'intriguait plus que toutes ces questions. Au cours de sa carrière, Day n'a jamais tué personne – un autre élément confortant l'idée qu'il n'a aucun lien avec les Patriotes. Un jour, il a ligoté un policier afin de pénétrer dans une zone en quarantaine, mais il ne lui a pas fait le moindre mal – à l'exception d'un œil tuméfié. Plus tard, quand il s'est introduit dans la chambre forte d'une banque en passant par la porte de derrière, il a laissé les quatre gardes sonnés, mais indemnes. Il a incendié une escadre de chasseurs sur un aérodrome désert au milieu de la nuit. Par deux fois, il a saboté des dirigeables ancrés au sol. Il a vandalisé la façade d'un bâtiment militaire. Il a volé de l'argent, de la nourriture, du matériel, mais il n'a jamais posé de bombes au bord d'une route, il n'a jamais abattu de soldat, il n'a jamais assassiné qui que ce soit, il n'a jamais *tué*.

Mais alors, pourquoi Metias ? Day aurait pu s'échapper sans lui planter un couteau dans la poitrine. Avait-il quelque chose à reprocher à mon frère ? Metias lui avait-il causé du tort par le passé ? Sa mort n'a rien d'accidentel : la lame a transpercé le cœur.

Ce cœur débordant d'intelligence, de bêtise, d'entêtement et de bienveillance.

J'ouvre les yeux et je lève la main pour examiner le pendentif une fois de plus. Il appartient à Day, les empreintes digitales ne laissent aucun doute sur ce point. C'est un disque parfaitement lisse qui a été trouvé dans la cage d'escalier de l'hôpital, tout près de la plaque d'identité volée. Il ne ressemble à aucun symbole religieux connu. L'alliage est un banal mélange de nickel et de cuivre, le cordon est en plastique. Il n'a aucune valeur et il est donc peu probable que ce soit le produit d'un vol. Il doit avoir une signification particulière si Day le portait pendant l'effraction. S'agit-il d'un porte-bonheur ? d'un cadeau offert par une personne chère ? La personne à qui les médicaments étaient destinés, peut-être ? Ce pendentif cache un secret, mais lequel ?

Hier encore, les exploits de Day me fascinaient. Aujourd'hui, il est devenu mon ennemi attitré, ma cible, l'objectif de ma première mission.

Je réfléchis deux jours durant. Le troisième, j'appelle le commandant Jameson. J'ai un plan.

Day

Une fois encore, je rêve que je suis de retour chez moi. *Eden, assis par terre, dessine des espèces de cercles sur le plancher. Il doit avoir quatre ou cinq ans et ses joues ont toujours leurs rondeurs de bébé. Toutes les cinq minutes, il se lève et il me demande ce que je pense de son œuvre. John et moi sommes installés sur le canapé et nous essayons – en vain – de réparer la vieille radio familiale. Je me rappelle le jour où papa l'a rapportée à la maison, des années plus tôt. « Elle nous apprendra quels sont les secteurs contaminés », avait-il dit. Aujourd'hui, ses vis et ses cadrans usés sont étalés sur nos genoux. Je demande à Eden de nous aider, mais il se contente de glousser et de nous dire de nous débrouiller.*

Dans la cuisine, maman essaie de préparer le dîner, mais elle a les mains enveloppées dans d'épais bandages. Elle a dû se couper avec des tessons de bouteilles ou des boîtes de conserve en fouillant les poubelles autour d'Union Station. Elle grimace en brisant un amas de grains de maïs congelé avec le plat d'un couteau. Ses mains tremblent.

Arrête –, maman ! Je vais t'aider.

J'essaie de me lever, mais mes pieds sont collés au sol.

Au bout de quelques instants, je regarde le dessin d'Eden. J'ai du mal à identifier les formes entremêlées que sa main fébrile trace sans logique apparente.

Je regarde plus attentivement et je m'aperçois qu'il s'agit de soldats envahissant notre maison. Des soldats rouge sang.

Je me réveille en sursaut. De faibles rayons de lumière grise entrent par une fenêtre toute proche. J'entends le bruit de la pluie. Je suis dans une pièce qui ressemble à une chambre d'enfant abandonnée. Le papier peint bleu et jaune se décolle aux coins des murs. Deux chandelles sont allumées. Je sens que mes pieds dépassent du lit. Ma tête repose sur un oreiller. Je bouge et je laisse échapper un gémissement avant de fermer les yeux.

La voix de Tess parvient jusqu'à moi.

— Est-ce que tu m'entends ?

— Ne parle pas si fort, cousine, murmuré-je à travers mes lèvres sèches.

Une terrible migraine me broie le crâne. Tess me regarde et comprend que je souffre. Elle se tait. Je garde les yeux fermés et j'attends. La douleur refuse d'entendre raison. J'ai l'impression de recevoir des coups de pioche sur la nuque.

Au bout d'une éternité, la migraine se retire et j'ouvre les yeux.

— Où suis-je ? Est-ce que tu vas bien ?

Le visage de Tess sort du brouillard. Elle a tiré ses cheveux en arrière et les a rassemblés en une courte tresse. Ses lèvres roses me sourient.

— Est-ce que, moi, je vais bien ? Tu es inconscient depuis plus de deux jours. Est-ce que, toi, tu vas bien ?

Des vagues de douleur montent des innombrables blessures qui parsèment mon corps.

— Jamais été mieux.

Le sourire de Tess s'évanouit.

— Tu as failli ne pas t'en sortir. Tu n'as jamais frôlé la catastrophe d'aussi près. Si je n'avais pas trouvé quelqu'un pour nous abriter, nous ne nous en serions pas tirés.

Mes souvenirs me reviennent soudain. Je revois l'entrée de l'hôpital, la plaque d'identité volée, la cage d'escalier, le laboratoire, ma chute interminable, le couteau que je lance, le capitaine qui s'effondre, les égouts et les médicaments.

Les médicaments ! J'essaie de m'asseoir, mais je me redresse trop vite et je me mords les lèvres sous le coup de la douleur. Mes mains se portent à mon cou. Le pendentif n'est plus là. J'ai l'impression de recevoir un coup de poignard dans la poitrine.

Je l'ai perdu.

C'était un cadeau de mon père et j'ai réussi à le perdre.

Tess essaie de me calmer.

— Doucement.

— Est-ce que ma famille va bien ? Est-ce que certains médicaments ont résisté à ma chute ?

— Certains.

Tess m'aide à m'allonger avant de poser ses coudes sur le lit.

— Je suppose que les inhibiteurs sont mieux que rien. Je les ai déposés chez toi avec ton sac de cadeaux. Je suis passée par-derrière et je les ai confiés à John. Il m'a chargée de te remercier.

— Tu lui as raconté ce qui m'est arrivé ?

Tess lève les yeux au plafond.

— Tu crois que je pouvais le lui cacher ? Tout le monde a entendu parler de ton expédition à l'hôpital maintenant. John sait que tu es blessé. Il est en colère après toi.

— Est-ce qu'il t'a dit qui est malade ? Eden ? Maman ?

Tess se mord les lèvres.

— C'est Eden. John m'a dit que tout le monde allait bien en dehors de lui. Eden parle et il peut encore se déplacer. Il a voulu quitter son lit pour aider ta mère à réparer une fuite sous l'évier, pour montrer qu'il n'était pas affaibli. Ta mère l'a renvoyé se coucher, bien entendu. Elle a déchiré deux de ses chemises pour faire des compresses qu'elle trempe dans de l'eau froide pour lutter contre la fièvre. John m'a chargé de te dire que si tu trouves des vêtements pour elle il t'en débarrassera volontiers.

Je laisse échapper un long soupir. Eden. Bien sûr que c'est Eden. Et, malgré la maladie, il se conduit encore comme un petit ingénieur. Bon, j'ai quand même réussi à trouver des médicaments.

Tout se passera bien.

Ils permettront à Eden de tenir le coup pendant un certain temps et les remontrances de John ne me tueront pas. Quant à mon pendentif... Pendant un instant, je suis soulagé que ma mère ne sache rien. Elle aurait eu le cœur brisé en apprenant que je l'ai perdu.

— Je n'ai pas trouvé de remèdes et je n'ai pas eu le temps d'en chercher.

— Ce n'est pas grave, dit Tess.

Elle prépare un nouveau bandage pour mon bras. J'aperçois ma vieille casquette râpée sur le dossier de sa chaise.

— Ta famille n'est pas à l'article de la mort. Une autre occasion se présentera.

— Où sommes-nous ?

Au moment où je pose la question, j'entends une porte se fermer, puis des bruits de pas dans la pièce voisine. Je jette un coup d'œil inquiet à Tess, mais elle hoche la tête d'un air rassurant.

— Détends-toi.

Un homme entre dans la chambre en secouant son parapluie humide. Il porte un sac de commissions en papier marron.

— Tu es réveillé, dit-il. C'est une bonne nouvelle.

J'observe son visage. Il est très pâle et un peu joufflu. Ses sourcils sont touffus et ses yeux amicaux.

— Fillette, dit-il en tournant la tête vers Tess, est-ce qu'il pourra partir avant demain soir ?

— Nous partirons avant.

Tess attrape une bouteille contenant un liquide transparent – de l'alcool, je suppose – et elle en imbibe le bord du bandage. Je tressaille quand elle applique le tissu sur une éraflure laissée par une balle. La brûlure est terrible.

— Je vous remercie encore de nous avoir cachés, dit Tess.

L'homme pousse un grognement et une expression curieuse passe sur son visage. Il scrute la pièce comme s'il cherchait un objet égaré.

— Je crains de ne pas pouvoir vous garder au-delà de demain soir. La brigade sanitaire ne va pas tarder à faire un nouveau passage. (Il marque un temps d'hésitation, ouvre le sac en papier et en tire deux boîtes de conserve qu'il pose sur le buffet.) Voilà un peu de chili. Ce n'est pas de la meilleure qualité, mais il devrait vous caler l'estomac. Je vais vous apporter du pain.

Nous n'avons pas le temps de dire un mot : l'homme ressort précipitamment de la chambre en emportant son sac de commissions.

Je regarde mon corps pour la première fois depuis mon réveil. Je porte juste un pantalon militaire marron. J'ai la poitrine, un bras et une jambe bandés.

— Pourquoi est-ce qu'il nous aide ? demandé-je à voix basse.

Tess interrompt son travail d'infirmière et lève les yeux vers moi.

— Ne sois pas aussi soupçonneux. Il a un fils qui travaillait au front. L'épidémie l'a tué il y a quelques années. (Je pousse un gémissement quand elle noue le bandage autour de mon bras.) Inspire un grand coup.

J'obéis. Ses doigts palpent ma poitrine avec prudence et des ondes de douleur me traversent. Ses joues rosissent tandis qu'elle poursuit son examen.

— J'ai peur que tu aies une côte fêlée, mais il n'y a rien de cassé. Tu devrais guérir assez rapidement. Pour en revenir à notre hôte, il n'a pas demandé nos noms et je ne lui ai donc pas demandé le sien. C'est mieux ainsi. Je lui ai dit pourquoi tu étais blessé et je pense que cela lui a rappelé son fils.

Je pose la tête sur l'oreiller. J'ai mal partout.

— J'ai perdu mes deux couteaux, murmuré-je de manière que l'homme ne m'entende pas. J'y tenais.

— J'en suis désolé, Day.

Tess écarte une mèche de son visage et se penche sur moi. Elle tient un sachet en plastique contenant trois balles en argent. J'ai trouvé ça dans les plis de tes vêtements et j'ai pensé qu'elles pourraient te servir pour ta fronde.

Elle glisse le sachet dans une poche de mon pantalon.

Je souris. Quand j'ai rencontré Tess, il y a trois ans, c'était une petite orpheline de dix ans maigre comme un clou qui faisait les poubelles dans le secteur de Nima. Elle était tellement dépendante de moi qu'il m'arrive d'oublier qu'aujourd'hui c'est moi qui ne peux pas me passer d'elle.

— Merci, cousine.

Tess marmonne quelque chose d'incompréhensible et détourne les yeux.

Au bout d'un certain temps, je sombre dans un sommeil profond. Quand je me réveille, je me demande combien de temps s'est écoulé. Ma migraine a disparu et il fait nuit. Est-ce la même journée ? J'ai l'impression d'avoir dormi pendant des siècles. Pas de policiers ni de soldats en vue. Nous sommes toujours vivants. Je reste immobile dans l'obscurité, les sens aux aguets. Il semblerait que notre hôte ne nous ait pas dénoncés. Pas encore.

Tess est assise au bord du lit. Elle somnole, la tête posée sur les bras. Parfois, je songe à lui trouver un foyer, de gentils parents qui prendraient soin d'elle. Mais, chaque fois que cette idée me traverse l'esprit, je la chasse aussitôt. Je ne veux pas que Tess retombe dans les griffes de la République. En réintégrant la société, elle serait forcée de passer l'Examen, car elle ne l'a pas fait quand elle avait dix ans. Et, si jamais on apprenait qu'elle était ma complice, elle serait interrogée sans relâche. Je secoue la tête. Elle est trop naïve, trop influençable… Il est hors de question que je la confie à quiconque. Et puis je ne crois pas que je supporterais son absence. Avant de la rencontrer, j'ai passé deux ans à errer dans les rues, seul. Ce n'est pas une expérience que j'ai envie de revivre.

Je bouge mon pied avec prudence. La cheville est un peu raide, mais pas trop douloureuse. Elle est à peine enflée et les muscles ne sont pas arrachés. La blessure par balle me brûle et ma côte fêlée me fait toujours souffrir, mais j'ai retrouvé assez de force pour me redresser et m'asseoir. D'elles-mêmes, mes mains passent dans mes cheveux qui cascadent sur mes épaules. Je les noue en une queue-de-cheval. Je me penche vers Tess et j'attrape ma vieille casquette de livreur de journaux posée sur le dossier de la chaise. Je la glisse sur ma tête et ce simple geste enflamme les muscles de mes bras.

Une odeur de chili et de pain flotte dans l'air. Sur le buffet, tout près du lit, une petite miche est posée en équilibre sur un bol fumant. Je songe aux deux boîtes de conserve que notre hôte nous a laissées.

Mon estomac gronde. J'attrape le bol et je dévore son contenu.

Tandis que je termine le chili en me léchant les doigts, j'entends une porte se fermer dans la maison, puis des bruits de pas précipités. Mon corps se tend et Tess se réveille en sursaut.

— Qu'est-ce qui se passe ? demande-t-elle en m'attrapant le bras.

Je colle un doigt sur mes lèvres.

Notre hôte fait irruption dans la pièce. Il porte une robe de chambre en loques par-dessus son pyjama.

— Vous feriez bien de partir tout de suite, souffle-t-il. (Des gouttes de sueur constellent son front.) Je viens d'apprendre qu'un homme est à votre recherche.

Je l'observe avec calme tandis que Tess me lance un regard affolé.

— Comment avez-vous appris cela ? lui demandé-je.

L'homme commence à ranger la pièce. Il attrape mon bol vide et essuie le buffet.

— Il raconte aux gens qu'il a des médicaments pour une personne qui en a besoin. Il dit qu'il sait que vous êtes blessé. Il n'a pas donné de nom, mais il parle probablement de vous.

Je glisse mes jambes hors du lit. Je n'ai plus le choix.

— Il parle probablement de moi, en effet.

Tess attrape une poignée de bandages propres et les fourre sous sa chemise.

— C'est un piège, dit-elle. Nous partons sur-le-champ.

L'homme hoche la tête une fois.

— Vous pouvez passer par la porte de derrière. Prenez le couloir et tournez à gauche.

Je le regarde droit dans les yeux. Il sait qui je suis, mais il ne dira rien, j'en suis convaincu. Dans mon secteur, de nombreuses personnes m'ont aidé bien qu'elles aient deviné mon identité. Cet homme leur ressemble : il ne désapprouve pas vraiment mes attaques contre la République.

— Nous vous sommes reconnaissants pour votre aide, lui dis-je.

Il reste silencieux. Je prends la main de Tess et nous sortons de la chambre. Puis nous descendons le couloir avant de tourner à gauche. L'air de la nuit est humide et lourd. Mes blessures me font si mal que j'ai les yeux pleins de larmes.

Nous nous engageons dans une ruelle obscure et silencieuse. Nous traversons six pâtés de maisons avant de ralentir. La douleur est devenue insupportable. Je lève la main pour serrer mon pendentif et je me souviens qu'il n'est plus à mon cou. Une boule se forme au creux de mon estomac. Et si les sbires de la République parvenaient à l'identifier ? Est-ce qu'ils le détruiraient ? Est-il possible qu'ils remontent jusqu'à ma famille ?

Tess se laisse tomber par terre et appuie la tête contre un mur.

— Nous devons quitter la ville, dit-elle. C'est devenu trop dangereux, Day. Tu le sais très bien. Nous serions plus en sécurité en Arizona ou au Colorado. Même Barstow serait plus sûr. Je n'aurais rien contre un petit séjour en banlieue.

Ouais, ouais. Je sais.

Je baisse les yeux.

— Je suis d'accord. Nous ferions mieux de partir.

— Mais tu ne le feras pas. Je le lis sur ton visage.

Nous restons silencieux pendant un moment. Je n'ai pas peur de mourir et, si cela ne tenait qu'à moi, je traverserais le pays pour rejoindre les Colonies. Par malheur, une bonne dizaine de raisons m'en empêchent, et Tess le sait. John et maman ont un emploi. Ils ne peuvent pas tout abandonner et faire leurs valises pour me suivre. Eden ne peut pas quitter l'école qui lui a été assignée. Leur disparition entraînerait des recherches et je ne veux pas qu'ils deviennent des fugitifs, comme moi.

— Nous verrons ça plus tard, dis-je enfin.

Tess esquisse un sourire triste.

— À ton avis, qui est cette personne qui te cherche ? demande-t-elle après un moment de silence. Comment sait-elle que nous sommes dans le secteur de Lake ?

— Je l'ignore. C'est peut-être un trafiquant qui a entendu parler de mon effraction. Peut-être qu'il pense que j'ai volé une grosse somme d'argent ou quelque chose de précieux. À moins que ce ne soit un soldat. Ou un espion. J'ai perdu mon pendentif à l'hôpital. Je ne vois pas comment il pourrait leur apprendre quoi que ce soit, mais on ne sait jamais.

— Qu'est-ce que tu vas faire ?

Je hausse les épaules. La blessure par balle m'élance tant que je dois prendre appui contre le mur.

— Une chose est sûre : qui que ce soit, je n'ai pas la moindre intention de le rencontrer. Pourtant, j'aimerais bien entendre ce qu'il a me dire. Et s'il avait vraiment des médicaments contre l'épidémie ?

Tess m'observe comme elle m'observait lors de notre première rencontre : avec curiosité, espoir et crainte.

— Bah ! dit-elle enfin. Une petite conversation avec ce type ne peut pas être plus dangereuse que ta virée à l'hôpital, non ?

June

Je ne sais pas si le commandant Jameson a pitié de moi ou si la mort de mon frère, un de ses meilleurs éléments, l'a bouleversée, mais elle a décidé de m'aider à organiser les funérailles. Elle n'a jamais fait cela pour un de ses hommes et elle n'a donné aucune explication.

Dans les familles aisées, comme la mienne, les cérémonies funèbres sont toujours longues et complexes. Le corps de Metias repose dans un bâtiment avec de hautes voûtes baroques et des vitraux aux fenêtres. Le sol est couvert de tapis neigeux. Dans la salle mortuaire, les tables de banquet rondes couleur d'albâtre croulent sous les lilas blancs. Seuls les drapeaux et les sceaux de la République disposés devant l'autel apportent un peu de couleur. Le portrait de notre glorieux Electeur trône sur le mur, derrière le cercueil.

Les personnes qui sont venues rendre un dernier hommage à Metias portent leurs plus beaux habits blancs. Pour ma part, j'ai choisi une robe corsetée à lacets avec une surjupe en soie et un dos plissé. Une minuscule broche en or blanc représentant le sceau de la République orne ma poitrine et un mince collier de perles est accroché autour de mon cou. Le coiffeur a rassemblé mes cheveux en chignon, mais il a laissé quelques boucles cascader sur une épaule. Une rose blanche est glissée à mon oreille. Mes paupières sont maquillées avec du fard opalin et mes cils semblent couverts de neige. Les marques rouges qui s'étalent sous mes yeux sont dissimulées par un fond de teint blanc et brillant. J'ai banni toute trace de couleur en hommage au frère qui m'a été arraché.

Metias m'avait raconté un jour que cette tradition funéraire n'avait pas toujours existé. Elle est apparue après les premières inondations et éruptions volcaniques, après la construction du mur le long de la ligne de front pour empêcher les déserteurs des Colonies d'entrer illégalement sur le territoire de la République.

— Après les premières éruptions, des scories blanches sont tombées du ciel pendant des mois en recouvrant les morts et les mourants. C'est pour cette raison que nous nous habillons en blanc pour les cérémonies funéraires.

Il m'avait dit cela quand je lui avais posé des questions à propos de l'enterrement de nos parents.

J'erre entre les invités et je prononce des formules de circonstance en réponse à leurs témoignages de sympathie. Je me suis préparée à cet exercice.

— Toutes mes condoléances, me disent-ils.

Je croise des professeurs, des compagnons d'armes et des supérieurs de Metias. Il y a même deux de mes condisciples. Leur présence m'étonne, car je ne me suis pas fait beaucoup d'amis au cours des trois ans que j'ai passé à Drake. Mon âge et mon parcours scolaire atypique ne m'y ont pas aidée. Le premier s'entraînait avec moi l'après-midi, le second assistait au module 421 sur l'histoire de la République. Ils me serrent la main en secouant la tête.

— D'abord tes parents et maintenant ton frère. Je n'imagine même pas ta souffrance.

En effet.

J'esquisse un sourire gracieux et j'incline la tête, parce que je sais que leurs intentions sont bonnes.

— Merci d'être venu. Je suis touchée. Je suis sûr que Metias est fier d'avoir donné sa vie pour la République.

Parfois, un invité condescendant me lance un regard admiratif de loin. Je n'y prête aucune attention. Je n'ai pas besoin de ce genre de flatterie. Ma tenue n'est pas pour eux. Cette robe trop belle est un hommage à Metias, un témoignage silencieux de mon amour pour lui.

Je m'assois à une table en face de l'autel couvert de fleurs. Bientôt, une procession se formera et les gens viendront lire leurs éloges funèbres. J'incline la tête avec respect pour saluer les drapeaux de la République, puis mes yeux glissent sur le cercueil blanc qui se trouve derrière. Depuis ma chaise, j'aperçois à peine le corps qui est à l'intérieur.

— Tu es ravissante, June.

Je tourne la tête. Thomas me salue et s'assoit près de moi. Ses cheveux sont coupés de frais et il a troqué son uniforme pour un élégant ensemble blanc. Ces vêtements sont neufs et ils ont dû lui coûter une fortune.

— Merci. Toi aussi.

— C'est-à-dire… Je voulais dire que, compte tenu des circonstances, tu as l'air de ne pas trop mal t'en tirer.

— Je sais ce que tu voulais dire.

Je lui tapote la main pour le rassurer. Il esquisse un sourire. J'ai l'impression qu'il va me dire quelque chose, mais il se ravise et détourne les yeux.

Il faut attendre une demi-heure pour que tout le monde trouve sa place, une autre avant que les serveurs arrivent avec les plats. Je ne mange pas. Le commandant Jameson est assise en face de moi. Mes deux condisciples sont installés entre elle et Thomas. Nous échangeons un sourire forcé. L'homme qui est à ma gauche s'appelle Xian. C'est lui qui organise et chapeaute les Examens à Los Angeles. Il a supervisé le mien. Que fait-il ici ? En quoi la mort de Metias le concerne-t-elle ? C'est une ancienne connaissance de nos parents et sa présence n'a rien de très surprenant, mais pourquoi est-il assis juste à côté de moi ?

Je me rappelle alors que Xian a été le mentor de Metias avant que celui-ci rejoigne la brigade du commandant Jameson. Mon frère le détestait.

Xian me regarde en fronçant ses sourcils broussailleux. Sa main se pose sur mon épaule nue et s'y attarde un instant.

— Comment vous sentez-vous, ma chère ?

Il a une cicatrice en travers du nez et une autre, aux arêtes saillantes, entre l'oreille et la pointe du menton. Elles se déforment chaque fois qu'il parle.

Je parviens à sourire.

— Mieux que je l'aurais cru.

— Je vois ça.

Il laisse échapper un éclat de rire et j'esquisse un mouvement de recul imperceptible. Il m'observe des pieds à la tête.

— Cette robe vous enveloppe comme une pellicule de neige fraîche.

Je rassemble toute ma volonté pour conserver le sourire peint sur mes lèvres. *Du calme*, me dis-je. Xian n'est pas le genre d'homme qu'on souhaite comme ennemi.

— J'aimais beaucoup votre frère, vous savez, poursuit-il sur un ton condescendant. Je me souviens de lui quand il était enfant. Vous auriez dû le voir. Il courait en rond dans le salon de vos parents en brandissant la main comme s'il tenait un petit pistolet. Il était fait pour devenir membre de nos brigades.

— Merci, monsieur.

Xian découpe un énorme morceau de viande et le fourre dans sa bouche.

— Metias était très attentif quand il était placé sous ma responsabilité. C'était un chef-né. Est-ce qu'il vous a parlé de cette époque ?

Un souvenir me traverse l'esprit. La nuit où Metias a commencé à travailler pour Xian. Il pleuvait et il m'avait emmené dans le secteur de Tanagashi avec Thomas, qui n'avait pas encore terminé ses études. J'avais mangé mon premier bol de porc *edamame* avec des spaghettis et des rouleaux aux oignons doux. Je me souviens qu'ils étaient tous deux en grand uniforme. La veste de Metias était ouverte et sa chemise dépassait. Celle de Tomas était boutonnée de manière impeccable et ses cheveux étaient peignés en arrière. Thomas se moquait de mes couettes en bataille, mais mon frère était silencieux. Une semaine plus tard, son apprentissage sous la tutelle de Xian se terminait brusquement. Metias avait déposé une demande de mutation et il avait été affecté à la brigade du commandant Jameson.

— Il m'a dit que c'était classé secret-défense.

C'est un mensonge.

Xian éclate de rire.

— C'était un bon garçon. Oui, un bon garçon. Et un excellent apprenti. Vous n'imaginez pas à quel point j'ai été déçu par sa réaffectation aux brigades urbaines. Il m'a expliqué qu'il ne se sentait pas assez intelligent pour évaluer les Examens ou s'occuper des enfants qui venaient de le passer. Il était si modeste. Il se sous-évaluait. Tout comme vous.

Un sourire un peu inquiétant se dessine sur ses lèvres.

Je hoche la tête. Xian m'a fait passer l'Examen deux fois parce que j'avais fait un sans-faute en un temps record – une heure et dix minutes. Il était persuadé que j'avais triché. Je suis la seule à avoir obtenu une note parfaite et je suis sans doute la seule à avoir passé l'Examen à deux reprises.

— C'est très gentil de dire cela. Mon frère était meilleur officier que je ne le serai jamais.

Xian m'interrompt d'un geste de la main.

— Vous dites des bêtises, ma chère.

Il se penche vers moi – un peu trop près à mon goût. Je le trouve effrayant et trop mielleux.

— Je suis dévasté par sa mort, dit-il. Tué par cette jeune racaille. Quelle honte ! (Il plisse les yeux et ses sourcils s'épaississent.) J'ai été ravi d'apprendre que le commandant Jameson vous avait chargée de traquer cet assassin. Ce dossier avait besoin d'être examiné par un nouvel enquêteur et vous êtes la perle qu'il fallait. Comment imaginer meilleure mission pour faire ses preuves, hein ?

Je hais cet homme du fond du cœur. Thomas a dû remarquer que quelque chose ne va pas, car il prend ma main sous la table.

Laisse dire.

Xian se détourne enfin pour répondre à la question d'un invité et Thomas se penche vers moi.

— Xian en veut à Day personnellement, souffle-t-il à mon oreille.

— Tiens donc.

Thomas hoche la tête.

— À ton avis, d'où vient la cicatrice qu'il a sur le nez ?

C'est Day qui lui a fait ça ?

Je ne peux m'empêcher d'écarquiller les yeux. Xian est un homme imposant et il travaille pour l'administration de l'Examen depuis très longtemps. C'est un fonctionnaire efficace. Comment un simple adolescent a-t-il pu lui infliger une telle blessure ? et réussir à s'échapper ? Je jette un coup d'œil à la cicatrice de Xian. Elle a sans doute été infligée par une lame sans dents, car elle est régulière. J'ai du mal à imaginer que Xian soit resté immobile pendant qu'on lui tailladait le visage. L'attaque a dû se passer très vite. Pendant une fraction de seconde, j'éprouve un élan de gratitude envers Day. Je tourne la tête vers le commandant Jameson, qui m'observe comme si elle lisait mes pensées. L'intensité de son regard me met mal à l'aise.

La main de Thomas effleure la mienne.

— Hé ! dit-il. Day ne pourra pas échapper au gouvernement jusqu'à la fin des temps. Un jour ou l'autre, nous mettrons la main sur cette racaille et nous ferons un exemple. Il ne te résistera pas. Rien ne te résiste quand tu as décidé de faire quelque chose.

Son sourire affable me fait fondre et j'ai soudain l'impression que Metias est assis à côté de moi. Il me promet que tout ira bien, que la République sera à la hauteur de mes attentes. Mais, quand j'étais petite, il m'a juré de toujours rester à mon côté. Je tourne la tête vers l'autel pour que Thomas ne voie pas mes yeux embués de larmes. Je ne peux pas sourire. Je crois que je ne sourirai plus jamais.

— Qu'on en finisse, murmuré-je.

Day

L'après-midi touche à sa fin et il fait une chaleur infernale. Perdu au sein de la foule, j'avance en boitillant dans les rues qui bordent les secteurs d'Alta et de Winter, le long du lac. Je ne fais aucun effort pour passer inaperçu. Mes blessures ne sont pas encore guéries. Je porte un pantalon militaire que notre hôte m'a donné et une fine chemise à col que Tess a récupérée dans une poubelle. Ma casquette est enfoncée sur ma tête et un bandeau sur l'œil gauche complète mon déguisement. Ce dernier détail n'a rien d'étonnant, car de nombreux ouvriers sont blessés dans les usines. Je suis seul. Tess garde profil bas. Elle est cachée quelques rues plus loin, près d'une fenêtre au premier étage d'un bâtiment. Inutile de prendre des risques tous les deux.

Je suis entouré de bruits familiers : des marchands ambulants interpellent les passants pour leur vendre des œufs d'oie bouillis, des beignets ou des hot-dogs. Des employés se tiennent près des portes des épiceries et des cafés pour attirer les clients. Des voitures vieilles de plusieurs dizaines d'années passent dans un bruit de ferraille. Les ouvriers du deuxième quart rentrent chez eux à pas lents. Quelques filles me remarquent et rougissent quand nos regards se croisent. Des bateaux font le tour du lac en prenant soin de ne pas approcher des énormes turbines qui brassent l'eau le long de la rive. Les alarmes inondation sont silencieuses.

Certains quartiers sont fermés, car les soldats les ont mis en quarantaine. Je ne m'en approche pas.

Les haut-parleurs disposés sur les toits des bâtiments grésillent et crépitent. Des publicités et des bulletins annonçant de nouvelles attaques des Patriotes défilent sur les JumboTron, mais les programmes s'interrompent soudain pour laisser place à une vidéo montrant le drapeau de la République. Dans les rues, tout le monde s'arrête tandis que le serment commence.

« Je jure fidélité au drapeau de la grande République d'Amérique, à notre Elector Primo, à nos glorieux États, au rassemblement contre les Colonies et à notre victoire imminente ! »

Quand résonne le nom de l'Elector Primo, tout le monde salue en direction de la capitale. Je marmonne le serment entre mes dents, mais je m'abstiens de prononcer les deux dernières phrases – après avoir vérifié qu'aucun agent de la police urbaine ne me surveille.

Je me demande ce qu'on récitait avant la guerre contre les Colonies.

La cérémonie se termine et la vie reprend son cours. Je me dirige vers un bar décoré à la chinoise et couvert de graffitis. L'employé qui se tient à l'entrée me gratifie d'un large sourire amputé de plusieurs dents.

— Nous servons de la véritable Tsingtao aujourd'hui, souffle-t-il en me faisant entrer. Récupérée dans une cargaison offerte à notre glorieux Elector Primo par la Chine. Jusqu'à 18 heures seulement.

Il regarde autour de lui avec nervosité tandis qu'il me livre cette information capitale. Je l'observe. De la Tsingtao, hein ? Ben voyons ! Mon père aurait éclaté de rire en entendant cela. La République n'a pas signé d'accords commerciaux avec la Chine pour importer des produits de qualité et les distribuer dans les quartiers pauvres. Selon la propagande gouvernementale, l'objectif consiste à « conquérir la Chine et s'emparer de son marché ». Ce type n'a pas payé ses taxes bimensuelles depuis une éternité pour prendre le risque de remplir des bouteilles de Tsingtao avec la mixture qu'il brasse dans sa cave.

Je le remercie et j'entre. C'est un endroit comme un autre pour obtenir des informations.

Il fait sombre et il flotte dans l'air une odeur de pipe, de viande grillée et de lampe à gaz. Je me fraie un chemin entre les tables et les chaises pour me diriger vers le bar. Au passage, je récupère un peu de nourriture dans deux assiettes laissées sans surveillance. Derrière moi, de nombreux clients forment un cercle autour d'un combat de skiz. Les applaudissements et les encouragements fusent de toutes parts. Il semblerait que cet établissement tolère les paris illégaux. Les joueurs sont sans doute prêts à verser leurs gains à d'éventuels policiers urbains en échange de leur silence. Il faudrait être fou pour avouer qu'on gagne de l'argent non déclaré.

La barmaid ne prend pas la peine de vérifier mon âge. Elle ne m'adresse même pas un regard.

— Qu'est-ce que tu veux ? demande-t-elle.

Je secoue la tête.

— Juste un verre d'eau, s'il te plaît.

Derrière moi, les parieurs rugissent de plaisir tandis qu'un combattant s'effondre.

La barmaid me jette un coup d'œil dubitatif. Elle est intriguée par le bandeau sur mon visage.

— Qu'est-ce qui t'est arrivé, gamin ?

— Un accident sur les terrasses. Je garde les vaches.

Elle fait une grimace dégoûtée, mais j'ai éveillé son intérêt.

— Quelle poisse ! Tu es sûr que tu ne veux pas une bière ? Ça doit te faire un mal de chien.

Je secoue la tête.

— Merci, cousine, mais je ne bois pas d'alcool. J'aime rester concentré sur ce que je fais.

Elle me sourit. Elle est plutôt mignonne à la lumière vacillante des lampes. Ses paupières lisses sont couvertes de poudre verte et brillante ; ses cheveux noirs sont coupés court et au carré ; un tatouage représentant une plante grimpante part de son oreille et disparaît dans le décolleté de sa chemise corsetée. Une vieille paire de lunettes de protection – qu'elle utilise sans doute en cas de rixe – est accrochée autour de son cou. Dommage ! Si je n'avais pas un besoin urgent d'informations, j'aurais volontiers pris le temps de bavarder un peu avec elle. Peut-être serais-je parvenu à lui voler un baiser ou deux.

— Tu viens du secteur de Lake, hein ? me demande-t-elle. Tu as décidé de faire un petit tour par chez nous pour jouer les don Juan ? À moins que tu sois ici pour te battre ?

Elle hoche la tête en direction du combat de skiz.

Je souris.

— Je préfère te laisser ce plaisir.

— Qu'est-ce qui te fait penser que je suis une combattante ?

Je fais un geste en direction des cicatrices sur ses bras et des hématomes qui couvrent ses mains. Elle sourit avec lenteur.

Je hausse les épaules.

— Je n'ai pas l'intention de finir dans un ring. Je suis juste entré parce que le soleil commençait à taper un peu trop fort. Ça ne me déplairait pas de passer un moment en ta compagnie – à condition que tu ne sois pas contaminée, bien sûr.

La plaisanterie est éculée, mais la barmaid éclate quand même de rire. Elle se penche sur le comptoir.

— J'habite à la limite du secteur. Pour l'instant, on n'a pas encore eu de cas signalé.

Je me penche à mon tour.

— Tu as de la chance. (Je poursuis d'une voix grave.) Il y a quelque temps, des soldats ont apposé la marque sur la maison d'une famille que je connais.

— Désolée de l'apprendre.

— Je voudrais te demander un truc. Par curiosité. Tu as entendu parler d'un type qui traînerait dans le coin depuis peu ? Un type qui prétend qu'il a des médicaments contre l'épidémie ?

La barmaid hausse un sourcil.

— Ouais, j'en ai entendu parler. Il y a un paquet de gens qui le cherchent.

— Tu sais ce qu'il raconte ?

Tandis qu'elle marque un instant d'hésitation, je remarque les taches de rousseur sur son nez.

— Il paraît qu'il dit qu'il veut donner les médicaments à quelqu'un en particulier. Il dit que cette personne se reconnaîtra.

J'essaie de prendre l'air amusé.

— J'aimerais bien que ce soit moi.

Elle sourit.

— C'est pas des blagues. Il a fixé un rendez-vous à cette personne ce soir, à minuit, au *Dix Secondes*.

— Le *Dix Secondes* ?

La barmaid hausse les épaules.

— Je n'ai jamais entendu parler de cet endroit. Personne ne le connaît. (Elle se penche un peu plus et poursuit dans un murmure.) Qu'est-ce que t'en penses ? Moi, je crois que ce type est complètement givré.

J'éclate de rire avec elle, mais mon cerveau est en ébullition. Il ne fait aucun doute que ce mystérieux inconnu me cherche. Il y a un an, j'ai cambriolé une banque d'Arcadia en passant par une ruelle qui longeait l'arrière du bâtiment. Un garde a essayé de me tuer. Entre deux bordées d'injures, il a affirmé que les lasers de la chambre forte allaient me découper en rondelles. Je me suis moqué de lui. Je lui ai dit qu'il ne me faudrait pas plus de dix secondes pour arriver aux coffres. Il ne m'a pas cru, mais personne ne me croit jamais tant que je n'ai pas montré de quoi je suis capable. Avec l'argent que j'ai récupéré, je me suis offert une jolie paire de bottes et, au marché noir, j'ai fait l'emplette d'une électrobombe, un engin qui neutralise les armes électromagnétiques dans un certain rayon. Elle m'a bien servi quand j'ai attaqué la base aérienne. Tess a renouvelé sa garde-robe avec des chemises, des pantalons et des chaussures flambant neufs. Elle a aussi acheté des provisions, des bandages, du désinfectant et même un flacon d'aspirine. J'ai donné le reste de l'argent à ma famille et à des habitants du secteur de Lake.

Je flirte quelques minutes avec la barmaid, puis je lui dis au revoir avant de quitter le bar. Le soleil n'est pas encore couché et des gouttes de sueur coulent sur mon visage. J'en sais assez. Le gouvernement a trouvé des indices à l'hôpital et il a décidé de me tendre un piège. Leur agent m'attendra ce soir au *Dix Secondes*, mais il ne sera pas seul. Je suis sûr que les ruelles alentour grouilleront de soldats. Les enquêteurs ont dû arriver à la conclusion que je suis prêt à tout pour obtenir des médicaments.

Le mystérieux inconnu en apportera sans doute pour me pousser à me découvrir. Je réfléchis en serrant les lèvres, puis je change de direction.

Je me dirige vers le quartier des affaires.

J'ai un rendez-vous à minuit.

June

23.29
Secteur de Batalla.
Température intérieure : 22 °C.

Les lampes du Batalla Hall dispensent une lumière froide et fluorescente. Je me prépare dans une salle de bains de l'étage du service Observation et Analyses. Je suis presque tout de noir vêtue. Je porte un tee-shirt à manches longues sous une veste à rayures et un pantalon moulant dont le bas est rentré dans mes bottes. Une grande cape sombre avec une ligne blanche au milieu m'enveloppe des pieds à la tête. Un masque et des lunettes à infrarouges me cachent le visage. Je dispose également d'un minuscule micro, d'une oreillette et d'un pistolet – au cas où.

Je dois devenir une ombre asexuée et banale que personne ne remarquera. Je dois ressembler à un trafiquant, à une personne assez riche pour se procurer des médicaments contre l'épidémie.

Metias aurait secoué la tête en me voyant ainsi.

« Il est hors de question que tu interviennes seule dans le cadre d'une mission classée confidentielle, June. Tu pourrais être blessée. »

Quelle ironie !

Je verrouille le fermoir de la cape – une attache en acier plaqué bronze sans doute fabriquée au Texas occidental – et je me dirige vers l'escalier menant à la sortie. Dans quelques instants, je serai en route vers la banque d'Arcadia où je suis censée rencontrer Day.

Mon frère est mort depuis cent vingt heures, mais j'ai l'impression que cela fait une éternité. Il y a soixante-dix heures, j'ai obtenu l'autorisation d'accéder à Internet et j'y ai cherché toutes les informations relatives à Day. Il y a quarante heures, j'ai présenté au commandant Jameson un plan destiné à traquer le meurtrier de mon frère. Il y a trente-deux heures, le commandant a approuvé mon plan – je suppose qu'elle ne se rappelle même pas en quoi il consiste. Il y a trente heures, j'ai envoyé des éclaireurs dans tous les secteurs contaminés de Los Angeles – Winter, Blueridge, Lake et Anta – pour y répandre une rumeur : « Quelqu'un a des médicaments pour toi, Day, viens au *Dix Secondes*. » Il y a vingt-neuf heures, j'ai assisté aux funérailles de mon frère.

Je ne compte pas arrêter Day ce soir. Je ne pense même pas le voir. Il saura où se trouve le *Dix Secondes* et il comprendra que je suis un agent de la République ou un trafiquant de connivence avec le gouvernement. Il ne va pas se montrer. Même le commandant Jameson, qui m'a confié cette mission afin de m'évaluer, sait qu'il restera dans l'ombre.

Mais je suis persuadée qu'il viendra. Il a un besoin pressant de médicaments et, ce soir, je lui demande seulement d'être présent. Je veux juste un indice, un point de départ, une direction, une information personnelle.

Je prends soin d'éviter les zones éclairées. J'aurais préféré passer par les toits mais, dans le quartier des affaires, ils sont protégés par des gardes. Autour de moi, les JumboTron affichent des images criardes et les haut-parleurs crachent des sons déformés. Sur un écran, je remarque que l'avis de recherche de Day a été mis à jour. Il est illustré par la photo d'un adolescent avec de longs cheveux noirs. Dans les rues, les lampadaires clignotent au-dessus de la foule des ouvriers de nuit, des policiers et des marchands. De temps en temps, on aperçoit un char d'assaut suivi de plusieurs pelotons de soldats. Ceux-ci portent des bandes bleues sur les manches de leurs uniformes. Ils reviennent du front, peut-être pour prendre un peu de repos. Ils ont les deux mains sur leurs armes. Ils ressemblent à Metias et ma respiration devient difficile. J'accélère et je m'efforce de rester concentrée.

Je ne prends pas le chemin le plus court pour m'éloigner de Batalla. J'emprunte les rues secondaires et je traverse des bâtiments abandonnés. Je ne m'arrête pas avant d'être à bonne distance des zones surveillées.

Les policiers urbains ne savent rien de ma mission. S'ils me voient habillée ainsi et équipée de lunettes à infrarouges, ils m'interpelleront sur-le-champ.

La banque d'Arcadia se trouve dans une rue tranquille. Je contourne le bâtiment et j'arrive devant un parking au bout d'une ruelle. Je me tapis dans l'ombre et j'attends. Mes lunettes me permettent de voir dans l'obscurité, mais elles n'offrent que des images ternes et délavées. Je regarde autour de moi. J'aperçois des rangées de haut-parleurs sur les toits, un chat errant dont la queue frémit au-dessus du couvercle d'une poubelle, un kiosque abandonné couvert de vieilles affiches de propagande contre les Colonies.

L'horloge interne des lunettes indique 11 h 53. Pour passer le temps, je songe à Day. Avant l'attaque de cette banque, il était déjà recherché pour trois délits où on avait retrouvé ses empreintes digitales, mais je suis persuadée qu'il en a commis bien davantage. J'examine la ruelle étroite. Comment a-t-il pu s'introduire dans le bâtiment en dix secondes alors que l'entrée était surveillée par quatre gardes armés ? Peut-être que le mur de l'établissement offre suffisamment de prises pour grimper jusqu'au premier ou au deuxième étage. Il a dû se débrouiller pour que les gardes se tirent dessus, puis il a brisé une fenêtre. Cela ne lui aurait pris que quelques secondes. Je me demande ce qu'il a fait une fois à l'intérieur.

Day est agile. Il est parvenu à s'échapper après une chute de deux étages. Il ne répétera pas sa petite cascade ce soir. Il est peut-être le roi des monte-en-l'air, mais on ne se relève pas indemne après une telle chute. Il ne grimpera pas aux murs – ni même aux escaliers – pendant une bonne semaine.

Je me raidis. Il est minuit passé de deux minutes quand j'entends un lointain claquement métallique. Le chat qui fouillait la poubelle lève la tête et s'enfuit sans demander son reste. Il s'agit peut-être du capuchon d'un briquet, d'une culasse de fusil, d'un haut-parleur ou d'un lampadaire. Cela peut être n'importe quoi. Je scrute les toits. Rien.

Les poils de ma nuque se hérissent. Je sens sa présence. Je sens qu'il m'observe.

— Montre-toi, dis-je.

Le minuscule micro placé près de ma bouche me donne une voix d'homme.

Pas un bruit. Même les vieilles affiches du kiosque ne bruissent pas. Il n'y a pas un souffle de vent.

Je tire une fiole de l'étui accroché à ma ceinture. Mon autre main est posée sur la crosse de mon arme.

— J'ai ce que tu cherches, dis-je en montrant le petit flacon avec insistance.

Aucune réaction mais, cette fois-ci, je crois entendre quelque chose qui ressemble à un soupir étouffé. Une respiration. Mes yeux scrutent les toits. Je viens de comprendre l'origine du cliquetis. Day a piraté les haut-parleurs afin de me parler sans trahir sa position. J'esquisse un sourire derrière mon masque. J'aurais procédé de la même façon.

— Je sais que tu as besoin de *ceci* ! dis-je en agitant la fiole. (Je la fais tourner et je la lève au-dessus de ma tête.) Elle a les estampilles officielles et elle porte un tampon d'homologation. Je te jure que ce médicament est authentique. (J'entends un autre soupir.) Montre-toi. Une personne qui t'est chère a besoin de ce médicament. (Je regarde l'heure sur l'écran interne de mes lunettes.) Il est minuit cinq. J'attends encore deux minutes, puis je m'en vais.

Le silence retombe dans la ruelle, seulement brisé par un soupir venant des haut-parleurs. Je scrute les ombres des toits. Day est intelligent. Je n'ai pas la moindre idée de l'endroit où il se cache. Il est peut-être derrière une poubelle, à quelques mètres de moi, ou bien au sommet d'un haut bâtiment à plusieurs pâtés de maisons. Je ne sais qu'une chose : il me voit.

L'horloge de l'écran affiche minuit sept. Je fais demi-tour, je range la fiole dans l'étui accroché à ma ceinture et je commence à m'éloigner.

— Que veux-tu en échange du médicament, cousin ?

La voix est un murmure. Les haut-parleurs la brisent et la déforment au point qu'elle est presque incompréhensible. J'enregistre toutes les informations possibles : un homme avec un léger accent. Il ne vient pas d'Oregon, du Nevada, d'Arizona, de New Mexico, du Texas occidental ou d'un autre État de la République. Il vient de Californie méridionale. Il emploie « cousin », un terme familier en vogue chez les civils du secteur de Lake. Il est assez près pour m'avoir vu ranger la fiole, assez loin pour que les haut-parleurs déforment sa voix. Il se cache sans doute dans un pâté de maisons voisin, en hauteur de manière à avoir une vue dégagée sur les alentours.

Tandis que mon esprit enregistre ces indices, une rage noire monte en moi. Cette voix est celle de l'assassin de mon frère. C'est peut-être la dernière que Metias a entendue.

J'étouffe ma haine et j'attends deux secondes avant de répondre.

— Ce que je veux ? demandé-je avec calme et douceur. Cela dépend. As-tu de l'argent ?

— Mille deux cents unités.

Il me propose des unités, pas d'or frappé aux armes de la République. Il dépouille les nantis, mais il est incapable de s'en prendre aux plus riches. Il doit opérer seul.

J'éclate de rire.

— Mille deux cents unités, ce n'est pas assez pour cette fiole. Tu n'as rien d'autre ? Des objets de valeur ? Des bijoux ? (Silence.) À moins que tu ne proposes tes services ? Je suis sûre que…

— Je ne travaille pas pour le gouvernement.

J'ai appuyé sur un point sensible.

— Je n'avais pas l'intention de t'offenser. Cela valait toujours le coup d'essayer. Pourquoi penses-tu que je travaille pour le gouvernement ? Ne crois-tu pas que tu surestimes la République ?

Il reste silencieux pendant quelques secondes.

— Le nœud de ta cape. Je n'en ai jamais vu de pareil. Il ne ressemble pas à ceux que font les civils.

Je suis interloquée. Il s'agit en effet d'un Canto, un nœud très résistant utilisé par les cadres de l'armée. Day connaît bien les uniformes et il n'a pas les yeux dans sa poche. Je me ressaisis.

— Il est agréable de croiser quelqu'un capable de remarquer un Canto. Mais je voyage souvent et je rencontre beaucoup de gens, des gens avec lesquels je ne travaille pas forcément.

Silence.

J'attends. Je tends l'oreille à l'affût d'un autre soupir venant des haut-parleurs. Rien, pas même un craquement. Je n'ai pas été assez rapide et ma seconde d'hésitation lui a suffi pour prendre une décision : je ne suis pas digne de confiance. Je serre la cape autour de moi et je m'aperçois que je suis en nage. La nuit est chaude et mon cœur martèle ma poitrine.

Une voix résonne dans le minuscule écouteur glissé dans mon oreille.

— Vous me recevez, Iparis ?

Le commandant Jameson. J'entends un vague brouhaha. Elle n'est pas seule dans son bureau.

— Il est parti, dis-je. Mais j'ai rassemblé quelques indices.

— Il a deviné pour qui vous travaillez, n'est-ce pas ? Bah ! il est normal de commettre quelques erreurs lors de sa première mission en solo. De toute manière, tout a été enregistré. Nous nous verrons à Batalla Hall.

Ses observations me piquent comme un essaim d'abeilles. Elle coupe la communication sans me laisser le temps d'ajouter un mot.

J'attends une autre minute, juste pour m'assurer que Day est bel et bien parti. Il n'y a plus un bruit. Je fais demi-tour et je remonte la ruelle. J'aurais voulu expliquer au commandant qu'il y avait un moyen très simple de débusquer Day : rassembler les habitants des maisons contaminées du secteur de Lake. Mais à quoi bon ? Jameson aurait refusé de prendre une telle mesure. « *C'est hors de question, Iparis. Cela reviendrait trop cher et le quartier général s'y opposerait fermement. Trouvez autre chose.* » Je jette un coup d'œil par-dessus mon épaule avec le vague espoir de découvrir une silhouette noire essayant de me filer. La ruelle est déserte.

Puisque je ne peux pas obliger Day à venir à moi, c'est moi qui irai à lui.

Day

— Tu es sûr que tu ne veux pas avaler quelque chose ?

La voix de Tess m'arrache à la surveillance des alentours. Je détourne les yeux du lac. Tess me tend un morceau de pain et un bout de fromage avec insistance. Je n'ai mangé qu'une demi-pomme depuis mon rendez-vous avec cet étrange agent du gouvernement, la veille, et la nourriture sort tout juste d'un magasin, mais je n'ai pas faim.

Malgré tout, je prends le pain et le fromage. Je n'ai pas l'habitude de gaspiller des aliments frais, surtout quand leur achat grève le budget consacré aux médicaments.

Tess et moi sommes assis sur le sable, sous une jetée, à l'endroit où le lac pénètre dans notre secteur. Nous sommes installés contre le remblai de la berge, derrière les herbes et les rochers afin de rester invisibles aux yeux des soldats désœuvrés et des ouvriers ivres. Tapis dans l'ombre, nous savourons l'air salin et nous observons les reflets des lumières du centre-ville de Los Angeles sur l'eau. De vieilles ruines se dressent encore au-dessus de la surface, des bâtiments abandonnés par leurs occupants et leurs propriétaires quand le niveau du lac a commencé à monter. Le long de la rive, des roues à aubes et des turbines géantes brassent l'eau derrière des voiles de fumée. À mon avis, cet endroit est le plus joli de notre misérable petit secteur.

Ce n'est pas tout à fait exact. Les lumières du centre-ville me ravissent, mais le panorama est gâché par le stadium de l'Examen qui se dresse à l'est.

— Tu as du temps devant toi, me dit Tess.

Elle se rapproche et je sens son bras nu contre le mien. Ses cheveux ont conservé l'odeur de la boutique où elle a acheté à manger, une odeur de pain et de cannelle.

— Nous disposons au moins d'un mois. Je suis certaine que nous trouverons des médicaments d'ici là.

Pour une jeune fille sans famille ni foyer, Tess fait preuve d'un optimisme étonnant. J'essaie de sourire pour lui faire plaisir.

— Peut-être, dis-je. Peut-être que la sécurité de l'hôpital se relâchera au bout de deux semaines.

Je n'en pense pas un mot.

Ce matin, je suis allé jeter un coup d'œil à ma maison en dépit du danger. L'étrange croix était toujours sur la porte. Ma mère et John étaient en bonne santé, enfin, ils étaient encore capables de tenir debout et de se déplacer. Mais Eden... Eden était allongé sur son lit avec un linge sur le front. Malgré la distance, j'ai vu qu'il avait déjà perdu du poids. Il était pâle et il semblait parler d'une voix rauque et faible. Un peu plus tard, j'ai retrouvé John derrière la maison. Il m'a dit qu'Eden n'avait rien mangé depuis ma dernière visite. Je lui ai rappelé de ne pas rester dans sa chambre plus longtemps que nécessaire. Personne ne sait comment la maladie se propage. John m'a recommandé de garder profil bas et de ne pas me faire tuer. J'ai éclaté de rire. Il sait que je suis le dernier espoir d'Eden, même s'il ne l'avouera jamais devant moi.

L'épidémie risque de faucher mon jeune frère avant qu'il ait le temps de passer l'Examen.

Et si cette maladie était une bénédiction ? S'il meurt, Eden n'attendra jamais le bus de l'Examen devant la porte de la maison. Il ne gravira pas les escaliers du stadium en compagnie de dizaines d'autres enfants. Il ne courra pas le long de la piste pendant que les admins de la République évaluent sa respiration et son maintien. Il ne répondra pas à des pages et des pages de QCM idiots et il ne se présentera pas devant un demi-cercle d'examinateurs impatients. Il ne sera pas placé dans un des deux groupes de candidats sans savoir lequel rentrera chez lui et lequel sera envoyé dans un prétendu camp de travail.

Je ne sais plus quoi penser. La maladie est peut-être plus miséricordieuse que le sort réservé aux rebuts de la République.

— Eden tombe toujours malade, tu sais, dis-je après un moment de silence. (Je prends une grande bouchée de pain et de fromage.) Un jour, quand il était bébé, il a failli y rester. Il avait attrapé une sorte de varicelle. Il avait la fièvre et des taches rouges sur tout le corps. Il a pleuré pendant toute une semaine. Les soldats sont venus pour marquer notre porte, mais il était clair que sa maladie n'avait rien à voir avec l'épidémie. Personne d'autre ne l'avait attrapée. (Je secoue la tête.) John et moi ne sommes jamais malades.

Tess ne sourit pas cette fois-ci.

— Pauvre Eden. (Elle se tait pendant quelques instants.) J'étais en piteux état quand tu m'as trouvée. Tu te rappelles à quel point j'étais crasseuse ?

Un sentiment de culpabilité m'envahit. Voilà des jours que je ne parle que de mes problèmes. Après tout, j'ai la chance d'avoir une famille pour laquelle m'inquiéter. Je passe le bras dans le dos de Tess.

— Ouais. Tu n'étais pas belle à voir.

Tess rit, mais ses yeux restent rivés sur les lumières du centre-ville. Elle pose la tête sur mon épaule. Elle a adopté cette habitude quelques jours après notre première rencontre dans une ruelle du secteur de Nima.

Je me demande ce qui m'a poussé à m'arrêter et à lui adresser la parole cet après-midi-là. Peut-être que la chaleur avait émoussé ma prudence, ou bien j'étais de bonne humeur parce que je venais de trouver une pile de vieux sandwichs – de quoi manger pour la journée – dans la poubelle d'un restaurant.

— Hé ! lui avais-je lancé.

Deux autres têtes avaient jailli du conteneur à détritus, celles d'une vieille femme et d'un adolescent. Ces deux-là s'étaient enfuis sans demander leur reste, mais la fillette n'avait pas bougé. Elle était maigre comme un clou et elle ne devait pas avoir plus d'une dizaine d'années. Elle me regardait en tremblant. Elle portait une chemise et un pantalon déchirés. Ses cheveux étaient fourchus, coupés court et sans raffinement au-dessus des épaules. La lumière du soleil faisait ressortir leurs reflets cuivrés.

J'étais resté silencieux pendant un moment, de crainte de l'effrayer comme les deux autres.

— Ça te dérange si je me joins à toi ? avais-je fini par demander.

Elle n'avait pas prononcé un mot. Je distinguais à peine son visage sous son masque de crasse.

Au bout d'une minute, j'avais haussé les épaules et je m'étais avancé vers elle. Il y avait peut-être quelque chose d'intéressant dans ce conteneur.

Alors que je n'étais plus qu'à trois mètres, la fillette avait poussé un cri étranglé. Elle avait bondi dans la ruelle et était partie comme une flèche. Elle courait si vite qu'elle avait trébuché et qu'elle était tombée sur les mains et les genoux. Je m'étais approché en boitant – ma vieille blessure me faisait beaucoup souffrir à cette époque. Je me souviens que j'avais failli perdre l'équilibre en voulant aller trop vite.

— Hé ! Est-ce que tu vas bien ?

Elle s'était retournée et avait porté ses mains écorchées à son visage comme pour se protéger.

— Pitié ! Pitié ! Pitié !

— Pitié ? Pitié pour quoi ? avais-je demandé d'un ton agacé.

Puis j'avais lâché un soupir, embarrassé par mon accès de colère. Des larmes perlaient déjà aux yeux de la fillette.

— Ne pleure pas. Je ne vais pas te faire de mal.

Je m'étais agenouillé près d'elle. Elle avait esquissé un mouvement de recul en gémissant mais, quand elle avait constaté que je ne cherchais pas à la retenir, elle s'était immobilisée pour m'observer. Ses genoux étaient à vif.

— Tu habites dans le coin ? avais-je demandé.

Elle avait hoché la tête, puis elle l'avait secouée comme si une pensée venait de lui traverser l'esprit.

— Non.

— Tu veux que je te ramène chez toi ?

— Je n'ai pas de chez-moi.

— Ah bon ? Où sont tes parents ?

Elle avait secoué la tête de nouveau. J'avais soupiré, posé mon sac en toile et tendu la main vers elle.

— Je ne peux pas te laisser avec des genoux dans cet état. Je vais nettoyer les plaies et ensuite tu pourras partir. Si tu veux, je te donnerai un peu de nourriture. C'est un marché intéressant, non ?

Il m'avait fallu attendre un long moment avant qu'elle me prenne la main.

— D'accord, avait-elle soufflé, si bas que je l'avais à peine entendue.

Cette nuit-là, nous avions campé derrière la boutique d'un prêteur sur gages qui avait laissé deux vieilles chaises et un canapé éventré dans la ruelle. J'avais nettoyé les plaies de la fillette avec de l'alcool volé dans un bar. Je lui avais donné un bout de tissu à mordre pour que ces cris n'attirent pas l'attention. En dehors du moment où je l'avais soignée, elle refusait que je l'approche de trop près. Chaque fois que ma main effleurait ses cheveux ou son bras par inadvertance, elle sursautait comme si une abeille venait de la piquer. Après plusieurs tentatives, j'avais renoncé à tout espoir de conversation. Je lui avais fait signe de s'allonger sur le canapé, j'avais roulé ma chemise pour en faire un oreiller et je m'étais installé aussi confortablement que possible sur le trottoir.

— Si tu veux partir au petit matin, tu es libre de le faire, avais-je lâché. Pas besoin de me réveiller pour me dire au revoir ou quoi que ce soit d'autre.

Mes paupières étaient de plus en plus lourdes. La fillette restait sur le qui-vive. Elle me regardait tandis que je sombrais dans le sommeil.

Au matin, elle était encore là. Elle m'avait suivi pendant que je fouillais les poubelles en quête de vieux vêtements et de nourriture. Je ne pouvais pas m'encombrer d'une orpheline. Je lui avais demandé plusieurs fois de partir – y compris en criant –, mais je n'avais réussi qu'à la faire pleurer. Quand je regardais par-dessus mon épaule, je l'apercevais, quelques mètres derrière moi.

Deux nuits plus tard, alors que nous étions assis près d'un misérable feu de camp, elle m'avait enfin adressé la parole.

— Je m'appelle Tess, avait-elle murmuré.

Elle avait guetté une réaction sur mon visage.

— C'est bon à savoir, avais-je répondu en haussant les épaules.

Notre première conversation n'était pas allée plus loin.

Tess se réveille en sursaut. Elle se retourne brusquement et me donne un coup sur la tête.

— Aïe ! marmonné-je en me frottant le front.

La douleur se propage dans mon bras blessé. Les balles d'argent que Tess a récupérées tintent dans ma poche.

— Si tu voulais me réveiller, il suffisait de me secouer gentiment.

Elle pose un doigt devant ses lèvres pour m'intimer le silence. Je tends l'oreille, prêt à réagir. Nous sommes toujours sous la jetée. Le soleil ne se lèvera pas avant deux heures et l'horizon a disparu dans les ténèbres. Des lampadaires antédiluviens éclairent plus ou moins la rive. Je tourne la tête vers Tess dont les yeux brillent dans l'obscurité.

— Qu'est-ce que c'était ? murmure-t-elle.

Je fronce les sourcils. En règle générale, mon ouïe est meilleure que la sienne, pourtant, je n'entends rien de particulier. Nous restons immobiles pendant un long moment. Seuls un léger bruit de ressac, le passage occasionnel d'une voiture et le bouillonnement de l'eau dans les turbines troublent le silence nocturne.

Je regarde Tess de nouveau.

— Qu'est-ce que tu as entendu ?

— On aurait dit... une sorte de gargouillement, souffle-t-elle.

À cet instant, une voix d'homme retentit au-dessus de nous, sur la jetée. Tess et moi nous recroquevillons dans les ténèbres. Les pas de l'inconnu sont étrangement lourds. Je comprends alors qu'il s'agit de deux personnes avançant au même rythme. Des policiers en patrouille.

Tandis que nous nous plaquons contre le talus comme si nous voulions nous y enfoncer, des cailloux et de la terre se détachent. Ils tombent sur le sable sans un bruit. Je sens une surface lisse et dure contre mon dos.

— Il se prépare quelque chose, dit un policier. L'épidémie se répand dans le secteur de Zein maintenant.

Leurs pas résonnent au-dessus de nos têtes. Sur la berge, je vois deux ombres avancer sur la jetée. Au loin, les premières lueurs du jour nimbent l'horizon d'un halo grisâtre.

— Je n'ai jamais entendu parler de contamination dans ce coin.

— Il doit s'agir d'une souche plus résistante.

— Qu'est-ce qui va se passer ?

Je tends l'oreille pour entendre la réponse, mais les deux policiers sont déjà trop loin et leurs voix ne sont plus qu'un murmure indistinct. J'inspire un grand coup. Le secteur de Zein se trouve à plus de cinquante kilomètres, mais... serait-il possible que l'étrange croix apposée sur la porte de ma maison signale une contagion par une nouvelle souche ? Que va faire l'Elector pour remédier à ce problème ?

— Day, souffle Tess.

Elle pointe le doigt vers le creux que nous avons laissé dans le talus. Je regarde avec attention.

La surface dure que j'ai sentie contre mon dos est une plaque métallique. J'écarte les cailloux et la terre avec la main. Elle est enterrée à plusieurs centimètres de profondeur. Elle doit faire partie d'une structure destinée à consolider la berge. Je l'observe en plissant les yeux.

— C'est creux, murmure Tess en se tournant vers moi.

— Creux ?

Je colle l'oreille contre la surface métallique glacée et j'entends des bruits, des sifflements et les gargouillements dont Tess a parlé un peu plus tôt. Il ne s'agit pas d'un simple renfort. Je me redresse et je remarque alors les symboles gravés dans le métal.

L'un d'entre eux, à peine visible, représente le drapeau de la République. Il y a également trois chiffres rouges :

June

— C'est moi qui devrais accomplir cette mission, pas toi !

Je serre les dents et je fais de mon mieux pour ne pas regarder Thomas. J'ai l'impression d'entendre Metias.

— J'attirerai moins l'attention, dis-je. Les gens me feront confiance plus facilement.

Nous sommes dans l'aile nord de Batalla Hall. Nous regardons le commandant Jameson de l'autre côté d'une baie vitrée. Aujourd'hui, on a capturé un espion des Colonies qui diffusait sa propagande sur les « mensonges de la République ». En règle générale, les agents ennemis sont envoyés à Denver mais, quand ils sont arrêtés dans de grandes villes comme Los Angeles, nous nous occupons d'eux avant que la capitale ait le temps d'intervenir. L'homme est pendu par les pieds au plafond de la salle d'interrogatoire. Le commandant Jameson est près de lui, une paire de ciseaux à la main.

J'incline la tête pour examiner le prisonnier. Je ne sais rien de lui, mais je le hais comme je hais tout ce qui vient des Colonies.

Tous les Patriotes que nous avons pourchassés se sont donné la mort avant de tomber entre nos mains. Cet homme n'en fait donc pas partie. Ce n'est qu'un misérable lâche. Il est jeune, moins de trente ans, l'âge de mon frère quand il a été tué. Peu à peu, je m'habitue à parler de Metias au passé.

Du coin de l'œil, je remarque que Thomas me regarde toujours. Le commandant Jameson l'a promu au poste qu'occupait mon frère, mais il n'a pas l'autorité suffisante pour s'opposer aux décisions que je prends dans le cadre de ma mission d'évaluation. Il rechigne à l'idée que je me fasse passer pour un civil et que j'enquête plusieurs jours d'affilée dans le secteur de Lake. S'il avait son mot à dire, il m'adjoindrait aussitôt une paire de gardes du corps.

Mais il n'a pas le choix et je me mettrai au travail dès demain.

— Écoute, ce n'est pas la peine de t'inquiéter pour moi. (De l'autre côté de la vitre, le prisonnier s'arque sous le coup de la douleur.) Je suis assez grande pour m'occuper de moi. Day n'est pas un imbécile. Si une équipe me suit à travers la ville, il la remarquera en moins de temps qu'il n'en faut pour le dire.

Thomas se tourne vers la baie vitrée.

— Je sais que tu es un excellent élément, dit-il. (J'attends un « mais » qui ne vient pas.) Assure-toi que ton micro est branché. Je m'occuperai du reste ici.

Je lui souris.

— Merci.

Il ne me regarde pas, mais je vois le coin de ses lèvres se relever. Peut-être se rappelle-t-il quand je les suivais, lui et mon frère, en posant des questions stupides à propos de l'organisation de l'armée.

L'espion tire soudain sur ses chaînes et hurle quelque chose au commandant Jameson. Celle-ci se tourne vers la vitre et nous fait signe de la rejoindre. Je n'hésite pas un seul instant. J'entre en compagnie de Thomas et d'un garde en faction près de la porte. Nous nous alignons contre un mur. Il règne une chaleur étouffante dans la pièce. J'observe le prisonnier qui hurle toujours.

— Qu'est-ce que vous lui avez dit pour susciter une telle réaction ? demandé-je au commandant Jameson.

Elle me regarde. Ses yeux sont glacés.

— Je lui ai dit que nos appareils allaient raser sa ville natale. (Elle se tourne vers le prisonnier.) Il va coopérer s'il a oublié d'être idiot.

L'espion nous observe les uns après les autres. Une lueur de rage brille dans son regard. Des filets de sang s'échappent de sa bouche et coulent sur son front et ses cheveux avant de tomber par terre. Dès qu'il s'agite, le commandant marche sur la chaîne qui lui enserre le cou. Il doit alors se calmer s'il ne veut pas mourir étranglé.

Il pousse un grondement féroce et crache un mélange de salive et de sang sur nos bottes. J'essuie les miennes contre le mur d'un air dégoûté.

Le commandant se penche vers lui et sourit.

— Essayons encore une fois. Quel est ton nom ?

L'espion détourne les yeux et reste silencieux.

Le commandant soupire et hoche la tête en direction de Thomas.

— Je suis un peu fatiguée, dit-elle. Prenez donc la relève.

— Bien, madame.

Thomas salue et fait un pas en avant. Les mâchoires contractées, il serre les poings et frappe le prisonnier au ventre. Les yeux de l'espion semblent jaillir de leurs orbites et il crache une nouvelle gerbe de sang. J'examine les détails de ses vêtements pour me changer les idées. Il était déguisé en soldat. Il a été capturé près de San Diego, une ville où tout le monde doit porter l'insigne bleu épinglé sur sa manche. J'observe ses bottes, puis sa veste. Je remarque qu'un bouton en cuivre est légèrement plus mince que ceux qui sont en vigueur dans l'armée de la République. Il provient d'un uniforme des Colonies. Le prisonnier a dû le coudre après avoir perdu un des originaux. Cette erreur a causé sa perte. Quel idiot ! C'est bien un espion des Colonies.

— Quel est ton nom ? demande le commandant.

Thomas déplie la lame de son couteau d'un geste sec et attrape un doigt du prisonnier.

L'homme déglutit avec peine.

— Emerson.

— Emerson *comment* ? Je veux un nom complet.

— Emerson Adam Graham.

— Monsieur Emerson Adam Graham, du Texas oriental, souffle le commandant d'une voix onctueuse. Je suis ravie de faire votre connaissance, mon jeune ami. Dites-moi donc, cher monsieur Graham, pourquoi les Colonies vous ont-elles envoyé dans notre bonne République ? Pour y répandre leurs mensonges ?

Le prisonnier laisse échapper un petit rire.

— Votre bonne République ? Votre bonne République s'effondrera avant dix ans. Et personne ne la regrettera. Les Colonies s'empareront de vos terres et elles en feront un meilleur usage que vous.

Thomas le frappe à la mâchoire avec le manche de son couteau. Une dent tombe par terre. Je regarde Thomas. Une mèche a glissé sur son visage et une jouissance cruelle a remplacé sa gentillesse coutumière. Je fronce les sourcils. Je ne l'ai pas vu arborer une telle expression très souvent. Un frisson remonte le long de ma colonne vertébrale.

Thomas lève la main pour frapper de nouveau, mais le commandant l'arrête d'un geste.

— Ça suffit. Écoutons d'abord ce que notre ami reproche à la République.

L'espion est suspendu par les pieds depuis un long moment et son visage est devenu violet.

— La République ? Vous appelez ça une république ? Alors que vous tuez vos propres concitoyens et que vous torturez ceux qui étaient vos frères ?

Je lève les yeux au plafond. Les Colonies cherchent à nous convaincre que nous devrions leur laisser le pouvoir et qu'elles souhaitent nous annexer par pure bonté d'âme. À leurs yeux, nous ne sommes qu'un pauvre petit pays à la frontière de leur puissante nation. Ce point de vue sert leurs intérêts car, d'après ce que j'ai entendu, ils ont perdu plus de terres que nous à la suite de la montée des eaux. Le véritable problème est là : les terres, les terres, les terres. Il n'en reste pas moins que l'idée d'une confédération est risible. Nous les vaincrons, ou nous mourrons.

— Je ne vous dirai rien, dit le prisonnier. Vous pouvez me faire tout ce que vous voulez. Je ne vous dirai rien.

Le commandant Jameson adresse un sourire à Thomas, qui le lui rend.

— Vous avez entendu M. Graham. Vous pouvez faire tout ce que vous voulez.

Thomas se met au travail. Au bout d'un certain temps, l'autre soldat approche pour tenir l'espion. Je me force à regarder mes camarades qui tentent d'obtenir des renseignements. Je dois me familiariser et apprendre ces techniques. Les hurlements du prisonnier résonnent dans mes oreilles. J'essaie d'oublier que ses cheveux sont aussi lisses et noirs que les miens, que son teint pâle et son âge me rappellent Metias. J'ai l'impression que c'est mon frère qu'on torture devant moi. Quelle idée ridicule !

Metias est mort. Comment pourrait-on le torturer ?

Le soir, Thomas me raccompagne à mon appartement. Il me dit d'être prudente. Il me dit qu'il sera à l'écoute de toutes les transmissions de mon micro.

— Tout le monde gardera l'œil sur toi. Tu ne seras pas seule tant que tu ne voudras pas l'être.

Je m'efforce de sourire et lui demande de prendre soin d'Ollie pendant mon absence.

Il m'embrasse sur la joue avant de prendre congé.

Une fois dans l'appartement, je me roule en boule sur le canapé et je caresse le dos d'Ollie. Celui-ci dort comme un loir, serré contre le bord du sofa. L'absence de Metias lui pèse sans doute autant qu'à moi. De nombreuses photos sont étalées sur la table basse en verre, des photos de nos parents que j'ai trouvées dans le placard de la chambre de mon frère. Il y a également son journal intime ainsi qu'un album où il conservait des souvenirs de nos sorties : une soirée à l'opéra, un dîner tardif, des entraînements matinaux au stade. Depuis sa mort, je les ai feuilletés plusieurs fois dans l'espoir de découvrir ce qu'il voulait me dire avant son départ. Je parcours son journal et je relis les notes que notre père aimait laisser au bas des photos. La plus récente montre nos parents encadrant un jeune Metias devant Batalla Hall. Ils ont tous trois le pouce levé.

« C'est ici que Metias fera carrière. 12 mars. »

Elle a été prise quelques semaines avant leur mort.

Mon dictaphone est posé au bord de la table. Je claque des doigts deux fois pour écouter la voix de Day, encore et encore. Quel est le visage de la personne qui parle ? J'essaie d'imaginer à quoi il ressemble. Il est sans doute jeune et athlétique, mince après plusieurs années passées dans les rues. Sa voix grésille, déformée par les haut-parleurs. J'ai du mal à comprendre certains passages.

— Tu entends ça, Ollie ? murmuré-je. (Le chien laisse échapper un faible grognement et frotte sa tête contre ma main.) C'est notre homme et je vais l'arrêter.

Je m'endors tandis que la voix de Day résonne à mes oreilles.

6.25

Je suis dans le secteur de Lake et j'observe la lumière du soleil levant nimber les roues à aubes et les turbines d'un halo doré. Une nappe de fumée flotte toujours au-dessus de la berge. De l'autre côté du lac, j'aperçois le centre-ville de Los Angeles sur la droite. Un policier de la sécurité urbaine approche et me dit de circuler. Je hoche la tête sans un mot et je m'éloigne le long de la rive.

Je me fonds complètement dans la masse des passants. Ma chemise à manches mi-longues vient d'un magasin de vêtements d'occasion à la frontière des secteurs de Lake et de Winter. Mon pantalon est déchiré et maculé de terre. Le cuir de mes rangers est craquelé – et, lorsque j'ai attaché mes lacets, j'ai pris soin de faire de simples nœuds de Rose, des nœuds que les ouvriers ont l'habitude d'utiliser. J'ai ramené mes cheveux en une haute queue-de-cheval avant d'enfiler une casquette de livreur de journaux.

Le pendentif de Day est bien au chaud au fond de ma poche.

Je n'arrive pas à croire que les rues sont aussi sales. Même les quartiers délabrés de la périphérie de la ville sont plus propres. Le sol est à peine plus haut que le niveau du lac. Je suppose qu'à chaque tempête les rues voisines sont envahies d'une eau sale et polluée par les rejets des égouts. Il en va de même dans les autres quartiers pauvres. Ceux-ci se ressemblent tous : les bâtiments y sont branlants, décolorés et criblés de trous – à l'exception des commissariats, bien entendu. Les passants contournent les piles d'ordures entassées sur les trottoirs sans y prêter attention. Les mouches, les chiens errants et même certains humains cherchent leurs pitances dans les détritus. Une odeur infecte – mélange de fumée de lanterne, de graisse et de relents de poubelles – flotte dans l'air. Je fronce le nez, mais je m'interromps aussitôt. Les habitants de ces quartiers ne remarquent plus cette puanteur.

Plusieurs hommes me regardent en souriant. L'un d'eux ose même m'interpeller. Je les ignore et je poursuis mon chemin. Cette racaille a dû avoir le plus grand mal à obtenir la moyenne à l'Examen. Je suis vaccinée contre l'épidémie, mais je me demande si je ne risque pas d'être contaminée par ces gens. Qui sait où ils traînent ?

Je ne dois pas porter de tels jugements. Metias m'a appris que ce n'est pas bien de dénigrer les pauvres.

Peut-être, mais je ne suis pas aussi gentille que lui, songé-je avec amertume.

Le minuscule microphone placé à l'intérieur de ma joue vibre légèrement. Mon écouteur laisse échapper un bruit presque imperceptible.

— Mademoiselle Iparis, dit la voix de Thomas dans un bourdonnement si faible que je suis la seule à l'entendre. Est-ce que tout va bien ?

— Ouais, murmuré-je. (Le micro capte les vibrations de ma gorge.) Je suis au cœur de Lake. Je vais couper le contact pendant un moment.

— Bien reçu.

L'écouteur redevient silencieux.

J'éteins le micro d'un claquement de langue.

Je passe la plus grande partie de la matinée à faire semblant de fouiller les poubelles. En écoutant les histoires des clochards, j'apprends que dans certains quartiers les policiers sont nerveux, que dans d'autres l'épidémie est en régression. Ils évoquent les meilleurs endroits où trouver de la nourriture et de l'eau potable, les meilleurs refuges où s'abriter pendant les tempêtes. Certains sont si jeunes qu'ils n'ont pas dû passer l'Examen. Les plus petits parlent de leurs parents ou échangent des conseils sur la manière de faire les poches aux soldats.

Mais Day ne fait pas partie de leurs sujets de conversation.

Les heures passent. Le soir approche, puis la nuit tombe. Je m'engage dans une ruelle où plusieurs clochards dorment dans des poubelles. Je me recroqueville dans un coin sombre et je branche mon micro. Je sors le pendentif de Day et j'examine ses courbes lisses.

— J'arrête pour aujourd'hui, soufflé-je.

Ma gorge vibre légèrement et mon écouteur laisse échapper un faible grésillement statique.

— Mademoiselle Iparis ? demande Thomas. Vous avez trouvé quelque chose ?

— Non. Rien d'intéressant pour le moment. Demain, je me promènerai dans des endroits publics.

— Bien reçu. Nous restons branchés vingt-quatre heures sur vingt-quatre.

Thomas dit « nous », mais je sais qu'il est le seul à écouter mes transmissions.

— Merci, murmuré-je. Je coupe.

J'éteins le micro.

Un grondement sourd monte de mon estomac. Je sors une tranche de poulet trouvée dans les poubelles d'un café et je me force à la manger. Je fais de mon mieux pour ignorer la graisse froide qui se répand dans ma bouche. Si je veux me faire passer pour une habitante du secteur de Lake, je dois manger comme les autochtones.

Et si je trouvais un travail ?

Je retiens un éclat de rire.

Je m'endors enfin et un cauchemar vient troubler mon sommeil. Un cauchemar où Metias apparaît.

Je ne découvre aucun indice le lendemain, ni le jour d'après. Les fumées et la chaleur ont terni mes cheveux emmêlés. Mon visage est couvert de crasse. En apercevant mon reflet dans l'eau du lac, je songe que je ressemble désormais à une mendiante. La saleté est partout.

Le quatrième jour, je me dirige vers Blueridge. Je décide d'explorer les bars.

C'est à ce moment que je repère la foule. Il s'agit de spectateurs venus assister à un combat de skiz.

Day

Pour assister à un combat de skiz, il suffit de connaître deux règles :

1. Vous choisissez celui qui, à vos yeux, a les plus grandes chances de gagner.

2. Vous pariez sur lui.

Rien de plus.

La situation se complique si vous êtes recherché par la police. En prenant un pari, vous courez le risque d'être reconnu et arrêté.

Cet après-midi, je suis accroupi derrière la cheminée d'un entrepôt délabré. Du haut de ma cachette, j'observe les gens se rassembler dans un bâtiment éventré, de l'autre côté de la rue. Je suis si près que j'entends leurs conversations.

Tess se mêle aux spectateurs. J'ai le plus grand mal à suivre sa fine silhouette au milieu de la foule. Elle sourit en serrant notre bourse remplie d'argent. Elle écoute les parieurs discuter les mérites de chaque combattant. Elle leur pose parfois une question. Je n'ose pas la quitter des yeux. Quand les policiers de la sécurité urbaine estiment les pots-de-vin insuffisants, il leur arrive de faire une rafle et d'arrêter tout le monde. C'est la raison pour laquelle je n'accompagne jamais Tess à un combat de skiz. Je ne tiens pas à ce qu'elle partage mon sort si on prend mes empreintes digitales et qu'on m'identifie. Tess est svelte et rusée ; en cas de descente de police, elle a plus de chances que moi de s'échapper. Mais, par mesure de sécurité, je garde toujours un œil sur elle.

— Avance, cousine, murmuré-je en voyant Tess s'arrêter et rire à la plaisanterie d'un jeune parieur.

Approche un peu trop près d'elle et je te défonce la tronche, espèce de facho.

Je tourne la tête en entendant des clameurs. Une combattante chauffe les spectateurs en levant les bras et en poussant des cris. Je souris. D'après les ovations de la foule, elle s'appelle Kaede. Il s'agit de la barmaid que j'ai rencontrée quelques jours plus tôt dans le secteur d'Alta. Elle s'échauffe les poignets, saute sur place et agite les bras.

Kaede a déjà remporté un combat. Les règles tacites du skiz veulent qu'elle continue à se battre jusqu'à ce qu'elle perde un round – c'est-à-dire, jusqu'à ce qu'elle soit à terre. Chaque victoire lui rapporte un pourcentage des paris placés sur son adversaire. J'observe la fille qu'elle a choisie comme challenger. Elle a la peau olivâtre, les sourcils froncés et une curieuse expression sur le visage. On dirait qu'elle ne sait pas quoi faire. Je lève les yeux au ciel. Tout le monde a compris que le combat sera très dur. Cette fille aura de la chance si Kaede ne la tue pas.

Tess vérifie que personne ne lui prête attention et elle regarde dans ma direction. Je lève un doigt. Elle sourit, me fait un clin d'œil et tourne la tête. Elle tend son argent à la personne qui prend les paris – un type taillé comme une armoire à glace. Nous venons de placer mille unités – la plus grande partie de notre cagnotte – sur Kaede.

Le combat ne dure pas une minute. Kaede ne perd pas de temps. Elle lance une attaque vicieuse et brutale à hauteur du visage. Son adversaire vacille. Kaede joue avec elle comme un chat avec une souris, puis elle frappe de nouveau. La challenger s'effondre et sa tête heurte le sol en ciment. Elle reste allongée, sonnée. KO. La foule acclame la championne tandis qu'on entraîne la vaincue hors du ring. J'échange un bref sourire avec Tess qui collecte nos gains.

Mille cinq cents unités. Je déglutis et j'essaie de me calmer. Encore quelques victoires et nous aurons de quoi acheter une fiole de médicament.

Je reporte mon attention sur les spectateurs survoltés. Kaede rejette ses cheveux en arrière et prend une pose pour s'attirer leur soutien. Le délire est à son comble.

— À qui le tour ?

— Choisis ! Choisis ! scande la foule.

Kaede observe les spectateurs en secouant la tête ou en l'inclinant sur le côté. Je ne quitte pas Tess des yeux. Elle s'est hissée sur la pointe des pieds pour regarder par-dessus les épaules des gens qui sont devant elle. Elle leur tape timidement dans le dos, leur demande la permission de passer et se glisse entre eux pour approcher du ring. Je serre les dents. La prochaine fois, je l'accompagnerai. Je la porterai sur mes épaules et elle pourra observer les combats sans avoir à se faire remarquer.

Je me redresse soudain.

Tess vient de passer à côté d'un parieur imposant et celui-ci lui a crié quelque chose d'un air méchant. Elle n'a pas le temps de s'excuser. L'homme la pousse sans ménagement dans le ring. Tess titube et la foule éclate de rire.

La colère me submerge. Kaede est amusée.

— Est-ce que c'est un défi, fillette ? lance-t-elle. (Elle grimace un sourire.) Ça pourrait être amusant.

Tess regarde autour d'elle en ne sachant pas quoi faire. Elle essaie de reculer, mais la foule l'en empêche. Kaede hoche la tête vers elle et je me lève d'un bond. Cette espèce de facho ne va quand même pas la choisir comme adversaire ?

Oh, putain ! Non !

Pas devant moi. Pas si Kaede a l'intention de vivre un peu plus longtemps.

Soudain, une voix couvre les cris et les rires. Je me fige. Une jeune fille approche du ring et toise Kaede avant de lever les yeux au ciel.

— Je n'ai pas l'impression que le combat est très équilibré, lâche-t-elle.

Kaede éclate de rire, puis le silence s'installe.

— Qui t'es, toi, pour me parler comme ça ? aboie Kaede. Tu t'crois meilleure que moi ?

Elle pointe le doigt vers l'inconnue et la foule rugit de plaisir. Je vois Tess se fondre parmi les spectateurs. Qu'elle le veuille ou non, la bonne Samaritaine va prendre sa place.

Je pousse un long soupir de soulagement et j'examine la future adversaire de Kaede.

Elle n'est guère plus grande que Tess et elle est beaucoup plus légère que Kaede. Pendant un bref instant, j'ai l'impression que les regards des spectateurs la mettent mal à l'aise. Je songe qu'elle n'a aucune chance de remporter le combat, mais quelque chose me pousse à réviser mon jugement et à l'examiner de nouveau. Cette fille ne ressemble pas à la combattante précédente. Son hésitation n'est pas le fruit de la peur de se battre ou de perdre. Elle réfléchit. Elle calcule. Ses cheveux noirs sont attachés en une haute queue-de-cheval. Elle est mince, mais athlétique. Elle prend une pose étudiée, une main sur la hanche, comme si rien au monde ne pouvait la surprendre. Je ne peux m'empêcher d'admirer la grâce de son visage.

Pendant un instant, j'oublie tout le reste.

L'inconnue secoue la tête en regardant Kaede. Encore une réaction surprenante. Je n'ai jamais vu quelqu'un refuser de se battre. Tout le monde connaît les règles. Si vous êtes choisi, vous n'avez pas le choix. Cette fille ne semble pas craindre la colère du public. Kaede se moque d'elle et lui dit quelque chose que je n'entends pas. Ce n'est pas le cas de Tess, qui tourne la tête vers moi et me lance un regard inquiet.

L'inconnue accepte enfin le défi et la foule pousse des cris de joie. Kaede sourit. Je me penche au risque d'être repéré. Cette fille est différente… Elle a quelque chose de spécial, mais je suis incapable de dire quoi. Ses yeux brillent d'une lueur intense. Il fait chaud et je suis peut-être le jouet de mon imagination, mais j'ai l'impression de la voir esquisser un petit sourire.

Tess me jette un regard interrogateur. J'hésite un court instant, puis je lève un doigt. Je suis reconnaissant à cette jeune fille mais, quand mon argent est en jeu, je ne prends pas de risques. Tess acquiesce et parie sur Kaede.

Je me rends compte de mon erreur au moment où l'inconnue entre sur le ring et se met en garde. Kaede est un taureau, un bélier furieux.

Son adversaire est un cobra.

June

Je ne crains pas de perdre le combat.

Je crains de tuer mon adversaire si je ne retiens pas mes coups.

Je n'ai pas le choix : si j'essaie de m'enfuir, je le paierai de ma vie.

Je me gifle mentalement. Comment ai-je pu me laisser entraîner dans cette situation ? Lorsque j'ai aperçu la foule des parieurs, ma première réaction a été de m'éloigner. La police fait souvent des rafles pendant les combats de skiz et la perspective d'être interrogée dans un commissariat du centre-ville ne me tentait guère. Puis j'ai songé que les amateurs de skiz pouvaient se révéler des sources d'informations intéressantes. Une majorité d'entre eux sont des gens du secteur et il n'est pas impossible que quelques-uns aient déjà rencontré Day. Celui-ci n'est quand même pas invisible. Il doit fréquenter des habitants de Lake, probablement le genre de personnes qui assistent à des combats illégaux.

En revanche, j'aurais mieux fait de rester tranquille quand on a poussé cette pauvre fille maigre comme un clou dans le ring. J'aurais dû la laisser se débrouiller.

Mais ce qui est fait est fait.

La dénommée Kaede incline la tête sur le côté et grimace un sourire tandis que nous nous faisons face. J'inspire un grand coup. Elle entame déjà le mouvement circulaire du prédateur autour de sa proie. J'observe sa posture. Elle se déplace le pied droit en avant. Elle est gauchère. En règle générale, cela doit décontenancer ses adversaires, mais j'ai été entraînée pour affronter ce genre de situation. Je change de garde. Les bruits de la foule résonnent dans mes oreilles.

Je la laisse frapper la première. Elle esquisse une grimace qui dévoile ses dents et elle se précipite sur moi le poing levé, mais j'ai vu ce qu'elle préparait. Je fais un pas de côté et son coup de pied me frôle en sifflant. Je profite de son élan pour pivoter et la frapper dans le dos. Elle titube, mais elle parvient à conserver son équilibre. La foule lance des acclamations.

Kaede se tourne vers moi. Elle ne sourit plus. J'ai réussi à la mettre en colère. Elle se jette sur moi une fois de plus. Je bloque deux coups de poing, mais le troisième me touche à la mâchoire. Je suis étourdie par le choc.

Les muscles de mon corps me soufflent d'en finir tout de suite, mais je reste maîtresse de mes émotions. Si je me débarrasse de mon adversaire trop facilement, je risque d'éveiller les soupçons. Mon style de combat est trop subtil pour une pauvre mendiante.

Je laisse un autre coup passer. Les spectateurs rugissent et Kaede retrouve le sourire. J'attends qu'elle charge, puis je plonge dans ses jambes pour lui faire perdre l'équilibre. Ma manœuvre la prend par surprise. Elle vacille et s'effondre sur le dos. La foule vocifère sa joie.

Kaede se lève tant bien que mal. Une telle chute aurait dû mettre un terme au combat. Elle essuie un filet de sang au coin de ses lèvres. Elle n'attend même pas de reprendre son souffle. Elle pousse un cri de rage et se précipite sur moi pour la troisième fois. J'aurais dû remarquer le petit reflet brillant près de son poignet. Elle me frappe aux côtes et une vague de douleur me submerge. Je reste concentrée. Kaede me fait un clin d'œil et elle entame un nouveau mouvement circulaire. Je porte la main à l'endroit où elle m'a touchée et je sens quelque chose de chaud et d'humide. Je baisse la tête.

La plaie a été infligée par un couteau à lame en dents de scie. Je regarde Kaede en plissant les yeux. Les armes ne sont pas tolérées pendant un combat de skiz, mais les spectateurs ne sont pas très regardants sur les règles.

La douleur m'étourdit et réveille ma colère. Ainsi, on a décidé de passer outre les règles ? Très bien.

Kaede passe à l'attaque. J'esquive et je lui saisis le bras. Je le ramène en arrière d'un geste sec et j'entends l'os craquer. Kaede pousse un cri de douleur et essaie de se libérer. Je maintiens le membre brisé contre son dos jusqu'à ce que le visage de mon adversaire devienne livide. Un couteau glisse de son débardeur et tombe par terre avec un claquement sec. Un couteau à lame en dents de scie, ainsi que je le pensais. Comment une simple habitante d'un secteur pauvre a-t-elle eu les contacts nécessaires pour obtenir une telle arme ? Serait-il possible qu'elle trafique dans le même business que Day ? Si je n'étais pas en mission secrète, je me ferais une joie de l'arrêter et de l'interroger.

Ma blessure me brûle, mais je serre les dents et je maintiens ma prise.

Kaede tape enfin contre sa cuisse avec sa main libre. Je la lâche et elle tombe à genoux, en appui sur son bras valide. Dans la foule, le délire est à son comble. Je pose la main contre ma plaie et j'appuie aussi fort que possible. Je lève la tête et je vois des billets changer de propriétaires. Deux personnes aident Kaede à sortir du ring. Elle me fusille du regard avant de me tourner le dos. Les spectateurs entament leur refrain :

— Choisis ! Choisis ! Choisis !

Peut-être que la douleur et le vertige me font oublier toute prudence. Je ne parviens plus à contenir ma colère. Je me tourne sans un mot, je remonte les manches de ma chemise jusqu'aux épaules et j'en relève le col. Puis je quitte le ring et m'éloigne en écartant les spectateurs sans ménagement.

Les cris se transforment en huées. Pendant un instant, j'envisage de brancher mon micro et de demander de l'aide. Je n'en fais rien. Je me suis fait une promesse : je n'appellerai des renforts qu'en dernier recours. Je n'ai pas l'intention de compromettre ma mission pour un vulgaire combat de rue.

Je quitte le bâtiment en ruine avant d'oser jeter un coup d'œil derrière moi. Cinq ou six spectateurs me suivent. Ils sont furieux.

Ce sont sans doute des parieurs. Ce sont eux qui ont le plus intérêt à ce que j'affronte un nouvel adversaire.

Je les ignore.

— Retourne te battre ! me crie l'un d'eux. Tu ne peux pas partir comme ça !

Je me mets à courir. *Maudite blessure !* J'arrive devant un grand conteneur à ordures. Je monte dessus et je saute en direction d'une fenêtre du premier étage. Si je grimpe assez haut, mes poursuivants devront renoncer. J'ai bondi aussi haut que possible et je réussis à agripper le rebord d'une main.

Par malheur, ma blessure me ralentit. Quelqu'un me saisit une jambe et tire dessus pour me faire lâcher prise. Mes doigts glissent et je tombe en raclant le mur. Ma tête heurte le sol avec violence et le monde se met à tourner. Mes poursuivants me relèvent sans ménagement et m'entraînent vers la foule hurlante. J'essaie de me ressaisir, mais des points lumineux dansent devant mes yeux. Je suis incapable de brancher mon micro, car ma langue est engourdie et pleine de terre. Je voudrais appeler Thomas, mais je prononce le prénom de mon frère. Je tends la main au hasard dans l'espoir de sentir Metias, puis je me rappelle qu'il n'est plus là pour venir à mon aide.

Soudain, j'entends un bruit étouffé suivi de cris aigus. Les mains qui me soutenaient me lâchent et je tombe par terre. D'où vient toute cette poussière ? J'essaie de me lever, mais j'en suis incapable. Je plisse les yeux, mais je ne vois qu'une espèce de brouillard. J'entends les spectateurs qui paniquent. Quelqu'un a lancé une bombe à poussière.

Une voix me dit de me lever. Je regarde à côté de moi et je vois un garçon me tendre la main. Il a des yeux bleus et brillants, le visage sale et une vieille casquette sur la tête. Je n'ai jamais rencontré quelqu'un d'aussi beau.

— Dépêche-toi ! me lance-t-il.

Je prends sa main.

Dans la poussière et le chaos, nous descendons la rue en courant et nous nous fondons dans les ombres de l'après-midi.

Day

Elle refuse de me dire son nom.

Cela ne me surprend guère. Dans les rues du secteur de Lake, nombreux sont les enfants qui gardent
leurs identités secrètes, surtout quand ils ont participé
à des activités illégales, comme un combat de skiz.
De toute manière, son nom ne m'intéresse pas. J'ai
perdu mon dernier pari et je suis contrarié. La défaite
de Kaede me coûte mille unités, mille unités que je
destinais à l'achat d'une fiole de médicament. Je vais
manquer de temps, et tout cela à cause de cette fille.
Quel idiot je suis ! Si elle n'était pas intervenue pour
tirer Tess du ring, je l'aurais laissée se dépatouiller
toute seule.

Je n'avais pas le choix. Si j'étais resté les bras croisés, Tess m'aurait fait son regard de chien battu pendant le reste de la journée.

Tess pose des questions tandis qu'elle aide la Fille – c'est ainsi que j'ai baptisé l'inconnue – à nettoyer sa blessure au flanc. J'évite de parler. Je reste sur mes gardes. Après le combat et l'explosion de ma bombe à poussière, nous nous sommes réfugiés dans la galerie supérieure d'une vieille bibliothèque – est-ce toujours une galerie si la plus grande partie du bâtiment est en ruine et que nous apercevons le ciel au-dessus de nos têtes ? Jadis, cet endroit était un immeuble imposant qui se dressait à deux ou trois cents mètres de la rive orientale du lac. Aujourd'hui, la base est presque entièrement submergée, la plupart des murs se sont effondrés et le reste est couvert d'herbes folles. Pour des personnes telles que moi, c'est un refuge idéal. Je surveille les rues qui longent la rive pour vérifier qu'il n'y a pas de parieurs furieux à la recherche de la Fille. Je jette un coup d'œil par-dessus mon épaule. L'inconnue dit quelque chose à Tess, qui sourit avec prudence.

— Je m'appelle Tess, dit-elle. (Elle n'est pas assez bête pour donner mon nom.) Tu viens de quel coin de Lake ? À moins que tu ne viennes d'un autre secteur ? (Elle examine la blessure.) Ce n'est pas joli joli, mais ça finira par guérir. Je vais essayer de te trouver un peu de lait de chèvre demain matin. Ça te fera du bien. En attendant, il faudra que tu craches sur la plaie pour éviter une infection.

Je regarde l'inconnue et je devine qu'elle sait déjà ce qu'il faut faire.

— Merci, murmure-t-elle à Tess. (Elle tourne la tête vers moi.) Merci de m'avoir aidée.

Tess sourit de nouveau, mais je sens que cette fille la rend un peu nerveuse.

— Merci à toi aussi, lui dit-elle.

Je serre les dents. La nuit tombera d'ici à une heure et me voilà avec une inconnue blessée sur les bras.

Au bout d'un certain temps, je me lève et rejoins Tess et la Fille. Au loin, les haut-parleurs diffusent le serment de la République.

— Nous allons passer la nuit ici. (Je jette un coup d'œil à l'inconnue.) Comment te sens-tu ?

— Ça va, répond-elle.

Il est pourtant clair qu'elle souffre. Elle ne sait pas comment occuper ses mains. Elle les porte sans cesse à sa blessure avant d'interrompre son geste. J'éprouve le brusque besoin de la rassurer.

— Pourquoi est-ce que vous m'avez sauvée ? demande-t-elle.

Je renifle d'un air méprisant.

— J'aimerais bien le savoir ! Tu m'as coûté mille unités.

La Fille sourit pour la première fois, mais ses yeux ne se départent pas d'une lueur de suspicion. Elle semble absorber et analyser le moindre de mes mots. Elle ne me fait pas confiance.

— Tu paries gros, hein ? Je suis désolée. Cette fille m'a énervée. (Elle change de position.) Je suppose que Kaede ne fait pas partie de vos amis.

— C'est une barmaid qui travaille à la frontière d'Alta et de Winter. J'ai fait sa connaissance il y a peu et je ne la connais pas bien.

Tess éclate de rire et me lance un regard que j'ai du mal à déchiffrer.

— Il aime fréquenter les jolies filles.

Je lui fais les gros yeux.

— Tu parles trop, cousine. Tu as échappé de peu à la mort tout à l'heure. Tu devrais te montrer plus prudente.

Tess hoche la tête en souriant.

— Je vais aller chercher un peu d'eau.

Elle se lève d'un bond et se dirige vers l'escalier qui conduit à la partie submergée du bâtiment.

Tess partie, je m'assois près de la Fille et je frôle sa taille par inadvertance. Elle lâche un petit hoquet et je m'écarte de crainte de lui avoir fait mal.

— Ça devrait guérir vite, à condition que ça ne s'infecte pas. Tu ferais mieux de te reposer pendant les deux jours à venir. Tu peux rester avec nous si tu veux.

La Fille hausse les épaules.

— Merci. Dès que je me sentirai mieux, je rendrai une petite visite à Kaede.

Je m'adosse à un mur et j'examine son visage. Elle est plus pâle que les filles du secteur et elle a de grands yeux sombres où brillent des reflets dorés dans la lumière du soir. J'ai du mal à déterminer ses origines ethniques, ce qui n'a rien de surprenant par ici. Elle a peut-être du sang amérindien, ou caucasien. Son charme m'envoûte comme il m'a envoûté au cours de l'après-midi, quand elle est entrée dans le ring. « Charme » n'est sans doute pas le mot qui convient. Il faudrait plutôt parler de « beauté » au sens classique du terme. Elle me rappelle quelqu'un. C'est peut-être à cause de l'expression de ses yeux, un mélange de froide logique et de détermination farouche. Je sens mes joues rosir et je détourne aussitôt la tête en bénissant la lumière déclinante. Je me demande si j'ai bien fait de l'aider. Elle occupe un peu trop mes pensées. En ce moment même, je donnerais cher pour l'embrasser ou pour passer mes doigts dans ses cheveux sombres.

— Au fait, Fille, dis-je après un moment de silence. Je te remercie pour ton aide tout à l'heure. Je parle de Tess. Où as-tu appris à te battre comme ça ? Tu as cassé le bras de Kaede comme une brindille.

La Fille hésite. Du coin de l'œil, je remarque qu'elle me regarde. Je me tourne vers elle et elle fait semblant d'observer le lac, comme si je l'avais prise en faute. Elle porte la main à sa blessure d'un air absent et fait claquer sa langue – une habitude, semble-t-il.

— Je traîne pas mal dans les environs de Batalla. J'aime bien regarder les cadets s'entraîner.

— Ouah ! Tu es du genre téméraire. Tes talents de combattante sont impressionnants. Je suis sûre que tu ne crains pas grand-chose quand tu te promènes solo.

La Fille éclate de rire.

— Aujourd'hui, tu as eu l'occasion de voir comment je m'en tire lorsque je suis toute seule. (Elle secoue la tête et sa longue queue-de-cheval ondule dans son dos.)

J'aurais mieux fait de ne pas me mêler de cette affaire, mais qu'est-ce que je peux dire ? Ton amie avait l'air si vulnérable.

Elle tourne la tête et me regarde. La méfiance se lit toujours dans ses yeux.

— Et toi ? Tu étais parmi les spectateurs ?

— Non. Tess était là parce qu'elle aime l'action et qu'elle est un peu myope. Pour ma part, je préfère assister aux combats de loin.

— Tess, c'est ta petite sœur ?

J'hésite un bref instant.

— Ouais, c'est à peu près ça. C'est surtout elle que je voulais protéger avec ma bombe à poussière, tu sais.

La Fille hausse un sourcil en me regardant et ses lèvres dessinent un sourire.

— Tu es vraiment gentil. Est-ce que tous les habitants du quartier savent fabriquer des bombes à poussière ?

J'agite la main d'un air dédaigneux.

— Bien sûr. Même les enfants. C'est simple comme bonjour. (Je la regarde.) Tu n'es pas de Lake, n'est-ce pas ?

La Fille secoue la tête.

— De Tanagashi. Enfin, c'est là que je vivais avant.

— Tanagashi, ce n'est pas la porte à côté. Tu es venue jusqu'ici uniquement pour assister à un combat de skiz ?

— Bien sûr que non. (La Fille s'allonge sur le dos avec prudence et je vois le centre de ses bandages virer au rouge sombre.) Je fouille les poubelles à la recherche de quelque chose d'intéressant. Ça m'amène à voyager pas mal.

— Lake n'est pas un secteur très sûr en ce moment.

J'aperçois une tache turquoise sur le balcon. Quelques azurites poussent dans une crevasse. *Les fleurs préférées de maman.*

— Tu risques d'être contaminée par ici.

La Fille me sourit comme si elle savait quelque chose que j'ignore. Elle me rappelle bel et bien quelqu'un, mais qui ?

— Ne t'inquiète pas, dit-elle, je suis du genre prudent – enfin, quand on ne me met pas en colère.

Le soleil se couche enfin et la Fille a sombré dans un sommeil agité. Je demande à Tess de la surveiller pendant que je vais prendre des nouvelles de ma famille. Tess est ravie, car elle n'aime pas beaucoup se promener dans les secteurs contaminés. Elle revient toujours en se grattant les bras, comme si elle sentait la maladie se propager sur sa peau.

Je ramasse quelques azurites que je glisse dans la manche de ma chemise et je prends un peu d'argent. Tess m'aide à envelopper mes mains dans des bandes de tissu pour être sûr que je ne laisserai pas d'empreintes. La nuit est étrangement fraîche. Aucune patrouille sanitaire ne sillonne les rues et le silence est à peine troublé par le passage de quelques voitures et par les lointains échos des publicités des JumboTron. La croix est toujours sur la porte de la maison familiale. Les soldats ont dû repasser, car elle a été repeinte il y a peu. Elle luit dans l'obscurité et il est difficile de ne pas la remarquer. Le quartier a sûrement été inspecté de nouveau. Je ne connais pas la signification de ce signe, mais il semblerait que la menace soit toujours présente. Je me recroqueville dans un coin sombre et j'observe ma maison. Je suis si près que je vois entre les lattes de bois disjointes de la clôture du jardin de derrière.

Je m'assure qu'il n'y a aucune patrouille dans les environs et je m'élance vers la maison. J'écarte une planche branlante qui permet de se glisser sous la terrasse en bois. Je me faufile dans le vide sanitaire plongé dans les ténèbres et je me tourne pour refermer le passage. Personne ne doit soupçonner ma présence.

Des traits de lumière traversent les lattes du plancher. J'entends la voix de ma mère dans l'unique chambre. Je rampe dans cette direction. Je m'approche de la grille d'aération et je jette un coup d'œil dans la pièce.

John est assis au bord du lit, les bras croisés. Il a l'air épuisé. De grosses plaques de boue maculent ses chaussures et je devine que maman l'a sermonné quand elle s'en est rendu compte. Il regarde de l'autre côté de la pièce, à l'endroit où ma mère doit se tenir.

— Ni toi ni moi ne sommes contaminés, dit-elle d'une voix si basse que j'ai du mal à l'entendre. (Le regard de John se pose sur le lit.) Cette maladie ne semble pas contagieuse et la peau d'Eden ne présente aucun saignement.

— Pas encore, réplique John. Nous devons nous attendre au pire, maman. Si Eden devait…

Ma mère l'interrompt d'une voix ferme.

— Je ne veux pas t'entendre dire de telles choses sous mon toit, John.

— Il a besoin d'inhibiteurs. Je suis très reconnaissant à la personne qui nous en a donné un lot, mais ce n'est pas suffisant.

Il secoue la tête et se lève. Compte tenu de la situation – surtout maintenant –, il mettrait ma mère en danger s'il lui révélait que je suis en vie. Il s'éloigne du lit et j'aperçois Eden. Il est allongé sous une couverture remontée jusqu'au menton malgré la chaleur. Son visage est couvert d'une pellicule de sueur huileuse. Sa peau blafarde a d'étranges reflets verdâtres qui ne laissent rien présager de bon. Je n'ai pas souvenir d'avoir entendu parler de tels symptômes. Une boule d'angoisse me noue la gorge.

La chambre n'a pas changé. Les quelques meubles sont vieux, mais chaleureux. J'aperçois le matelas déchiré où Eden est allongé, la commode rayée sur laquelle je dessinais des gribouillis quand j'étais enfant… Le portrait obligatoire de l'Elector est entouré de photos de mes parents, d'Eden, de John et de moi. On croirait presque que c'est un membre de la famille. La pièce ne contient rien de plus. Quand Eden était bébé, je lui tenais la main et je l'aidais à marcher d'un mur à l'autre. John lui ébouriffait les cheveux avec enthousiasme lorsqu'il y parvenait seul.

L'ombre de ma mère s'arrête au milieu de la chambre. Elle ne dit rien. Je l'imagine, épaules voûtées, la tête entre les mains, son masque de confiance enfin brisé.

John laisse échapper un soupir. Des bruits de pas résonnent sur le plancher et je comprends qu'il traverse la pièce pour la prendre dans ses bras.

— Eden va s'en sortir, dit-il. Peut-être que sa maladie est moins dangereuse et qu'il va guérir tout seul. (Il se tait pendant un bref moment.) Je vais voir ce qui nous reste pour faire une soupe.

Je l'entends quitter la chambre.

Je suis sûr que John détestait son travail à l'usine, mais il lui permettait de sortir et de se changer les idées. Maintenant, il est prisonnier dans sa propre maison et il est incapable d'aider Eden. Cette impuissance doit le ronger. Mes doigts enfoncés dans la terre se contractent douloureusement.

Si seulement il y avait eu des médicaments à l'hôpital.

Quelques instants plus tard, maman traverse la pièce et s'assied sur le lit. Ses mains sont bandées une fois de plus. Elle murmure des paroles réconfortantes à mon frère, puis se penche sur lui pour écarter une mèche de son front. Je ferme les paupières et je me rappelle son visage si doux, si beau et si inquiet, ses yeux bleus et ses lèvres roses et souriantes. Elle venait toujours me border quand j'étais enfant. Elle lissait mes couvertures avant de me souhaiter une bonne nuit à voix basse. Je me demande ce qu'elle murmure à Eden en ce moment.

Je suis submergé par l'envie de lui parler. Je voudrais sortir du vide sanitaire et aller frapper à la porte.

J'enfonce mes poings un peu plus profond dans la terre. Non ! ce serait trop risqué. *Je trouverai le moyen de te sauver, Eden, je te le promets.* Je me traite de tous les noms en songeant à l'argent que j'ai perdu en pariant sur Kaede. Pourquoi est-ce que je n'ai pas cherché un moyen plus sûr de faire fructifier mon pécule ?

Je tire les azurites de ma manche. Les pétales sont un peu froissés, mais je les plante dans le sol avec un soin extrême et je rassemble un peu de terre autour des tiges. Ma mère ne les verra sans doute jamais mais, *moi*, je saurai qu'elles sont là. Ces fleurs me prouvent que je suis toujours vivant, que je prends soin de ma famille.

J'aperçois un reflet rouge sur le sol, tout près des azurites. Je fronce les sourcils et je gratte la terre. Il y a quelque chose.

C'est une plaque métallique avec un nombre qui ressemble à celui que Tess et moi avons découvert sur la berge du lac. « 2 544 ». Les chiffres sont anciens et la peinture est écaillée.

Enfant, je me cachais souvent dans le vide sanitaire lorsque je jouais à cache-cache avec mes frères, mais je ne me souviens pas avoir vu cette plaque. Je colle mon oreille contre elle.

Tout d'abord, je n'entends rien. Puis je distingue un son étouffé, une sorte de chuintement, suivi d'un sifflement et d'un gargouillis. On dirait un bruit provoqué par un liquide ou par des jets de vapeur. Il doit y avoir des canalisations souterraines qui s'étendent jusqu'au lac, voire à tout le secteur. Je creuse un peu plus dans l'espoir de découvrir d'autres nombres ou des mots. Sans succès.

J'observe les quatre chiffres pendant un moment, puis je jette un dernier coup d'œil à travers la grille d'aération. Je quitte le vide sanitaire et je me fonds dans l'obscurité de la ville.

June

Je me réveille à l'aube et je plisse les yeux pour me protéger de la lumière. D'où viennent les rayons du soleil ? De derrière ? Pendant un instant, je me demande ce que je fais dans cet immeuble en ruine qui se dresse sur la berge d'un lac, avec un parterre d'azurites à mes pieds. Une douleur au côté m'arrache un hoquet. *J'ai reçu un coup de couteau.* La panique m'envahit. Je me souviens alors du combat de skiz, de l'arme et du garçon qui m'a sauvée.

Tess se précipite vers moi dès qu'elle me voit bouger.

— Comment te sens-tu ?

Elle est inquiète.

— J'ai mal, marmonné-je.

Je ne veux pas la laisser croire qu'elle ne s'est pas bien occupée de moi et j'ajoute :

— Mais ça va mieux qu'hier.

Il me faut une bonne minute avant de m'apercevoir que mon sauveur est assis au bord de la galerie. Ses jambes se balancent dans le vide tandis qu'il observe la surface de l'eau. J'éprouve un sentiment de gêne que je m'efforce aussitôt de dissimuler. Cela ne me ressemble pas, mais il est vrai que je ne reçois pas des coups de couteau tous les jours. Je ne dois pas laisser mes émotions compromettre ma mission. Il est allé quelque part hier soir. J'oscillais entre conscience et sommeil, mais j'ai pris soin de noter la direction qu'il prenait – le sud, vers Union Station.

— J'espère que ça ne te dérange pas d'attendre quelques heures avant de déjeuner, me dit-il.

Il porte sa vieille casquette de livreur de journaux, mais quelques mèches blond platine s'en échappent.

— Nous avons perdu notre argent en pariant sur les combats de skiz et nous sommes dans la dèche pour le moment.

Il m'estime responsable.

Je me contente de hocher la tête.

Le garçon m'observe sans esquisser l'ombre d'un sourire, comme s'il avait deviné ma véritable identité. Puis il se détourne et se replonge dans la contemplation du lac. Je me rappelle la voix de Day déformée par les haut-parleurs. Je ne peux pas affirmer que c'est celle de mon sauveur. Ce pourrait être celle de milliers d'habitants du secteur de Lake.

Mon équipement de transmission est coupé. Thomas doit être furieux.

— Tess, dis-je. Je vais aller jusqu'à la berge. Je reviens dans une minute.

— Tu ne veux pas que je t'accompagne ?

— Tout ira bien. (Je souris.) Mais si tu vois mon corps ballotter entre deux vagues, n'hésite pas à venir me chercher.

Je me lève et me dirige tant bien que mal vers l'escalier. Celui-ci se trouvait jadis à l'intérieur de l'immeuble, mais il est désormais à ciel ouvert. Je descends les marches une par une de crainte de basculer et de tomber dans l'eau, plusieurs mètres en contrebas. Je ne sais pas comment Tess a soigné ma blessure, mais elle a fait du bon travail. La plaie me brûle encore, mais la douleur est moins vive et je peux marcher sans trop de difficulté. J'atteindrai le niveau de l'eau plus vite que je l'espérais. Tess me rappelle Metias. Je songe au jour où il m'avait soignée au lieu de se rendre à sa cérémonie d'incorporation.

Ce n'est pas le moment de penser à mon frère. Je me racle la gorge et me concentre sur l'escalier.

Le soleil est désormais assez haut pour nimber le lac d'une lueur or sombre. J'aperçois la minuscule bande de terre au-delà de laquelle s'étend l'océan Pacifique. À l'étage qui se trouve au niveau de l'eau, il n'y a plus un seul mur intact. Je fais quelques pas pour me tremper les pieds et je me penche au bord du bâtiment pour observer les profondeurs. En examinant les autres immeubles et l'inclinaison de la berge, j'arrive à la conclusion que cette tour devait mesurer une quinzaine d'étages. Six sont désormais immergés.

Tess et son compagnon sont assis au sommet et ils ne peuvent pas m'entendre. Je me tourne vers l'horizon et branche mon micro d'un claquement de langue.

Des parasites sifflent dans mes oreilles, puis j'entends une voix familière.

— Mademoiselle Iparis ? demande Thomas. C'est vous ?

— C'est moi, murmuré-je. Je vais bien.

— J'aimerais savoir ce que vous avez fait depuis hier, mademoiselle Iparis. J'essaie d'entrer en contact avec vous depuis vingt-quatre heures. J'étais prêt à envoyer des soldats vous chercher. Le commandant Jameson aurait été ravie par une telle intervention, comme vous pouvez l'imaginer.

— Je vais bien. (Je glisse une main dans ma poche et j'en tire le pendentif de Day.) J'ai été légèrement blessée dans un combat de skiz, mais ce n'est rien de grave.

J'entends un soupir dans le récepteur.

— Je ne veux pas que vous restiez aussi longtemps avec votre micro coupé, c'est compris ?

— D'accord.

— Est-ce que vous avez découvert quelque chose ?

Je jette un coup d'œil en direction du garçon qui balance ses jambes dans le vide.

— Je ne sais pas trop. Un garçon et une jeune fille m'ont aidée à m'enfuir quand la situation a mal tourné. La fille a bandé ma blessure. Je vais rester avec eux jusqu'à ce que je puisse marcher normalement.

— Marcher normalement ? répète Thomas d'une voix aiguë. Définissez-moi « légèrement blessée ».

— J'ai juste reçu un coup de couteau. Inutile d'en faire une montagne. (J'entends Thomas s'étrangler, mais je n'y prête pas attention.) De toute manière, ce n'est pas le plus important. Le garçon a fait exploser une bombe à poussière artisanale pour échapper aux spectateurs mécontents. Il semble avoir de nombreux talents. Je ne sais pas qui il est, mais je vais faire de mon mieux pour le découvrir.

— Vous croyez que c'est Day ? Day n'est pas du genre à secourir les personnes en détresse.

C'est un mensonge.

Day a commis la plupart de ses crimes pour secourir des personnes en détresse. Jusqu'au soir où il a tué Metias.

— En effet.

Je préfère garder mes intuitions pour moi. Je n'ai pas envie que Thomas brûle les étapes et décide d'envoyer des troupes à ma recherche. Le commandant Jameson me chasserait de son unité si une opération aussi onéreuse était entreprise – surtout sans résultat à la clé.

Sans compter que Tess et ce garçon m'ont tirée d'un sacré pétrin.

— Il est possible qu'ils aient des informations à propos de Day.

Thomas reste silencieux. J'entends un vague bruit dans l'écouteur, des parasites, puis les échos d'une conversation avec le commandant Jameson. Thomas doit lui raconter que j'ai reçu un coup de couteau et qu'il serait sage de me rappeler. Je laisse échapper un soupir agacé.

Comme si je n'avais jamais été blessée auparavant !

— Soit, me dit-il au bout de quelques minutes. Le commandant Jameson préfère ne pas interrompre la mission si votre blessure ne vous handicape pas trop. Elle a quelques soucis avec sa brigade en ce moment. Mais, attention ! si jamais vous coupez la communication trop longtemps, j'envoie une unité vous récupérer. C'est compris ?

Je fais un effort pour cacher mon irritation. Le commandant Jameson ne me croit pas capable de mener cette mission à bien. Son manque d'enthousiasme transpire dans chacun des mots de Thomas qui, quant à lui, fait preuve d'une fermeté inhabituelle. Je suppose qu'il s'est imaginé le pire au cours des dernières vingt-quatre heures.

— À vos ordres.

Thomas ne répond pas et je lève la tête vers mon sauveur. Je me dirige vers l'escalier et je gravis les premières marches. Je dois surveiller ce garçon de près et je ne dois pas laisser ma blessure affecter ma mission.

Je fourre le pendentif de Day dans ma poche et je poursuis mon ascension.

J'observe mes sauveurs tout au long de la journée tandis que nous traversons le secteur d'Alta. Dans ma tête, je note les moindres détails, si insignifiants soient-ils.

Le garçon a tendance à s'appuyer sur sa jambe gauche. Son boitillement est imperceptible lorsqu'il marche. Il n'est décelable que quand il s'assoit ou qu'il se lève – il marque un bref instant d'hésitation au moment de plier le genou. C'est peut-être la séquelle d'une blessure grave, ou bien une gêne occasionnée par un traumatisme récent, mais sans grande importance. Une mauvaise chute, par exemple.

Selon toute apparence, mon sauveur ne mène pas une vie de tout repos : il lui arrive de grimacer quand il tend le bras ou quand il l'incline à un certain angle. Je le regarde faire deux ou trois fois. Il a sans doute été blessé à hauteur du biceps.

Son visage parfaitement symétrique trahit des origines anglo-saxonnes et asiatiques. La saleté ne parvient pas à dissimuler la beauté de ses traits. Son œil droit est un peu plus clair que le gauche. J'ai d'abord cru que c'était un effet de lumière, mais je l'ai remarqué de nouveau en admirant les pains dans la devanture d'une boulangerie. Je me demande ce qui a pu provoquer cette décoloration. Est-il né ainsi ?

J'accumule quantité d'informations à son sujet : il se promène dans les rues de Lake comme s'il les connaissait aussi bien que le fond de sa poche. Il a l'habitude de lisser le bas de sa chemise d'un geste sûr et habile. Il observe les bâtiments comme s'il voulait les mémoriser dans les moindres détails. Tess ne l'appelle jamais par son prénom. Elle protège l'identité de son compagnon. Cela n'a rien d'étonnant : ils m'ont baptisée « la Fille », afin de protéger la mienne. Quand je suis épuisée ou étourdie, mon sauveur ordonne une halte et va me chercher de l'eau pendant que je me repose. Il sent ma fatigue avant que j'aie le temps de demander quoi que ce soit.

L'après-midi est proche. Nous nous protégeons de la terrible chaleur en errant aux alentours du marché, dans le quartier le plus pauvre du secteur. Tess plisse les yeux pour observer les étals qui se dressent à une quinzaine de mètres de nous. Elle est myope, mais elle fait la différence entre les marchands de fruits et les marchands de légumes. Elle sait reconnaître leurs visages et deviner ceux qui ont de l'argent. Je m'en aperçois en observant les infimes variations de ses traits. Elle est satisfaite quand elle identifie quelque chose, frustrée lorsqu'elle n'y parvient pas.

— Comment est-ce que tu fais ça ? lui demandé-je.

Tess tourne la tête et ses yeux se concentrent sur moi.

— Hmm ? Comment est-ce que je fais quoi ?

— Tu es myope, alors comment fais-tu pour voir autant de choses autour de toi ?

Tess est surprise par ma question – et par le fait que j'ai remarqué son manège. Son compagnon me lance un coup d'œil.

— Les formes sont floues, mais j'interprète les différentes nuances de couleur, me dit-elle. Par exemple, je sais que cet homme tire des unités d'argent de sa bourse.

Elle lève les yeux vers le client d'un étal.

Je hoche la tête.

— Très intelligent.

Tess rougit et contemple la pointe de ses chaussures. Pendant un instant, elle est si mignonne que je ne peux

167

m'empêcher de rire. Un sentiment de culpabilité m'envahit aussitôt.

Comment puis-je rire alors que mon frère est mort il y a quelques jours ?

Mes deux compagnons ont l'étrange pouvoir de me faire perdre le contrôle de mes émotions.

— Tu es très observatrice, Fille, dit le garçon à voix basse. (Ses yeux sont rivés sur les miens.) Je comprends comment tu as survécu dans la rue.

Je hausse les épaules.

— Observer, c'est la seule manière de survivre, non ?

Le garçon détourne le regard et je laisse échapper un soupir. Je constate alors que j'ai retenu ma respiration pendant qu'il me regardait avec insistance. Je suis restée pétrifiée.

— Peut-être que tu devrais voler de la nourriture à ma place, ajoute le garçon. Les marchands sont moins méfiants quand il s'agit d'une fille, surtout une fille comme toi.

— Qu'est-ce que tu sous-entends par là ?

— Tu vas droit à l'essentiel.

Je ne peux m'empêcher d'esquisser un sourire.

— Je ne suis pas la seule.

Je réfléchis tandis que nous nous dirigeons vers les étals. Rien ne m'empêche de rester en compagnie de ces deux-là une nuit de plus, jusqu'à ce que ma blessure soit cicatrisée et que je puisse reprendre ma mission. D'ailleurs, peut-être que l'un d'eux sait quelque chose à propos de Day.

Le soir approche et la chaleur commence à se dissi-
per. Nous retournons sur les berges et nous cherchons
un endroit où nous installer. Autour de nous, des chandelles s'allument derrière des fenêtres parfois dépour-
vues de vitres. Les agents de la sécurité urbaine sont
relevés par leurs camarades. De petits feux de camp
apparaissent dans les ruelles. Voilà cinq nuits que je
suis sur le terrain et je ne me suis toujours pas habituée
aux murs à demi effondrés, aux vêtements usés séchant
sur les balcons, aux jeunes mendiants espérant rassembler de quoi manger. Pourtant, ce spectacle a cessé de
provoquer mon mépris. Un peu honteuse, je songe
aux funérailles de Metias. Je n'ai même pas touché à
l'énorme steak qui se trouvait dans mon assiette. Sur
le coup, cela ne m'a pas choquée. Tess marche devant
nous. Elle ne prête aucune attention à la faune étrange
qui nous entoure. Elle avance d'un pas vif et joyeux.
Je l'entends même fredonner.

— *La Valse de l'Elector*, murmuré-je en identifiant
la mélodie.

Le garçon me regarde avec un air moqueur.

— On dirait que tu es une fan de Lincoln, non ?

Je ne peux pas lui dire que je possède tous les
albums de Lincoln ainsi que plusieurs souvenirs auto-
graphiés, que je suis allée la voir chanter des hymnes
politiques à un banquet ou qu'elle a écrit une chanson
en l'honneur de chaque général au front. Je réussis
à sourire.

— Ouais, on dirait.

Il me rend mon sourire. Ses dents sont magnifiques. Je n'ai pas vu une dentition aussi parfaite depuis le début de ma mission.

— Tess adore la musique, dit-il. Elle m'oblige souvent à faire la tournée des bars du quartier. Lorsqu'il y a un concert, nous nous installons près d'une fenêtre et nous écoutons. J'ai du mal à comprendre pourquoi ça lui plaît autant. Ça doit être un truc de filles.

Une demi-heure plus tard, il sent ma fatigue. Il appelle Tess et nous conduit jusqu'à une ruelle encombrée de grosses poubelles métalliques. Il écarte l'une d'elles pour faire un peu de place. Il s'installe derrière et nous fait signe de l'imiter avant de déboutonner sa veste.

Je sens mon visage devenir écarlate. Dieu merci ! il fait trop sombre pour qu'il remarque quoi que ce soit.

— Je ne saigne plus et je n'ai pas vraiment froid, lui dis-je. Inutile de te déshabiller.

Il tourne la tête vers moi. Je suis surprise par l'éclat de ses yeux dans l'obscurité. Ils semblent refléter la lumière venant des fenêtres au-dessus de nous. Une expression moqueuse se dessine sur son visage.

— Qu'est-ce qui te fait croire que je le fais pour toi, chérie ?

Il ôte sa veste, la plie avec soin et la pose près des roues d'un conteneur à ordures. Tess s'assied sans cérémonie et pose la tête sur l'oreiller de fortune. Ils ont sans doute l'habitude de faire cela chaque soir.

Je me racle la gorge.

— Bien sûr, murmuré-je.

J'ignore le ricanement du garçon.

Tess parle avec nous pendant un long moment, mais ses paupières se font lourdes et elle s'endort, la tête posée sur la veste. Le garçon et moi restons silencieux. J'observe la silhouette de la jeune fille.

— Elle semble si fragile, dis-je dans un souffle.

— Ouais, mais elle est plus coriace qu'elle en a l'air.

Je lève les yeux vers lui.

— Tu as de la chance de l'avoir avec toi. (Je regarde sa jambe raide et il rectifie aussitôt sa position.) Elle a dû être d'un grand secours quand il a fallu soigner cette blessure.

Il comprend alors que j'ai remarqué son boitillement.

— Pas vraiment. Ça remonte à très longtemps. (Il hésite, puis estime qu'il en a assez dit.) Et la tienne, de blessure, comment va-t-elle ?

Je fais un petit geste.

— Ce n'est rien.

Je serre pourtant les dents au moment même où je prononce ces paroles. Nous avons marché toute la journée et cela n'a pas aidé à la cicatrisation. La douleur est de retour et elle me dévore comme un incendie de forêt.

Le garçon remarque mes traits tendus.

— Nous devrions refaire les bandages.

Il se lève et prend un rouleau de tissu blanc dans la poche de Tess. Il agit avec une telle dextérité que la jeune fille ne bronche même pas.

— Je ne suis pas aussi bon docteur qu'elle, dit-il, mais je préfère ne pas la réveiller.

Il s'assied près de moi et défait deux boutons de ma chemise. Il remonte le vêtement pour exposer mon

171

abdomen. Sa peau effleure la mienne et j'essaie de me concentrer sur ses mains. Il tire quelque chose de sa botte : une sorte de couteau de cuisine – manche en argent sans signe distinctif, lame émoussée – qu'il utilise souvent, parfois pour couper des matériaux plus résistants du tissu. Il pose une main sur mon ventre. Les années passées dans la rue ont rendu ses doigts calleux, mais ils caressent ma peau avec tant de douceur et de prévenance que le feu me monte au visage.

— Ne bouge plus, marmonne-t-il.

Il glisse le couteau sous le bandage et je ne peux retenir une grimace. Il coupe le tissu et dégage la plaie. De minuscules gouttes de sang perlent encore à l'endroit où la lame de Kaede m'a frappée mais, par bonheur, la plaie n'est pas infectée. Tess a fait du bon travail. Le garçon ôte l'ancien bandage et applique le nouveau.

— Nous resterons ici jusqu'au matin, dit-il sans s'arrêter. Nous n'aurions pas dû marcher autant aujourd'hui, mais il était préférable de mettre un peu de distance entre toi et les spectateurs du combat de skiz.

Je ne peux m'empêcher de contempler son visage. Ce garçon est à peine plus âgé qu'un candidat à l'Examen… Comment cela est-il possible ? Il ne se comporte pas comme un gamin des rues qui n'a rien à perdre. Il a tant de qualités… Je me demande s'il a toujours vécu dans les secteurs pauvres de la ville. Il lève la tête et s'aperçoit que je l'observe. Il s'interrompt pendant une seconde et une émotion secrète traverse ses yeux. *Un ravissant mystère.* Lui aussi doit se poser des questions à mon sujet. Il doit se demander comment j'ai déduit autant d'informations sur sa vie. Peut-être s'interroge-t-il sur le prochain secret que je vais lui ravir. Nos visages sont si proches que je sens son souffle contre ma joue. Je déglutis tant bien que mal. Il se rapproche de quelques centimètres.

Pendant un instant, je pense qu'il va m'embrasser.

Il baisse soudain les yeux vers ma blessure et ses mains effleurent ma taille tandis qu'il se remet au travail. Je remarque alors que son visage est aussi rouge que le mien.

Il serre le bandage, rabat ma chemise sur mon ventre et se détourne. Il s'adosse au mur et pose les bras sur ses genoux.

— Fatiguée ?

Je secoue la tête. J'observe le linge qui pend au-dessus de nous. Si nous manquons de bandages, je sais où je pourrai m'en procurer.

— Je crois que je pourrai me passer de votre aide dès demain, dis-je après un moment de silence. Je vois bien que je suis un poids mort.

À ces mots, je sens mon cœur se serrer. Curieux. Je n'ai pas envie de quitter ce garçon et cette fille si vite. Leur présence me procure un certain bien-être. Malgré la mort de Metias, j'ai l'impression que quelqu'un tient encore à moi.

Qu'est-ce qui me prend ? Ce garçon est un vagabond. Mon entraînement m'a appris à gérer ce genre d'individus, à les traiter avec recul.

— Où iras-tu ?

Je me ressaisis.

— Vers l'est, je suppose, dis-je d'une voix froide et posée. J'ai l'habitude de traîner dans les secteurs intérieurs.

Le garçon continue à regarder droit devant lui.

— Tu peux rester avec nous un peu plus longtemps si tu n'as rien de plus important à faire. Je pourrais utiliser les services d'un combattant de ta trempe. On pourrait faire de l'argent facile dans les combats de skiz et partager la nourriture. Nous tirerions tous les deux profit de cette association.

Il me fait cette proposition avec une telle sincérité que je souris malgré moi. Je décide de ne pas lui demander pourquoi il ne participe pas à des combats de skiz.

— Je te remercie, mais je préfère travailler seule.

Son visage ne trahit aucune émotion.

— Comme tu voudras.

Sur ces mots, il appuie sa tête contre le mur, soupire et ferme les paupières. Je le regarde pendant un moment dans l'espoir de revoir ses yeux si brillants, en vain. Au bout de quelques minutes, sa respiration devient régulière et son menton bascule sur sa poitrine. Il s'est endormi.

J'envisage de contacter Thomas, mais je n'ai pas envie d'entendre sa voix. Je me demande pourquoi. *Je le ferai demain, dès mon réveil.* Je m'adosse au mur à mon tour et je contemple les vêtements suspendus au-dessus de ma tête. À l'exception de lointains bruits de foule et de quelques échos des JumboTron, la nuit est calme. J'ai l'impression d'être à la maison. Je songe à Metias.

Je veille à ce que mes sanglots ne réveillent pas mes deux compagnons.

Day

J'ai failli embrasser cette fille hier soir.

Mais, dans la rue, ce genre de relation n'apporte rien de bon. Cela vous fragilise un peu plus, autant que d'avoir une famille dans une zone en quarantaine ou une orpheline à charge.

Pourtant, quelque part, j'ai encore envie de l'embrasser sans me préoccuper des conséquences. Cette fille a des yeux d'aigle et rien ne lui échappe. « Regardez ce bâtiment. Les volets du troisième étage ont été récupérés dans un quartier huppé. Ils sont en merisier. » Avec un couteau, elle est capable d'épingler un hot-dog du premier coup sur l'étal d'un marchand inattentif. Son intelligence se sent dans chacune de ses questions, dans chacune de ses remarques. Son innocence la différencie de la plupart des personnes que j'ai rencontrées au cours de ma vie. Elle n'est ni cynique ni blasée. La rue ne l'a pas brisée. Elle l'a rendue plus forte.

Comme moi.

Pendant la journée, nous cherchons un moyen de gagner un peu d'argent : des policiers assez naïfs pour se laisser faire les poches, des poubelles contenant quelque chose de valeur, des caisses laissées sans surveillance sur une jetée... Lorsque le soir approche, nous trouvons un endroit où passer la nuit. Je m'efforce de penser à Eden, à la somme que je dois rassembler avant l'échéance fatale, mais, au bout de quelques minutes, j'échafaude déjà de nouveaux plans pour miner l'effort de guerre de la République. Je pourrais me glisser dans un dirigeable, siphonner un peu de précieux carburant et le revendre au marché noir ou le distribuer à ceux qui en ont besoin. Je pourrais aussi détruire l'appareil avant qu'il soit envoyé au front. Et si je sabotais le réseau électrique de Batalla ou d'une base aérienne ? Je me concentre sur ces projets.

Mais dès que mon regard se pose sur la Fille, ou que je sens ses yeux sur moi, mes plans s'évanouissent et je ne pense plus qu'à elle.

June

Presque 20.00
Température supérieure à 27 °C.

Tess dort dans la ruelle, la tête posée sur la veste de
son compagnon, comme d'habitude. Le garçon et moi
sommes assis quelques mètres plus loin. Je le regarde
se limer les ongles à l'aide de son couteau. Il a ôté sa
casquette – ce qui lui arrive rarement – pour démêler
ses cheveux.

Il est de bonne humeur.

— Tu veux une gorgée ? me demande-t-il.

Une bouteille de vin de nectar est posée entre nous.
C'est un alcool bon marché, sans doute fabriqué à partir
du raisin insipide qui pousse dans l'eau de mer. Pourtant, le garçon se comporte comme s'il s'agissait d'un

grand cru exceptionnel. Au cours de la soirée, il en a volé un casier dans une boutique située à la frontière du secteur de Winter et il en a tiré six cent cinquante unités. Il n'a rien à envier aux meilleurs étudiants de Drake question dextérité et rapidité.

— J'en boirai un peu si tu m'accompagnes, dis-je. On ne va quand même pas laisser perdre le fruit de ton larcin.

Il sourit à ma boutade. Il plante la lame de son couteau dans le bouchon et le fait sauter. Il porte la bouteille à ses lèvres et incline la tête en arrière pour boire une longue rasade. Il s'essuie la bouche avec le pouce et me sourit de nouveau.

— Délicieux, dit-il. Essaie.

Je prends la bouteille qu'il me tend et je bois une gorgée avant de la lui rendre. Le vin a un arrière-goût salé, comme je le pressentais. Avec un peu de chance, l'alcool apaisera la douleur de ma blessure.

Nous buvons à tour de rôle mais, contrairement à lui, je me contente de petites quantités. Un peu plus tard, il rebouche la bouteille et la pose à l'écart. Il a dû atteindre sa limite et il est trop prudent pour la franchir. Ses yeux sont un peu plus brillants que d'habitude et ses iris bleus ont un magnifique reflet moiré.

Il n'est pas ivre, mais l'alcool l'a détendu.

— Dis-moi un peu, pourquoi as-tu besoin d'autant d'argent ?

Je prends des risques en posant une telle question, mais j'estime qu'il faut profiter de l'occasion.

Il éclate de rire.

— Tu es sérieuse ? Est-ce que tu connais quelqu'un qui ne court pas après l'argent ? Est-ce que tu connais quelqu'un qui en a assez ?

— Tu aimes bien répondre à mes questions par d'autres questions.

Il rit de nouveau mais, quand il reprend la parole, il y a une pointe de tristesse dans sa voix.

— L'argent est la chose la plus importante au monde, tu sais. Il permet d'acheter le bonheur, et je me fiche de ce que pensent les gens. Il permet d'acheter le réconfort, le prestige, l'amitié, la sécurité... Toutes sortes de choses.

Ses yeux se perdent dans le vague.

— Je te trouve quand même bien pressé de devenir riche.

Il me lance un regard amusé.

— Et pourquoi est-ce que je ne le serais pas ? Je suppose que tu vis dans la rue depuis aussi longtemps que moi. Mon comportement ne devrait donc pas t'étonner.

Je baisse les yeux. Je ne veux pas qu'il devine la vérité.

— Je suppose que tu as raison.

Nous restons silencieux pendant un moment.

— Je ne sais pas si quelqu'un t'a déjà dit ça..., souffle-t-il avec une telle tendresse que je ne peux m'empêcher de lever la tête pour le regarder.

Il ne rougit pas, il ne détourne pas les yeux. Je me perds dans la contemplation de deux océans miniatures, l'un parfait, l'autre zébré par une ride minuscule.

— Mais tu es vraiment très séduisante.

Ce n'est pas la première fois qu'on me complimente sur mon physique, mais jamais personne ne l'a fait sur un tel ton. Cette déclaration me renverse au point que je bafouille sans réfléchir :

— Je pourrais dire la même chose de toi. (Je fais une pause.) Au cas où tu ne le saurais pas.

Un sourire se dessine lentement sur ses lèvres.

— Oh ! mais je le sais. Fais-moi confiance sur ce point.

Je ris.

— Heureuse de t'entendre enfin dire quelque chose de sincère.

Je suis incapable de détacher mon regard du sien et c'est à grand-peine que j'ajoute, aussi bas que possible :

— Je crois que tu as bu un peu trop de vin, camarade. Une bonne nuit de sommeil te fera du bien.

J'ai à peine terminé ma phrase qu'il se penche vers moi et pose la main sur ma joue, puis sur ma nuque. Ma formation aurait dû me pousser à lui saisir le poignet pour lui porter une clé de bras et l'immobiliser à terre. Pourtant, je reste assise, immobile. Il m'attire vers lui et j'inspire un grand coup avant que nos lèvres se touchent.

Sa bouche a encore le goût du vin. Il m'embrasse avec tendresse puis, comme si ce baiser n'avait fait qu'aiguiser son appétit, il me plaque contre le mur et sa langue se fait plus insistante. Ses lèvres sont chaudes et douces. Ses mèches caressent mon visage. Je fais un effort désespéré pour enregistrer chaque détail de la scène. Ce n'est pas la première fois qu'il embrasse une fille. Je suis même convaincue qu'il a une expérience considérable dans ce domaine. Sa... sa respiration est hachée... Malgré tous mes efforts, ma concentration vole en éclats. Il me faut un moment avant de m'apercevoir que je l'embrasse avec une voracité égale à la sienne. Le couteau accroché à sa ceinture se presse contre ma peau et un frisson me traverse de part en part. Il fait trop chaud. J'ai l'impression que mon visage est en feu.

Il s'écarte le premier et nous nous regardons en silence. Abasourdis, nous essayons de comprendre ce qui vient de se passer.

Il se ressaisit et je fais de mon mieux pour l'imiter. Il s'adosse au mur et soupire.

— Je suis désolé, murmure-t-il. (Il me regarde avec une pointe d'espièglerie.) Ç'a été plus fort que moi. Enfin, bon, ce qui est fait est fait.

Je l'observe pendant un moment, incapable de prononcer un mot. Mon cerveau me hurle de retrouver mes esprits. Le garçon me regarde à son tour. Il me sourit comme s'il savait très bien l'effet qu'il produit sur une personne du sexe opposé, puis il se détourne. Je respire de nouveau.

Il fait alors un geste qui finit de m'arracher à mon euphorie : avant de s'allonger pour la nuit, il porte la main à sa gorge sans s'en rendre compte. Je plisse les yeux : il n'a rien autour du cou. Il a saisi le souvenir d'un collier, d'un pendentif ou d'une chaîne.

Je songe au bijou qui est dans ma poche. Le bijou de Day. Un malaise m'envahit.

Day

Quand la Fille s'endort enfin, je l'abandonne avec Tess pour aller rendre visite à ma famille. L'air frais clarifie mes pensées chaotiques. Je m'éloigne avec prudence dans la ruelle, puis j'inspire un grand coup et j'accélère le pas. *Je n'aurais pas dû faire ça. Je n'aurais pas dû l'embrasser.* Et, surtout, je ne devrais pas être aussi heureux de l'avoir fait. C'est pourtant le cas. Je sens encore ses lèvres sur les miennes, la douceur de son visage et de ses bras, les tremblements de ses mains. J'ai embrassé bon nombre de jolies filles, mais je n'ai jamais ressenti une telle émotion. J'en voulais plus. Comment diable ai-je réussi à m'écarter d'elle ?

Moi qui dis tout le temps qu'il faut se méfier des gens rencontrés dans la rue.

Je m'oblige à me concentrer sur le rendez-vous avec John. J'ignore l'étrange croix peinte en travers de la porte de la maison familiale et je m'approche du vide sanitaire protégé par des lames de parquet. J'aperçois la lumière vacillante de chandelles à travers la fenêtre de la chambre. Maman doit veiller Eden. Je reste tapi dans les ténèbres pendant un moment, puis je jette un coup d'œil par-dessus mon épaule. Les rues sont désertes. J'écarte la planche mal fixée et je me mets à quatre pattes.

Du coin de l'œil, je crois apercevoir quelque chose dans un coin sombre, sur le trottoir d'en face. Je me fige et je plisse les yeux. Rien. Je baisse la tête et je rampe sous la terrasse.

John fait réchauffer de la soupe dans la cuisine. Je lâche trois bruits étouffés qui font penser aux stridulations d'un criquet. Je dois m'y prendre à plusieurs reprises avant que mon frère m'entende et se tourne vers moi. Je sors de sous le vide sanitaire et je me dirige vers la porte de derrière. John m'y attend déjà.

— J'ai presque mille six cents unités, murmuré-je. Je lui montre ma bourse. J'aurai bientôt assez pour acheter des médicaments. Comment va Eden ?

John secoue la tête. L'angoisse qui se lit sur son visage me met mal à l'aise, car j'ai toujours pensé qu'il était le plus courageux d'entre nous.

— Pas bien. Il a encore perdu du poids. Mais il est conscient et il nous reconnaît. Je crois qu'il tiendra quelques semaines de plus.

J'acquiesce en silence. Je ne veux pas envisager la perte d'Eden.

— Je te promets que j'aurai l'argent d'ici là. Il me faut juste un coup de chance et je serai de retour avec les médicaments.

— Fais attention à toi, hein ?

Dans l'obscurité, on pourrait croire que nous sommes jumeaux. Nous avons les mêmes cheveux, les mêmes yeux, la même expression.

— Je ne veux pas que tu prennes des risques inconsidérés. Si je peux t'aider d'une manière ou d'une autre, je le ferai. Peut-être que je pourrais sortir en douce et t'accompagner…

Je me renfrogne.

— Ne sois pas idiot. Si les soldats t'arrêtent, ils te tueront. Tu le sais très bien. (La frustration se peint sur le visage de mon frère et je m'en veux d'avoir repoussé son offre sans même faire mine de réfléchir.) J'agis plus vite quand je suis seul. Je t'assure. Il vaut mieux continuer ainsi. Et puis comment aiderais-tu maman si tu étais mort ?

John hoche la tête, mais je sens qu'il a envie d'ajouter quelque chose. Je lui tourne le dos pour prévenir d'éventuelles protestations.

— Il faut que j'y aille. À bientôt.

June

Day doit croire que je suis endormie, mais il se trompe. Je le vois se lever et s'éloigner au milieu de la nuit. Je le suis. Il entre dans une zone en quarantaine et approche d'une maison dont la porte est marquée d'une sorte de croix. Il disparaît derrière le bâtiment et réapparaît quelques minutes plus tard.

Je n'ai pas besoin d'en savoir plus.

Je grimpe sur le toit d'un immeuble voisin, je m'accroupis contre la cheminée et je branche mon micro. La colère fait trembler ma voix. Quelle idiote je suis ! Comment ai-je pu éprouver quelque chose pour ce garçon ? Il est la dernière personne pour qui j'ai envie de ressentir quelque chose.

Et si Day n'était pas l'assassin de Metias ? Et si le coupable était quelqu'un d'autre ? Dieu ! Je suis en train d'échafauder des hypothèses sans queue ni tête pour le protéger.

Je me suis conduite comme une imbécile devant le meurtrier de mon frère. Est-ce que les rues de Lake m'ont transformée en simple d'esprit ? Est-ce que j'ai vraiment souillé la mémoire de Metias ?

— Thomas, soufflé-je. Je l'ai trouvé.

Pendant une longue minute, je n'entends que des grésillements. Puis la voix de Thomas résonne dans mes oreilles. Elle est étrangement distante.

— Est-ce que vous pouvez répéter, mademoiselle Iparis ?

La colère monte en moi.

— J'ai dit que je l'avais trouvé. J'ai trouvé Day. Il vient de rendre visite à quelqu'un qui habite dans un quartier en quarantaine de Lake. Une maison dont la porte est marquée d'une sorte de croix faite de trois lignes. À l'intersection de Figueroa et de Watson.

— Est-ce que vous êtes certaine de ce que vous affirmez ? demande Thomas d'une voix plus alerte. Est-ce que vous en êtes absolument certaine ?

Je tire le pendentif de ma poche.

— Oui. Il n'y a aucun doute possible.

J'entends un vague brouhaha dans l'écouteur.

— Au coin de Figueroa et de Watson, répète Thomas avec excitation. C'est le cas de contamination inhabituel sur lequel nous devions enquêter demain matin. Vous êtes sûre que Day était là ?

— Oui !

— Nous enverrons des ambulances à cette adresse dès demain. Nous conduirons les habitants au Central Hospital.

— Prévoyez des renforts. Je veux suffisamment d'hommes sur le terrain quand Day interviendra pour protéger les siens. (Je me rappelle comment Day s'est glissé dans le vide sanitaire.) Il n'aura pas le temps de les évacuer, alors il cherchera sans doute à les cacher dans la maison. Je préférerais qu'on les conduise à l'hôpital de Batalla Hall. Je veux qu'on les capture vivants et sans une égratignure. Je tiens à les interroger.

Thomas est surpris par le ton de ma voix.

— Vous aurez les troupes demandées, dit-il avec une certaine hésitation. J'espère de tout cœur que vous ne vous êtes pas trompée.

Je songe aux lèvres de Day, à la chaleur de notre baiser et au contact de ses mains sur ma peau. Ces souvenirs devraient me laisser indifférente maintenant. Ils devraient me dégoûter.

— Je ne me suis pas trompée.

Je regagne la ruelle avant que Day ne s'aperçoive de mon absence.

Day

Je dors quelques heures avant le lever du soleil. Je rêve de la maison.

Enfin, la maison telle qu'elle est dans mes souvenirs. John est assis avec notre mère à un bout de la table. Il lui lit un recueil d'histoires de la République. Maman hoche la tête pour l'encourager quand il termine une page sans intervertir des lettres ou des mots. Je me tiens dans l'encadrement de la porte et je leur souris. John est le plus fort d'entre nous, mais il a hérité de notre père une patience infinie. Ce n'est pas mon cas, loin de là. Eden dessine quelque chose à l'autre bout de la table – c'est curieux, il est toujours en train de dessiner dans mes rêves. Il ne lève jamais les yeux, mais il ne perd pas un mot de l'histoire. Il rit aux passages amusants.

Je m'aperçois alors que la Fille est à côté de moi. Je lui prends la main. Elle m'adresse un sourire qui illumine la pièce et je le lui rends.

— *J'aimerais te présenter ma mère, lui dis-je.*

Elle secoue la tête et je m'aperçois qu'il n'y a plus que John et maman assis à la table. Eden a disparu.

Le sourire de la Fille s'évanouit et elle me regarde avec des yeux remplis de douleur.

— *Eden est mort, dit-elle.*

Les échos d'une sirène m'arrachent au sommeil.

Je reste allongé en essayant de reprendre mon souffle. Mon rêve me hante. Je me concentre sur le bruit lancinant et je me rends soudain compte qu'il ne provient pas d'une voiture de police. Ni d'une ambulance. Il s'agit d'un camion sanitaire de l'armée, un véhicule qui sert à transporter les soldats blessés dans les hôpitaux. Leurs sirènes sont plus puissantes et plus aiguës que les autres, car ils ont la priorité absolue aux intersections.

Mais les soldats blessés ne sont pas évacués sur Los Angeles. Ils sont traités près de la ligne de front. Je me souviens alors que ces véhicules sont équipés de matériel très performant et qu'on les utilise parfois pour transporter les malades contaminés par des souches inhabituelles dans les laboratoires.

Tess identifie la sirène à son tour.

— Où vont-ils ? demande-t-elle.

— Je ne sais pas, murmuré-je.

Je me redresse et je tourne la tête vers la Fille. Elle est réveillée depuis un bon moment. Elle est assise contre un mur, les yeux fixés sur une extrémité de la ruelle.

Son visage affiche une concentration presque douloureuse. Elle semble nerveuse.

— Bonjour, lui dis-je.

Mes yeux se posent sur ses lèvres. Est-ce que je l'ai
vraiment embrassée hier soir ?

La Fille ne réagit pas.

— On a marqué la porte de ta maison, n'est-ce pas ?

Tess la regarde avec des yeux écarquillés. Je reste
silencieux, ne sachant pas trop comment répondre.
Jusqu'à présent, seule Tess osait poser des questions à
propos de ma famille.

— Tu m'as suivi hier soir.

Je devrais être en colère, mais j'ai du mal à identifier
mes sentiments. Elle a dû me filer par curiosité, mais
comment se fait-il que je ne l'aie pas entendue ? Cette
fille est plus silencieuse qu'un chat.

Quelque chose a changé au cours de la nuit. Hier,
elle a répondu à mon baiser avec une fougue égale à la
mienne mais, ce matin, elle est distante, froide. Est-ce
que j'ai fait quelque chose qui lui a déplu ? Elle tourne
la tête vers moi.

— C'est pour cette raison que tu veux toujours plus
d'argent ? Pour acheter des médicaments ?

Elle cherche à obtenir des informations. Pourquoi ?

— Oui, dis-je. En quoi cela te concerne ?

— Tu n'as pas été assez rapide. En ce moment
même, une patrouille sanitaire se rend chez toi. On
vient chercher ta famille.

June

Je n'ai pas besoin d'ajouter grand-chose pour convaincre Day que le temps presse. Le camion sanitaire est passé sirène hurlante à l'endroit et au moment prévus. Il était facile de comprendre qu'il se dirigeait vers l'intersection de Figueroa et de Watson.

— Qu'est-ce que tu racontes ? demande Day. (Il est abasourdi.) Qu'est-ce que tu veux dire par « on vient chercher ta famille ? » Où est-ce que tu as appris ça ?

— Ce n'est pas le moment de poser des questions. Le temps presse.

J'hésite pendant une fraction de seconde. Les yeux de Day brillent de terreur. Il a l'air si vulnérable que je dois mobiliser toute ma volonté pour lui mentir. Je me remémore la colère que j'ai éprouvée la nuit dernière.

— Je t'ai vu rendre visite à ta famille dans la zone en quarantaine, hier. J'ai entendu des soldats parler de la rafle d'aujourd'hui. Ils ont mentionné une maison avec une croix faite de trois traits sur la porte. J'essaie juste de t'aider. À mon avis, tu devrais aller les prévenir tout de suite.

J'ai mis le doigt sur la grande faiblesse de Day. Il n'hésite pas un seul instant, il ne prend pas la peine de s'interroger sur les informations que je viens de lui fournir, il ne demande même pas pourquoi je ne l'ai pas averti hier soir. Il se lève d'un bond, identifie la direction d'où vient la sirène et s'élance dans la ruelle. Je suis étonnée de ressentir un pincement de culpabilité. Il a confiance en moi. Une confiance sincère, stupide et entière. Pourquoi a-t-il une telle foi en moi ? Même Metias ne m'aurait pas crue aussi facilement.

Tess le regarde partir et la peur envahit son visage.

— Suivons-le ! s'exclame-t-elle. (Elle se lève et me saisit la main.) Il aura peut-être besoin de notre aide.

— Non ! répliqué-je d'un ton sans appel. Toi, tu vas attendre ici. Moi, je vais le suivre. Ne te fais pas remarquer. Quelqu'un viendra te chercher.

Je m'élance sans lui laisser le temps de protester. Je jette un coup d'œil par-dessus mon épaule et je l'aperçois au milieu de la ruelle, les yeux écarquillés tandis qu'elle me regarde partir. Je préfère qu'elle reste à l'écart. *Si nous arrêtons Day, que va-t-elle devenir ?* Je branche mon micro d'un claquement de langue.

L'écouteur grésille dans mon oreille.

— J'écoute, dit Thomas. Que se passe-t-il ? Où êtes-vous ?

— Day se dirige vers Figueroa et Watson en ce moment même. Je suis sur ses talons.

Thomas inspire un grand coup.

— Bien. Nos hommes sont en position. À tout de suite.

— Attendez mon ordre avant d'intervenir. Je ne veux aucun blessé…

La communication est coupée avant que j'aie le temps de terminer ma phrase.

Ma blessure ne se prête guère à une course effrénée. Day ne peut pas être très loin. Il avait à peine trente secondes d'avance. Je me dirige vers le sud, vers Union Station. C'est la direction qu'il a prise au cours de son expédition nocturne.

Quelques instants plus tard, j'aperçois sa casquette fendre la foule.

Ma colère, ma peur et mon angoisse se cristallisent sur la nuque de Day. Je continue à le filer en maintenant une certaine distance entre nous. Je me souviens qu'il m'a sauvée des spectateurs furieux après le combat de skiz. Je me souviens qu'il a pansé la plaie douloureuse qui me brûle le flanc. Je me souviens de la douceur de sa main. J'ai envie de lui crier de s'arrêter. J'ai envie de le détester pour avoir réveillé autant d'émotions en moi. Espèce d'idiot ! Comment as-tu échappé au gouvernement pendant si longtemps ? Tu ne peux plus te cacher maintenant. Tu vas te montrer au grand jour parce que ta famille et tes amis sont en danger. *Je n'ai aucune sympathie pour les criminels*, me dis-je avec sévérité. *Je ne fais que régler mes comptes.*

Day

En règle générale, j'aime bien la foule qui se presse dans les rues de Lake. Elle permet de se déplacer sans se faire remarquer, de s'assurer qu'on n'est pas suivi ou de trouver quelqu'un avec qui se battre. Je serais incapable de dire combien de fois j'ai utilisé les rues bondées à mon avantage. Mais, aujourd'hui, cette masse humaine ne fait que me ralentir. J'ai emprunté un raccourci le long des berges, mais je devance à peine les sirènes et je ne pourrai pas augmenter mon avance avant d'atteindre la maison familiale.

Je n'aurai pas le temps de conduire ma mère et mes frères en sécurité, mais je dois arriver avant les soldats.

De temps en temps, je fais une courte pause afin de m'assurer que les camions sanitaires n'ont pas changé de direction. Aucun doute n'est possible : ils se dirigent droit vers mon quartier. Je cours plus vite. Je ne prends même pas la peine de m'arrêter lorsque je percute un vieil homme, qui vacille et s'affale sur le trottoir.

— Désolé, crié-je sans regarder par-dessus mon épaule.

Tandis que j'approche de chez moi, je m'aperçois que je suis en sueur. Le pâté de maisons est calme et les rues sont encore barrées par des bandes de plastique signalant la mise en quarantaine. Je file à travers les ruelles et j'approche de la clôture branlante qui entoure le jardin de derrière. Je passe à travers un trou, écarte la planche mal fixée et me glisse dans le vide sanitaire. Les azurites que j'ai plantées sous la grille d'aération sont toujours là. Personne ne les a touchées, mais elles ont fané et sont mortes. À travers les lames disjointes du plancher, j'aperçois ma mère assise au bord du lit d'Eden. John essore un bout de tissu dans une bassine posée à côté. J'observe mon jeune frère. Son état a empiré : il est livide, sa respiration est courte, rauque et si forte que je l'entends depuis ma cachette.

Mon cerveau cherche une solution avec frénésie. Je pourrais les aider à s'échapper maintenant, en prenant le risque de tomber sur une patrouille sanitaire ou des policiers urbains. Peut-être que je pourrais les héberger dans un de mes refuges habituels. Ma mère et John sont capables de courir, mais Eden ne soutiendrait jamais le rythme. John pourrait le porter, mais combien de temps ? Et si je les embarquais dans un train de marchandises en partance pour le centre du pays ? Mais ensuite ? De toute façon, Eden est déjà recherché, alors qu'importe si maman et John abandonnent leur emploi et s'enfuient ? De plus, ils ont été placés en quarantaine. Je pourrais m'arranger pour qu'ils gagnent l'Arizona ou le Texas occidental. Au bout d'un certain temps, il n'est pas impossible que les patrouilles cessent de les traquer. Et puis peut-être que je m'inquiète pour rien. Peut-être que la Fille s'est trompée et que les camions sanitaires se dirigent vers un autre quartier. C'est un espoir insensé, mais je m'y accroche avec l'énergie du désespoir. Tout redeviendra comme avant. Je continuerai à économiser de l'argent pour acheter des médicaments à Eden. Je m'inquiète pour rien.

Mais, au loin, la sirène des camions sanitaires gagne en intensité.

Ils viennent pour Eden.

Je prends une décision. Je me glisse hors du vide sanitaire et je cours jusqu'à la porte de derrière. J'entends les véhicules qui se rapprochent. J'entre dans la maison et je grimpe les quelques marches menant au salon.

J'inspire un grand coup.

J'ouvre la porte d'un coup de pied et je me précipite dans la chambre.

Ma mère laisse échapper un cri effrayé et John se tourne vers moi. Pendant un instant, nous nous regardons sans trop savoir comment réagir.

— Que se passe-t-il ? demande John. (Il pâlit en remarquant mon expression inquiète.) Qu'est-ce que tu fais ici ? Dis-moi ce qui se passe.

Il essaie de maîtriser sa voix, mais il a deviné que quelque chose de terrible est sur le point d'arriver. Il sait que je ne serais pas revenu à la maison si tel n'était pas le cas.

J'ôte ma casquette râpée et mes cheveux tombent sur mes épaules en une cascade indisciplinée. Maman porte une main bandée à sa bouche et un voile soupçonneux passe devant ses yeux, puis ceux-ci s'écarquillent sous le coup de la stupeur.

— C'est moi, maman. Daniel.

J'observe les différentes émotions qui se succèdent sur ses traits : incrédulité, joie, confusion. Elle fait un pas en avant tandis que son regard oscille entre John et moi. Je ne sais pas ce qui la choque le plus, que je sois vivant ou que mon frère le lui ait caché.

— Daniel ? souffle-t-elle.

C'est curieux de l'entendre prononcer mon ancien prénom. Je me précipite et je prends ses mains bandées entre les miennes. Elles tremblent.

— Je n'ai pas le temps de t'expliquer, lui dis-je.

J'essaie de ne pas prêter attention à l'expression de ses yeux. Jadis, ils étaient d'un bleu aussi pur et aussi brillant que les miens, mais le chagrin les a ternis. Que faut-il faire quand on retrouve une mère qui vous croit mort depuis des années ?

— Ils viennent chercher Eden. Il faut le cacher.

— Daniel ? (Ses doigts écartent les mèches de mon visage et, tout d'un coup, je redeviens son petit garçon.) Mon Daniel ! Tu es vivant ! Je dois être en train de rêver.

Je la prends par les épaules.

— Écoute, maman. Une patrouille va arriver avec un camion sanitaire. Je ne sais pas quel virus a contaminé Eden, mais on vient le chercher. Vous devez vous cacher.

Elle m'observe pendant un moment, hoche la tête et me conduit au lit de mon jeune frère. De près, je m'aperçois que ses yeux sombres sont devenus complètement noirs. On dirait qu'ils ne reflètent plus la lumière. Un frisson d'horreur me secoue : ils sont noirs parce que les iris saignent. Maman et moi l'aidons à se redresser. Sa peau est brûlante. John le soulève en murmurant des paroles rassurantes.

Eden laisse échapper un gémissement douloureux et sa tête roule sur le côté pour se nicher contre le cou de John.

— Branchez les deux circuits, souffle-t-il.

Dehors, la sirène retentit toujours. Le camion sanitaire est à moins de deux pâtés de maisons. Ma mère et moi échangeons un regard angoissé.

— Dans le vide sanitaire, murmure-t-elle. Nous n'avons plus le temps de nous enfuir.

Personne ne s'oppose à ce choix. Ma mère me prend la main et la serre avec force. Nous gagnons la porte de derrière et nous sortons. Je m'arrête pendant un instant pour évaluer la distance et la position du camion. Il est tout près. Je m'accroupis et j'écarte la planche mal fixée.

— Eden d'abord, souffle maman.

John vérifie que notre frère ne risque pas de tomber ou de se cogner la tête, puis il se met à genoux et se glisse dans le vide sanitaire. J'aide ma mère à le suivre, puis je les rejoins. Je prends soin d'effacer nos traces et de remettre la planche en place derrière moi. J'espère que personne n'aura l'idée de venir jeter un coup d'œil ici.

Nous nous recroquevillons dans le coin le plus sombre. Il fait si noir que nous nous voyons à peine. Je regarde les traits de lumière qui passent entre les lattes du plancher. Ils forment une étrange mosaïque sur le sol. Les azurites fanées sont presque invisibles dans l'obscurité. La sirène du camion sanitaire semble s'éloigner pendant un instant – il fait sans doute demi-tour –, puis elle se rapproche et devient assourdissante. Des bruits de bottes l'accompagnent.

Maudits fachos ! Ils se sont arrêtés devant la maison et ils se préparent à entrer en force.

— Que personne ne bouge, soufflé-je. Je vais les attirer ailleurs.

Je rassemble mes cheveux et je les glisse sous ma casquette.

— Non, dit John. Je ne veux pas que tu sortes. C'est trop dangereux.

Je secoue la tête.

— Ce serait trop dangereux pour vous si je restais. Fais-moi confiance.

Je regarde maman. Elle raconte une histoire à Eden en s'efforçant de cacher sa peur. Je me souviens qu'elle semblait toujours très calme quand j'étais petit. Sa voix était douce et son sourire rassurant. Je me tourne vers John et je hoche la tête.

— Je serai de retour bientôt.

Au-dessus de nous, quelqu'un frappe à la porte avec énergie.

— Patrouille sanitaire ! Ouvrez !

Je m'approche de la planche mal fixée, je l'écarte et je sors avant de la remettre en place. La palissade me cache. À travers les interstices, j'aperçois les soldats rassemblés devant la maison. Je dois agir sans tarder. Ces hommes ne s'attendent pas à rencontrer de résistance, surtout de la part d'un adversaire invisible. Je gagne le jardin de derrière sans faire de bruit, j'approche du mur et je repère une brique en saillie sur laquelle prendre appui. Je bondis et attrape le bord du toit avant de me hisser dessus.

Les soldats ne peuvent pas me voir, car je suis caché par la grande cheminée et les ombres des hauts immeubles voisins. Moi, en revanche, j'ai une vue panoramique sur les alentours. Je regarde autour de moi et je remarque quelque chose de bizarre. Nous avions une petite chance d'échapper à une patrouille sanitaire, mais comment se fait-il qu'il y ait autant de soldats devant notre porte ? J'en compte une bonne vingtaine et tous portent un masque blanc sur la bouche. Deux Jeep de l'armée sont stationnées près du camion sanitaire. Un officier supérieur se tient devant l'une d'elles. Elle porte un uniforme avec des pompons rouges et une casquette de commandant. Un jeune capitaine aux cheveux noirs l'accompagne.

La Fille se tient devant lui, immobile.

Je fronce les sourcils. Que se passe-t-il ? Les soldats ont dû l'arrêter et ils ont l'intention de l'utiliser pour tendre je ne sais quel piège. Cela signifie que Tess a été capturée, elle aussi. Je la cherche du regard, mais je ne la vois pas. Je remarque alors que la Fille n'a pas l'air inquiète. Elle est imperturbable malgré la marée de soldats qui l'entoure. Elle prend un masque et l'accroche sur son visage.

Un déclic se produit dans ma tête. Je sais pourquoi j'ai eu l'impression de l'avoir déjà vue lors de notre première rencontre. Ses yeux. Ces grands yeux sombres pailletés d'or. Ils sont identiques à ceux du capitaine Metias, le jeune officier auquel j'ai échappé de justesse après mon expédition au Los Angeles Central Hospital.

La Fille et Metias sont probablement parents et, comme lui, elle travaille pour l'armée. Comment ai-je pu être aussi stupide ? J'aurais dû remarquer ce détail depuis belle lurette. Je scrute le visage des autres soldats en me demandant si Metias participe à cette opération, mais je ne le vois nulle part. Il n'y a que la Fille.

Dont la mission consiste à m'arrêter.

À cause de ma bêtise, elle m'a traqué jusqu'à la maison de ma famille et elle a peut-être tué Tess. Je ferme les yeux. Je lui faisais confiance. Elle m'a manipulé avec un tel brio que je l'ai embrassée, que j'ai éprouvé des sentiments pour elle. Une vague de rage m'envahit.

Un grand bruit monte de l'entrée. J'entends des cris, puis des hurlements de peur. Les soldats ont trouvé ma mère et mes frères. Ils ont brisé les lames du plancher et ils ont tiré ma famille de sa cachette.

*Descends donc ! Qu'est-ce que tu fous sur ce toit ? Tu
ferais mieux d'aller les aider au lieu de te cacher !*

Mais mon intervention scellerait leur destin, car
les militaires comprendraient vite qu'il s'agit de mes
proches. Mes bras et mes jambes sont paralysés.

Deux soldats avec des masques à gaz sortent par la
porte de derrière en tenant maman par les épaules.
Derrière eux, plusieurs de leurs camarades s'efforcent
de maîtriser John qui leur hurle de lâcher notre mère.
Enfin, deux toubibs se dirigent vers le camion sanitaire
en poussant un brancard sur lequel Eden est attaché.

Il faut que je fasse quelque chose. Je tire de ma poche
les trois balles d'argent que Tess m'a données, les trois
balles récoltées lors de mon raid à l'hôpital. Je place
la première sur la bande de cuir de mon lance-pierres
artisanal. Un souvenir me traverse l'esprit : j'ai sept ans
et je lance une boule de glace enflammée à travers la
fenêtre du poste de police du quartier. Je lève le bras
et je vise un des hommes qui tient John. Je bande mon
arme et je tire.

Le projectile frappe sa nuque avec tant de force
qu'un jet de sang jaillit de la blessure. Le soldat se
voûte en serrant son masque contre sa bouche. Ses
camarades pointent aussitôt leurs armes vers le toit. Je
reste accroupi, immobile, derrière la cheminée.

La Fille fait un pas en avant.

— Day !

Mon nom résonne dans la rue. Je dois avoir perdu
la raison, car j'ai l'impression d'entendre une pointe de
compassion dans la voix de cette traîtresse.

— Je sais que tu es là et je sais pourquoi…

Elle pointe le doigt vers ma mère et John. Eden a déjà été hissé dans le camion sanitaire.

Ma mère sait désormais que je suis le criminel dont les JumboTron parlent tant. Je reste silencieux. Je glisse une autre balle dans la lanière de mon lance-pierres et je le pointe vers la Fille.

— Tu veux que les membres de ta famille soient en sécurité et je comprends cela. C'était mon but, à moi aussi.

Je bande mon arme.

La voix de la Fille se fait pressante et implorante.

— Je t'offre l'occasion de sauver les tiens. Rends-toi et personne ne sera blessé.

Près d'elle, un soldat lève son arme un peu plus haut. Je réagis d'instinct. Je change de cible et je tire. Le projectile frappe l'homme au genou et il bascule en avant.

Une volée de balles ricochent autour de moi dans une pluie d'étincelles. Je me recroqueville à l'abri de la cheminée. Je serre les dents et je ferme les yeux. La situation est sans issue. Je suis impuissant.

Les détonations cessent et je jette un coup d'œil par-dessus la cheminée. L'officier supérieur croise les bras d'un air impatient, mais la Fille ne réagit pas.

Le commandant avance d'un pas. Elle écarte la Fille, qui s'est approchée pour protester.

— Tu ne peux pas rester là-haut jusqu'à la fin des temps, me lance-t-elle d'une voix glaciale. Et je sais que tu ne veux pas laisser tes parents mourir.

Je glisse le dernier projectile dans la lanière de ma fronde et je vise le commandant.

Celle-ci secoue la tête et s'adresse à la Fille :

— Très bien, Iparis. Nous avons essayé votre méthode, nous allons maintenant essayer la mienne. (Elle se tourne vers le capitaine aux cheveux sombres.) Abattez-la !

Je n'ai pas le temps de réagir.

Le capitaine lève son arme vers ma mère et lui tire en pleine tête.

June

Le garçon jaillit de derrière la cheminée avant que la malheureuse ait le temps de s'effondrer. Je me fige. Le contrôle de la situation m'a échappé. Personne ne devait être blessé ou tué. Le commandant Jameson ne m'a jamais dit qu'elle ferait abattre un prisonnier. Nous devions les conduire à Batalla Hall pour les interroger. Je tourne la tête vers Thomas pour voir s'il partage mon sentiment d'horreur. Il n'a pas rangé son arme. Son visage est impassible.

— Emparez-vous de lui ! hurle le commandant.

Le garçon saute du toit et atterrit sur un soldat. Ce dernier perd l'équilibre et tombe par terre en soulevant un nuage de poussière.

— Je le veux vivant ! ajoute Jameson.

Day – je sais que c'est lui maintenant – pousse un cri qui me tord le ventre et se précipite sur le soldat le plus proche tandis que nos hommes l'encerclent. Il parvient à s'emparer d'une arme, mais quelqu'un la lui arrache avant qu'il ait le temps de s'en servir.

Le commandant me regarde et tire son pistolet.

— Commandant, ne faites pas ça ! dis-je en bafouillant.

Elle ne m'écoute pas et l'image de Metias me traverse l'esprit.

— Je ne vais pas attendre qu'il tue un de mes hommes, me lance Jameson d'un ton sec.

Elle vise la jambe gauche de Day et tire. Je grimace. La balle rate sa cible – la rotule –, mais elle s'enfonce dans la cuisse. Day pousse un hurlement de douleur avant d'être submergé par les soldats. Sa casquette tombe et j'aperçois un flot de cheveux blonds. Un homme lui assène un violent coup de pied qui lui fait perdre connaissance. Day se fait passer les menottes, bander les yeux et bâillonner, avant d'être entraîné vers une Jeep. Il me faut quelques instants pour remarquer que l'autre prisonnier lance des hurlements incompréhensibles. Il s'agit sans doute du cousin ou du frère de Day. Il est poussé dans la seconde Jeep.

Thomas me lance un regard approbateur par-dessus son masque, mais le commandant Jameson se tourne vers moi en fronçant les sourcils.

— Je commence à comprendre pourquoi l'université vous considérait comme un élément perturbateur. Vous n'êtes plus à l'école. Ne discutez plus mes ordres.

Une partie de moi voudrait lui présenter des excuses, mais je suis encore sous le choc de ce qui vient de se passer. Je suis envahie par un mélange de colère, d'angoisse et de soulagement.

— Mais, et notre plan, commandant ? Avec tout le respect que je vous dois, il n'a jamais été question de tuer des civils.

Le commandant laisse échapper un rire glacé.

— Oh, Iparis ! nous serions encore là à la nuit tombée si nous avions dû négocier. Vous ne trouvez pas que ma méthode est plus rapide ? et plus persuasive ? (Elle tourne la tête pour regarder ailleurs.) Quoi qu'il en soit, c'est sans importance. Il est grand temps que vous montiez dans votre Jeep. Nous rentrons au quartier général.

Elle fait un petit geste et Thomas lance aussitôt un ordre. Les soldats forment les rangs et Jameson grimpe dans le premier véhicule.

Thomas approche de moi et effleure le bord de son béret.

— Toutes mes félicitations, June, dit-il en souriant. Tu as réussi ton coup. Quelle intervention ! Tu as vu la tête de Day ?

Tu viens d'assassiner quelqu'un.

Je suis incapable de le regarder. Je suis incapable de lui demander comment il peut obéir aux ordres sans une seconde d'hésitation. Mes yeux se posent sur le cadavre de la femme qui gît sur la chaussée. Les toubibs s'affairent autour des trois soldats blessés. Ceux-ci seront traités avec le plus grand soin et reconduits au quartier général à bord du camion sanitaire, mais personne ne se soucie de cette pauvre femme abandonnée là. Quelques visages se dessinent aux fenêtres des bâtiments de la rue. Certains disparaissent dès qu'ils aperçoivent le corps, d'autres nous observent, Thomas et moi, avec hésitation. Je voudrais me réjouir de ce spectacle et savourer ma vengeance, mais je n'éprouve aucune joie. Mes poings se serrent et s'ouvrent comme les pinces d'un robot. La mare de sang s'agrandit autour du cadavre de la femme. Je sens la nausée monter en moi.

Rappelle-toi que Day a assassiné Metias, me dis-je.

Day a assassiné Metias. Day a assassiné Metias.

Ces mots résonnent dans ma tête en ne réveillant qu'un vague sentiment de doute.

— Ouais, dis-je à Thomas. (J'ai l'impression d'entendre la voix d'une étrangère.) J'ai vraiment réussi mon coup.

Partie 2

LA FILLE QUI BRISE
LE VERRE SCINTILLANT

Day

Le monde est plongé dans le brouillard. Je me souviens de coups de feu, de voix fortes et d'un seau d'eau jeté sur ma tête. Parfois, j'identifie le bruit d'une clé dans une serrure et l'odeur métallique du sang. Des masques à gaz me toisent. Quelqu'un crie, encore et encore. La sirène d'un camion sanitaire hurle sans interruption. Je voudrais la couper. Je cherche l'interrupteur, mais il se passe quelque chose d'étrange : je ne parviens pas à bouger les bras. Une terrible douleur irradie ma jambe gauche. J'ai si mal que des larmes roulent sur mes joues humides. Remarcherai-je un jour ?

Je revois sans cesse le capitaine abattre ma mère. C'est comme un film qui tourne en boucle. Je ne comprends pas pourquoi elle est immobile. Je lui crie de bouger, de se baisser, de faire quelque chose. Mais elle reste figée. La balle la frappe et elle s'effondre. Son visage est tourné vers moi. Mais ce n'est pas ma faute. Non, ce n'est pas ma faute.

Au bout d'une éternité, les formes floues émergent du brouillard. Combien de temps s'est-il écoulé depuis la mort de ma mère ? Quatre, cinq jours ? Un mois ? Je ne saurais le dire. Quand j'ouvre enfin les yeux, je m'aperçois que je suis dans une petite cellule avec des murs d'acier dépourvus de fenêtres. Des soldats montent la garde de chaque côté d'une porte ressemblant à celle d'une salle des coffres. Je grimace. Ma langue est aussi sèche qu'un parchemin. Les larmes ont séché sur ma peau. Parfois, je sens les menottes qui m'immobilisent les mains contre le dossier d'une chaise. Je constate alors que je suis assis. Mes cheveux pendent devant mes yeux comme de minces rubans. La peur s'empare de moi : *Ma casquette ! On va me reconnaître !*

Puis je sens la douleur dans ma jambe. Je n'ai jamais connu une telle souffrance. C'est encore pire que le jour où on m'a ouvert le genou. Une sueur glacée m'inonde tandis que des étoiles clignotent à la périphérie de mon champ de vision. Je suis prêt à tout pour obtenir un analgésique, un peu de glace pour étouffer le feu qui ronge ma blessure, ou une balle pour mettre un terme à mes souffrances. *Tess, j'ai besoin de toi ! Où es-tu ?*

Quand j'ose enfin regarder ma jambe, je m'aperçois que la plaie est enveloppée par des bandages serrés et gorgés de sang.

Un soldat remarque que je suis réveillé. Il pose la main contre son oreille.

— Il est conscient, commandant.

Quelques minutes – ou quelques heures – plus tard, la porte métallique s'ouvre et la personne qui a ordonné l'exécution de ma mère entre à grands pas. Elle porte son uniforme de parade, avec la cape et tout le tremblement. Les trois flèches, insignes de son grade, brillent d'un reflet argenté sous les lumières fluorescentes.

Il y a de l'électricité. Je suis dans un bâtiment gouvernemental.

Le commandant murmure quelque chose à un garde posté à l'extérieur de la cellule. Celui-ci referme la porte et la militaire s'approche de moi d'un pas nonchalant, un sourire aux lèvres.

Un brouillard rouge brouille ma vision. Je ne sais pas s'il est provoqué par ma blessure ou par ma haine envers cette femme.

Elle s'arrête devant ma chaise et se penche à quelques centimètres de mon visage.

— Mon cher garçon, dit-elle d'une voix où perce l'amusement. J'ai bouilli d'impatience quand on m'a annoncé que vous étiez réveillé. Je n'ai pas pu résister à l'envie de venir vous voir. Vous devriez vous estimer heureux : les médecins ont déclaré que vous étiez sain, bien que vous ayez passé un certain temps en compagnie du ramassis de contaminés qui constituent votre famille.

Je relève brusquement la tête et je crache vers elle. Ce simple mouvement suffit à inonder ma jambe d'une douleur suffocante.

— Vous êtes très mignon, poursuit le commandant. (Elle esquisse un sourire venimeux.) Quel dommage que vous ayez choisi la carrière de criminel. Avec un visage comme le vôtre, vous auriez pu devenir célèbre d'une autre façon. Vous auriez même été vacciné gratuitement une fois par an. Une vie de rêve, non ?

Je lui arracherais les yeux si je n'étais pas attaché.

— Où sont mes frères ? demandé-je d'une voix rauque. Qu'est-ce que vous avez fait d'Eden ?

Le commandant sourit de nouveau et claque des doigts à l'attention du soldat qui est derrière elle.

— Je serais ravie de rester bavarder, mais je dois superviser un entraînement. Il y a cependant une personne qui désire vous voir encore plus que moi. Je vais lui céder la place.

Elle sort sans ajouter un mot.

Je distingue une silhouette qui entre dans la cellule. Il s'agit d'une personne plus petite que le commandant, plus fine. Sa cape flotte derrière elle avec un bruit de vent. Elle ne porte plus de bottes boueuses ni de pantalon déchiré. Son visage n'est plus maculé de crasse. La Fille est propre, resplendissante. Ses cheveux ramenés en arrière forment une queue-de-cheval lustrée. Elle est vêtue d'un bel uniforme avec des épaulettes dorées et des cordons blancs soulignant les doubles flèches qui indiquent son grade. Sa cape noire ornée d'un liseré bronze vif touche presque le sol. Elle est attachée avec un nœud complexe, un Canto. Je suis étonné de voir à quel point elle semble jeune, encore plus jeune que le jour de notre rencontre. Comment se fait-il que la

République ait nommé quelqu'un de mon âge à un grade si élevé ? Je regarde sa bouche. Ses lèvres, les lèvres que j'ai embrassées, sont désormais maquillées d'une fine pellicule brillante. Une pensée incongrue me traverse l'esprit et je retiens un éclat de rire. Si elle n'était pas responsable de la mort de ma mère et de mon arrestation, si je n'avais pas envie de la voir morte, je la trouverais éblouissante.

Ma réaction a dû lui apprendre que je l'ai reconnue.

— Cette rencontre doit te ravir autant que moi, dit-elle d'une voix cassante. C'est moi qui ai demandé qu'on bande ta blessure. Considère cela comme un acte d'extrême générosité de ma part. Je veux que tu tiennes debout le jour de ton exécution. Il ne faudrait pas que tu meures d'une infection avant que j'en aie terminé avec toi.

— Merci. Je suis touché.

Elle ignore mon sarcasme.

— Ainsi, tu es Day.

Je ne réponds pas.

La Fille croise les bras et me lance un regard pénétrant.

— Je suppose pourtant que je devrais t'appeler Daniel. Daniel Altan Wing. J'ai au moins réussi à obtenir ça de ton frère John.

En entendant le nom de John, je me penche vers elle – un mouvement que je regrette aussitôt, car une nouvelle vague de douleur irradie ma jambe.

— Où sont mes frères ?

La Fille reste impassible. Elle ne cligne même pas des yeux.

— Cela ne te concerne plus.

Elle fait quelques pas en avant. Elle se déplace avec cette précision et cette assurance qui sont l'apanage de l'élite de la République. Elle a caché ses origines avec une efficacité remarquable quand elle était dans les rues. Cette pensée ne fait qu'attiser ma colère.

— Voilà comment les choses vont se passer, Daniel Wing. Je vais te poser des questions et tu vas me répondre. Commençons en douceur. Quel âge as-tu ?

Je croise son regard.

— Je n'aurais pas dû te sauver des spectateurs en colère. J'aurais dû les laisser te tuer.

La Fille baisse la tête vers moi, sort son pistolet et me frappe au visage avec la crosse. Pendant un moment, le monde disparaît dans une lueur blanche aveuglante. Le goût du sang envahit ma bouche, puis j'entends un cliquetis. Je sens quelque chose de froid se poser contre ma tempe.

— Mauvaise réponse. Je n'ai peut-être pas été assez claire. À la deuxième mauvaise réponse, je m'assurerai que tu entendes ton frère hurler depuis cette cellule. À la troisième, ce sera le tour de ton petit frère, Eden.

John et Eden. Au moins, ils sont encore en vie.

À cet instant, je songe que le cliquetis a résonné de manière étrange. Je comprends que la Fille n'a pas chargé son arme.

Apparemment, elle veut juste s'en servir pour me taper dessus.

Pourtant, le canon est toujours appuyé contre ma tempe.

— Quel âge as-tu ?

— Quinze ans.

— Voilà qui est mieux. (Elle baisse légèrement son pistolet.) Il est temps de passer aux confessions. Est-ce que c'est toi qui as pénétré par effraction dans l'Arcadia Bank ?

Le *Dix Secondes*.

— Oui.

— Dans ce cas, je suppose que c'est toi qui y as volé seize mille cinq cents unités ?

— Tout juste.

— Tu es également soupçonné d'avoir vandalisé le ministère de l'Intra-Défense, il y a deux ans. Et d'avoir détruit les moteurs de deux dirigeables militaires.

— C'était moi.

— Est-ce que c'est encore toi qui as incendié dix chasseurs F-472 stationnés à la base aérienne de Burbanks juste avant leur déploiement sur le front ?

— J'en suis assez fier.

— Est-ce que c'est toi qui as attaqué un cadet qui surveillait une zone en quarantaine à la frontière du secteur d'Alta ?

— Je l'ai ligoté et j'ai apporté de la nourriture à des familles qui mouraient de faim. C'est de la compassion. Tu ne peux pas comprendre.

La Fille énumère mes méfaits – y compris certains que j'avais oubliés – et arrive au dernier d'entre eux.

— Est-ce que tu as tué un capitaine d'une patrouille urbaine lors d'une attaque à main armée au Los Angeles

Central Hospital ? Est-ce que tu t'es introduit au troisième étage pour y voler des médicaments ?

Je lève la tête.

— Le capitaine qui s'appelait Metias ?

La Fille me foudroie du regard.

— C'est cela. C'était mon frère.

Voilà pourquoi elle a décidé de me traquer et de m'arrêter.

J'inspire un grand coup.

— Ton frère, je ne l'ai pas tué. J'en aurais été incapable. Contrairement à vous, les fachos fanas de la gâchette, je ne tue jamais personne.

La Fille reste silencieuse. Nous nous observons pendant un moment et un curieux sentiment de compassion vient m'effleurer. Je le chasse sur-le-champ. Je ne peux pas me permettre d'éprouver la moindre pitié pour un agent de la République.

La Fille adresse un signe à un garde qui se tient près de la porte.

— Le prisonnier de la cellule 6822, coupez-lui les doigts.

J'essaie de me jeter sur elle, mais les menottes et la chaise m'en empêchent. Une douleur insupportable envahit ma jambe. Je n'ai pas l'habitude de me trouver en position d'infériorité.

— Oui, c'est moi qui suis entré par effraction ! crié-je. Mais je te jure que je n'ai pas tué cet officier. Je reconnais que je l'ai blessé. Il voulait m'arrêter. Mais mon couteau s'est planté dans son épaule. Pitié !

Je répondrai à toutes tes questions comme je l'ai fait jusqu'ici.

La Fille me regarde de nouveau.

— Il s'est planté dans son épaule ? Tu aurais dû vérifier.

Je suis stupéfait par la rage qui brille dans ses yeux. J'essaie de me rappeler cette nuit fatidique. Metias pointe son arme vers moi et je sors mon couteau. Je le touche à l'épaule. J'en suis certain.

Vraiment ?

La Fille attend quelques instants avant de rappeler le soldat.

— D'après les informations de la République, Daniel Altan Wing est mort de la variole dans un camp de travail il y a cinq ans.

Je renifle avec mépris. Un camp de travail. Ben voyons ! Et si l'Electeur est réélu sans coup férir, c'est par la seule volonté du peuple et non pas à cause de sombres magouilles.

La Fille croit-elle à ces conneries ou cherche-t-elle à me provoquer ? Un souvenir ancien se fraie un chemin à travers ma mémoire. J'ai une aiguille plantée dans l'œil ; je suis allongé sur un brancard en métal et j'aperçois une lumière au-dessus de ma tête… La scène s'évanouit aussi vite qu'elle est venue.

— Daniel est mort, dis-je. Je l'ai abandonné il y a bien longtemps.

— Quand tu t'es lancé dans une carrière de criminels des rues, je suppose. Il y a cinq ans. On dirait que tu as pris l'habitude de t'en tirer à bon compte. Ta

221

prudence s'est émoussée, hein ? Est-ce que tu as déjà travaillé pour quelqu'un ? Est-ce que tu as déjà engagé des complices ? Est-ce que tu as eu des contacts avec les Patriotes ?

Je secoue la tête. Une terrible question me traverse l'esprit, si terrible que je n'ose pas la poser.

Qu'est devenue Tess ?

— Non. Ils ont essayé de me recruter, mais je préfère travailler seul.

— Comment t'es-tu échappé du camp de travail ? Comment as-tu fini par terroriser Los Angeles alors que tu aurais pu servir la République ?

Tel est donc le sort des enfants qui échouent à l'Examen ?

— Quelle importance ? Je suis ici maintenant.

Apparemment, mes paroles ont énervé la Fille. Elle donne des coups de pied dans ma chaise pour la faire reculer, puis elle me cogne la tête contre le mur. Des étoiles illuminent mon champ de vision.

— Je vais te dire quelle importance ! siffle-t-elle avec colère. Si tu ne t'étais pas échappé, mon frère serait encore vivant. Je vais m'assurer que, désormais, aucun petit voyou crasseux dans ton genre ne s'évadera du camp où il a été assigné. Je vais m'assurer que personne ne sera frappé par la même tragédie que moi.

Je lui ris au nez. La douleur qui me brûle la jambe ne fait qu'attiser ma colère.

— Oh ! c'est donc cela qui t'inquiète ? Tu as peur de quelques enfants qui ont échoué à l'Examen et qui ont choisi la clandestinité pour échapper à la mort ? C'est vrai que les gamins de dix ans sont des bêtes féroces. Je vais te dire une chose : les monstres ne sont pas ceux qu'on croit. Je n'ai pas tué ton frère alors que toi, tu es responsable de la mort de ma mère. Il n'y aurait pas eu de différence si c'était toi qui avais pressé la détente.

Les traits de la Fille se durcissent, mais je sens que j'ai touché un point sensible. Pendant un instant, une fraction de seconde, j'ai l'impression de retrouver celle que j'ai rencontrée dans la rue. Elle se penche vers moi, si près que ses lèvres effleurent mon oreille. Je sens son souffle contre ma peau et un frisson remonte le long de ma colonne vertébrale.

— Je suis désolée de ce qui est arrivé à ta mère, murmure-t-elle de manière que je sois le seul à entendre. Mon commandant m'avait promis qu'il n'y aurait pas de civils blessés. Elle m'a menti. Je…

Sa voix se casse. J'ai l'impression que la Fille s'excuse. Ça me fait une belle jambe !

— Je regrette de ne pas avoir arrêté Thomas. Toi et moi sommes ennemis, ne te méprends pas sur ce point, mais je n'ai jamais voulu qu'un tel drame se produise. (Elle se redresse et se tourne vers la porte.) C'est assez pour aujourd'hui.

— Une seconde !

J'avale ma colère à grand-peine et me racle la gorge. La question que j'avais si peur de poser s'échappe de ma bouche avant que j'aie le temps de l'en empêcher.

— Est-ce qu'elle est en vie ? Qu'est-ce que tu as fait d'elle ?

La Fille me regarde. Son visage m'apprend qu'elle sait de qui je parle. *Tess. Est-elle en vie ?* Je serre les dents en m'attendant au pire.

La Fille secoue la tête.

— Je l'ignore. Elle ne m'intéresse pas. (Elle hoche le menton en direction d'un soldat.) Ne lui donnez pas d'eau jusqu'à la fin de la journée et installez-le dans une cellule au bout du couloir. Peut-être qu'il se montrera plus conciliant demain matin.

Je suis étonné de voir le soldat saluer une personne aussi jeune.

Elle n'a rien dit à propos de Tess. Pourquoi ? Pour moi ou pour Tess ?

La Fille s'en va et je me retrouve seul avec les gardes. Ils me soulèvent de la chaise et me font sortir de ma cellule. Ma jambe blessée glisse sur le sol carrelé et je ne peux retenir les larmes qui me piquent les yeux. La douleur m'étourdit et j'ai l'impression de sombrer dans un lac sans fond. Les deux hommes m'entraînent le long d'un couloir interminable. Il y a des soldats partout, ainsi que du personnel soignant avec des lunettes de protection et des gants blancs. Je dois me trouver dans l'aile médicale, sans doute à cause de ma blessure.

Ma tête bascule contre ma poitrine. Je n'ai plus la force de la garder droite. Je revois le visage de ma mère recroquevillée par terre. J'ai envie de crier : « Je n'ai tué personne ! » Mais aucun son ne sort de ma bouche. Je suis submergé par la douleur.

Au moins, Tess n'a pas été inquiétée. Dans mon for intérieur, je la supplie de quitter la Californie et de s'enfuir aussi loin que possible.

Tandis que les soldats me traînent dans le couloir, je remarque une double porte frappée d'un petit zéro rouge. Il ressemble beaucoup aux chiffres que j'ai découverts sous ma maison et sous le remblai des berges du lac. Nous passons devant et je tourne la tête pour l'observer. Les battants n'ont pas de fenêtres, mais ils s'ouvrent pendant un bref instant au passage d'un homme en tenue blanche avec un masque à gaz sur le visage. Ma vision est floue, mais je distingue un sac posé sur un chariot d'hôpital, un sac frappé d'un X rouge.

Les battants se referment et les deux soldats m'entraînent.

Un ensemble d'images me traversent l'esprit. Les nombres rouges ; la croix faite de trois traits sur la porte de la maison familiale ; le camion sanitaire qui emporte Eden ; les yeux de mon jeune frère, noirs et pleins de sang.

Ils veulent obtenir quelque chose d'Eden, quelque chose en rapport avec sa maladie. Je songe à l'étrange croix.

Et si Eden n'était pas tombé malade par hasard ? Et si la contamination faisait partie d'un plan ?

June

Le soleil se couche et je me force à enfiler ma robe de soirée. Je me rends à un bal avec Thomas en guise de cavalier. Il s'agit d'une fête impromptue en l'honneur des personnes qui ont arrêté le criminel le plus recherché de la République. À mon arrivée, des soldats se précipitent pour ouvrir la porte de la voiture. D'autres me saluent. Des petits groupes de hauts fonctionnaires me sourient. Mon nom est sur toutes les lèvres. « C'est la fameuse Iparis... Elle est si jeune... Quinze ans, mon ami... L'Elector lui-même a été impressionné... » Certaines remarques sont teintées de fiel. « Elle n'a rien fait de très extraordinaire... C'est le commandant Jameson qui a été la clé de voûte de l'opération... Iparis n'est qu'une gamine... »

Mais, quel que soit le ton, on ne parle que de moi.

J'essaie d'en tirer une fierté légitime. Tandis que nous traversons la somptueuse salle de réception parsemée de tables de banquet et éclairée par d'innombrables chandeliers, je confie à Thomas que l'arrestation de Day a comblé le vide laissé par la mort de Metias. C'est un mensonge. Je me demande ce que je fais là. J'ai l'impression de me trouver au cœur d'une illusion qui volera en éclats au moindre contact.

Je suis mal à l'aise… Comme si j'avais fait quelque chose de terrible en trahissant un garçon qui me faisait confiance.

— Je suis heureux que tu ailles mieux, me dit Thomas. En fin de compte, Day est peut-être utile à quelque chose.

Ses cheveux sont peignés en arrière et il paraît plus grand que d'habitude dans son uniforme de parade repassé à la perfection. Sa main gantée effleure mon bras. Avant le meurtre de la mère de Day, je lui aurais souri. Ce soir, je frissonne et je m'écarte.

« En fin de compte, Day m'a obligée à enfiler cette robe », ai-je envie de dire.

Mais je me contente de lisser le tissu soyeux. Thomas et le commandant Jameson ont insisté pour que je porte de jolis vêtements, mais ils ne m'ont donné aucune explication. Lorsque j'ai voulu en savoir plus, le commandant s'est contentée d'un geste désinvolte.

— Pour une fois, Iparis, obéissez sans poser de questions.

Puis elle a ajouté quelque chose à propos d'une surprise, de la présence inattendue d'une personne qui m'est chère.

Pendant une fraction de seconde, j'ai perdu le sens de la réalité et j'ai pensé qu'il s'agissait peut-être de mon frère, qu'on l'avait ressuscité et qu'il assisterait à la fête.

Je laisse Thomas me guider à travers la foule de généraux et d'aristocrates.

En fin de compte, je me suis décidée pour une robe corsetée couleur saphir et décorée de minuscules diamants. Une épaule est couverte de dentelle tandis que l'autre est cachée par un long pan de soie. Mes cheveux ne sont pas attachés – ce qui n'est pas très confortable pour quelqu'un qui a l'habitude de les ramener en queue-de-cheval pour ne pas être gêné pendant les entraînements. Thomas me jette parfois un coup d'œil et ses joues rosissent. Je ne comprends pas ce qui l'impressionne à ce point. Il m'est arrivé de porter des robes plus jolies. D'ailleurs, la coupe de celle-ci est disgracieuse et trop moderne – sans compter que son prix permettrait à un enfant des bas quartiers de manger pendant des mois.

— Le commandant m'a informé que Day sera condamné demain matin, me dit Thomas alors que nous saluons un capitaine du secteur d'Emerald.

En entendant parler de Jameson, je détourne la tête sans savoir au juste si je veux cacher ce mouvement d'aversion à Thomas. On dirait que le commandant a déjà oublié la mort de cette femme, que ce n'est qu'un incident sans importance et vieux de vingt ans. Je fais un effort pour respecter les convenances et je regarde Thomas.

— Déjà ?

— Le plus tôt sera le mieux, non ? (Je suis surprise par l'intensité de sa voix.) Dire que tu as été obligée de passer des jours en sa compagnie. Il est étonnant qu'il ne t'ait pas égorgée pendant ton sommeil. Je...

Il s'interrompt et s'abstient de terminer sa phrase.

Je songe à la chaleur du baiser de Day, à la manière dont il a bandé ma blessure. Depuis son arrestation, j'y ai pensé cent fois. Le Day qui a tué mon frère est un assassin impitoyable, mais qui est le Day que j'ai rencontré dans la rue ? Qui est ce garçon qui a pris tant de risques pour une fille qu'il ne connaissait pas ? Qui est le Day qui pleure sa mère avec un tel chagrin ? John, le frère qui lui ressemble de façon si frappante, ne m'a pas semblé être une mauvaise personne quand je l'ai interrogé dans sa cellule. Il a essayé de me convaincre de prendre sa vie et d'épargner Day, puis de libérer Eden en échange d'une somme d'argent cachée dans un endroit secret. Comment un criminel implacable pourrait-il être le frère d'un tel homme ? Une image me traverse l'esprit : Day attaché sur une chaise, abruti par la douleur de sa blessure à la jambe. Un mélange de colère et de malaise monte en moi. Hier, j'aurais pu le tuer. J'aurais pu charger mon pistolet et l'abattre comme un chien dans sa cellule. Je ne l'ai pas fait.

— Ces petits voyous crasseux sont tous les mêmes, dit Thomas en employant la même expression péjorative que moi quelques heures plus tôt. Est-ce qu'on t'a dit que le plus jeune des frères, celui qui est malade, a essayé de cracher sur le commandant Jameson hier ? Pour la contaminer avec la souche mutante dont il est porteur ?

Je n'ai pas eu d'informations à propos d'Eden.

Je m'arrête et je regarde Thomas.

— Dis-moi, en quoi ce garçon intéresse-t-il la République ? Pourquoi l'a-t-on conduit au laboratoire de l'hôpital ?

Thomas baisse la voix.

— Je ne sais pas. C'est confidentiel. Mais j'ai appris que plusieurs généraux du front étaient venus le voir.

Je fronce les sourcils.

— Ils sont venus seulement pour lui ?

— En fait, plusieurs d'entre eux étaient en ville pour assister à une réunion, mais ils en ont profité pour faire une petite visite au laboratoire.

— Pourquoi des généraux du front s'intéressent-ils au jeune frère de Day ?

Thomas hausse les épaules.

— Si nous avons besoin de le savoir, on nous le dira.

Quelques instants plus tard, nous sommes arrêtés par un homme imposant avec une cicatrice entre l'oreille et le menton. Xian. Il affiche un large sourire et pose une main sur mon épaule.

— Agent Iparis ! cette soirée est la vôtre. Vous êtes devenue une star ! Je vais vous dire quelque chose, ma chère : on ne parle que de votre exploit dans les hautes sphères. Surtout votre commandant. Elle chante vos louanges comme si vous étiez sa propre fille. Je vous félicite pour votre promotion et pour la petite récompense. Deux cent mille unités, vous allez pouvoir en acheter des jolies robes.

Je parviens à hocher la tête avec politesse.

— Vous êtes trop aimable, monsieur.

Son sourire déforme sa cicatrice tandis qu'il applaudit de ses mains gantées. Son uniforme arbore assez de médailles et d'insignes pour l'entraîner au fond de l'océan. Je suis surprise de constater que l'un d'eux est pourpre et doré. Cet homme a accompli un acte héroïque. J'ai du mal à croire qu'il ait risqué sa vie pour sauver des camarades. Cette récompense signifie également qu'il a perdu un membre. Il ne semble pas avoir de problèmes avec ses bras et ses mains. Je l'observe et je m'aperçois qu'il a tendance à s'appuyer sur la jambe gauche. La droite a dû être remplacée par une prothèse.

— Suivez-moi, agent Iparis. Vous aussi, capitaine. Il y a quelqu'un qui désire vous rencontrer.

Il doit s'agir de l'invité mystère dont a parlé le commandant Jameson. Thomas m'adresse un petit sourire énigmatique.

Xian nous conduit à travers la salle de banquet et la piste de danse en direction d'une lourde tenture bleu marine qui isole une partie de la pièce. Des drapeaux de la République sont accrochés à chaque extrémité. Tandis que nous approchons, je remarque que l'un d'eux est frappé d'un motif à peine visible.

Xian écarte la tenture pour nous inviter à passer et la laisse retomber derrière nous.

Douze officiers supérieurs sont assis sur des chaises en velours disposées en cercle. Ils portent des uniformes noirs avec des épaulettes dorées et ils tiennent des flûtes à champagne. Je reconnais quelques-uns d'entre eux : des généraux du front dont Thomas a parlé un peu plus tôt. L'un d'eux nous aperçoit et se dirige vers nous suivi par un officier plus jeune que les autres. Alors qu'ils approchent, le reste de ces prestigieux invités se lèvent et nous saluent.

L'homme qui vient vers moi est grand, avec des cheveux gris sur les tempes et une fine mâchoire. Il a le teint pâle et maladif. Il porte un monocle doré à l'œil droit. Xian se met au garde-à-vous et Thomas me lâche le bras pour l'imiter. L'officier fait un geste désinvolte et mes deux accompagnateurs se détendent. Je le reconnais soudain. Sur les portraits et sur les images diffusées sur les JumboTron, sa peau est plus éclatante et moins ridée. Je constate que plusieurs gardes du corps se trouvent parmi les invités.

L'Elector Primo.

— Vous devez être l'agent Iparis, dit-il.

Il grimace un sourire devant ma stupéfaction, mais ce n'est qu'un vague rictus dépourvu de chaleur. Il me prend la main et la serre avec énergie.

— Ces messieurs racontent des choses fort intéressantes à votre sujet. Ils disent que vous êtes un prodige. Et, surtout, que vous avez arrêté le criminel qui nous narguait depuis tant d'années. Il était donc naturel que je vienne vous féliciter. Si nous avions davantage de jeunes animés par une foi patriotique aussi ardente que la vôtre, nous aurions gagné la guerre contre les Colonies depuis belle lurette. (Il se tourne vers les officiers.) N'êtes-vous pas d'accord ? (Les invités approuvent dans un murmure.) Ainsi, félicitations, ma chère.

J'incline la tête avec déférence.

— C'est un grand honneur de vous rencontrer, monsieur. Je fais de mon mieux pour mon pays, Elector.

J'entends ma voix et je ne parviens pas à croire qu'elle est aussi calme.

L'Elector adresse un signe à l'officier qui l'a suivi, un jeune homme aux cheveux bouclés.

— Voici mon fils, Anden. Il fête son vingtième anniversaire aujourd'hui et j'ai donc pensé que c'était une bonne idée de l'emmener à cette magnifique soirée.

Je me tourne vers Anden. Il ressemble beaucoup à son père. Il est grand – plus d'un mètre quatre-vingt-dix – et une aura royale émane de sa personne. Comme Day, il a du sang asiatique. Contrairement à Day, ses yeux sont verts et son visage manque d'assurance. Ses gants sont blancs avec un fin liseré en or. Cela signifie qu'il a déjà terminé sa formation de pilote de chasse. Il est gaucher. Il porte un gilet écarlate avec une double rangée de boutons et un uniforme de cérémonie militaire noir dont les manchettes dorées sont frappées du blason du Colorado – l'État où il est né. Contrairement à son père, il s'affiche avant tout comme officier de l'armée de l'air.

Anden sourit en remarquant que je l'observe. Il me gratifie d'un salut impeccable et me prend la main. Au lieu de la serrer comme l'a fait son père, il la porte à ses lèvres et l'embrasse. Je suis gênée de sentir mon cœur s'emballer.

— Agent Iparis.

Il me contemple pendant quelques instants.

— Je suis ravie de faire votre connaissance, dis-je, prise de court.

— Mon fils se présentera aux prochaines élections pour me succéder, à la fin de l'été, dit l'Elector en souriant à Anden. (Celui-ci s'incline pour le saluer.) C'est excitant, vous ne trouvez pas ?

— Je lui souhaite toute la réussite qu'il mérite, mais je ne pense pas que ce soit nécessaire.

L'Elector laisse échapper un gloussement amusé.

— Merci, ma chère. Ce sera tout. Agent Iparis, je vous en prie, profitez de cette soirée. J'espère que nous aurons l'occasion de nous revoir. (Il se tourne et s'éloigne, son fils sur les talons.) Rompez !

Xian s'empresse de nous ramener de l'autre côté du rideau. Je respire enfin.

01.00
Secteur de Ruby.
Température intérieure : 22 °C.

La soirée terminée, Thomas me raccompagne à mon appartement sans dire un mot. Il s'attarde devant ma porte.

— Merci, dis-je en rompant un silence embarrassant. C'était très agréable.

Thomas acquiesce.

— Oui. Je n'avais jamais vu le commandant Jameson si fière d'un de ses agents. Tu es devenue l'héroïne de la République.

Il se tait. Il est triste et j'ai l'impression que c'est à cause de moi.

— Tu vas bien ?

— Hmm ? Oh, oui !

Il glisse la main dans ses cheveux gominés et un peu de gel se colle à son gant. J'ignorais que le fils de l'Elector serait présent. Une étrange émotion passe dans ses yeux. De la jalousie ? De la colère ? Elle assombrit son visage et l'enlaidit.

Je m'efforce de ne pas y prêter attention.

— Nous avons rencontré l'Elector. Est-ce que tu arrives à y croire ? Voilà ce que j'appelle une soirée réussie. Je suis heureux que le commandant Jameson et toi m'ayez convaincue de porter une jolie robe.

Thomas m'observe. Sa bonne humeur s'est envolée.

— June, il y a une question que je veux te poser depuis un certain temps… (Il hésite.) Quand tu étais avec Day dans le secteur de Lake, est-ce qu'il t'a embrassée ?

Je reste silencieuse. Mon micro. C'est à cause du micro. J'ai dû oublier de le débrancher avant d'embrasser Day. Je croise le regard de Thomas.

— Oui, avoué-je d'une voix ferme. Il m'a embrassée.

L'étrange émotion repasse dans ses yeux.

— Pourquoi ?

— Peut-être parce qu'il me trouvait jolie. Sans doute parce qu'il avait bu un peu trop de vin bon marché. J'ai joué le jeu. Je ne voulais pas compromettre l'opération après être allée si loin.

Nous restons silencieux pendant un moment, puis, avant que j'aie le temps de protester, la main gantée de Thomas effleure mon menton tandis qu'il se penche vers moi pour m'embrasser.

Je me recule avant que ses lèvres touchent les miennes, mais ses doigts ont glissé sur ma nuque. Je suis surprise par le sentiment de répulsion qui m'envahit. Devant moi, je ne vois qu'un homme dont les mains sont couvertes de sang.

Thomas me regarde pendant un long moment avant de me lâcher et de s'écarter. La frustration se lit dans ses yeux.

— Bonne nuit, mademoiselle Iparis.

Il traverse le hall sans me laisser le temps de lui répondre. Je déglutis avec peine. On ne peut pas me blâmer pour avoir joué mon rôle au cours de la mission, mais Thomas est très en colère. L'est-il assez pour se servir de l'aveu que je viens de lui faire ? Et dans quel dessein ?

Je le regarde disparaître, puis j'ouvre la porte et j'entre dans mon appartement à pas lents.

Ollie m'accueille avec enthousiasme. Je le caresse et je le fais sortir sur le patio avant de me débarrasser de ma robe coupée en dépit du bon sens et de me précipiter sous la douche. Une fois propre, j'enfile une veste et un short noirs.

J'essaie de dormir, en vain. La journée a été trop riche en événements… L'interrogatoire de Day ; la rencontre avec l'Elector Primo et son fils ; l'étrange comportement de Thomas... Je songe au meurtre de Metias. Je me remémore la scène de crime et j'en passe une nouvelle fois les détails en revue. Le visage de mon frère laisse place à celui de la mère de Day. Je me frotte les yeux, épuisée par le manque de sommeil. Mille informations tournent dans ma tête. Mon cerveau s'efforce de les traiter, mais il est dépassé par la tâche et il sombre dans la confusion. D'habitude, j'organise mes pensées comme des blocs de données rangées dans des pctites boîtes étiquetées mais, ce soir, je suis trop fatiguée pour appliquer cette technique. L'appartement me paraît tout à la fois vide et étranger. Les rues de Lake me manquent presque. Mes yeux se posent sur le petit coffre qui est sous mon bureau. Il contient deux cent mille unités, ma récompense pour l'arrestation de Day. Je devrais ranger cet argent dans un endroit plus sûr, mais je ne parviens pas à le toucher. Au bout d'un moment, je me lève, remplis un verre d'eau et m'installe devant mon ordinateur. Si je dois passer une nuit blanche, autant en profiter pour étudier le passé de Day et examiner les preuves.

Je glisse un doigt sur le moniteur, bois une gorgée d'eau et entre mon code d'accès à Internet. J'ouvre les fichiers envoyés par le commandant Jameson. Ils contiennent des documents numérisés, des photos et des articles de journaux. Chaque fois que j'en examine un, j'entends la voix de Metias qui me souffle : « Jadis, nous disposions d'une technologie bien plus performante. C'était avant les inondations, avant la disparition de milliers de centres de données. » Je l'imagine poussant un soupir exagéré, puis me faisant un clin d'œil. « Tu comprends pourquoi j'écrivais mon journal à la main ? »

Je trie les informations que j'ai déjà lues et j'analyse de nouveaux documents. Mon cerveau enregistre les détails.

NOM DE NAISSANCE : DANIEL ALTAN WING
ÂGE/SEXE : 15/MASCULIN
ESTIMÉ MORT À 10 ANS
TAILLE : 1,78 m
POIDS : 67 kg
GROUPE SANGUIN : O
CHEVEUX : BLONDS, LONGS. FFFAD1
YEUX : BLEUS. 3A8EDB
PEAU : E2B279
TRAITS ETHNIQUES DOMINANTS : MONGOLS

Amusant, car, dès l'école primaire, on nous apprend que la Mongolie n'existe plus.

TRAITS ETHNIQUES SECONDAIRES : CAUCASIENS
SECTEUR : LAKE
PÈRE : TAYLOR ARALAN WING. DÉCÉDÉ
MÈRE : GRACE WING. DÉCÉDÉE

Je revois la mère de Day recroquevillée sur la chaussée et baignant dans son sang. Je me dépêche de chasser cette image.

FRÈRES ET SŒURS :
JOHN SUREN WING, 19 ANS/SEXE MASCULIN
EDEN BATAAR WING, 9 ANS/SEXE MASCULIN

Viennent ensuite des pages et des pages de documents détaillant les crimes de Day. Je les survole aussi vite que possible, mais je ne peux pas m'empêcher de m'arrêter sur le dernier.

VICTIME(S) : CAPITAINE METIAS IPARIS

Je ferme les yeux. À mes pieds, Ollie pousse un gémissement et frotte son museau contre ma jambe. On dirait qu'il a deviné la nature du document que je lis. Je lui caresse la tête d'une main distraite.

Je me souviens des paroles de Day à la fin de l'interrogatoire :

« Je n'ai pas tué ton frère, alors que toi, tu es responsable de la mort de ma mère. »

Je m'oblige à passer à autre chose. De toute manière, j'ai déjà mémorisé ce rapport depuis longtemps. Dans les moindres détails.

Soudain, quelque chose attire mon attention. Je me redresse pour examiner le résultat de l'Examen de Day. Il s'agit d'un document numérisé et frappé d'un tampon rouge. Le mien avait été tamponné en bleu.

DANIEL ALTAN WING
SCORE : 674/1 500
RECALÉ

Ce résultat est étonnant... Six cent soixante-quatorze ? Je n'ai jamais entendu parler d'une note si basse. Un de mes anciens camarades de classe a échoué à l'Examen, mais avec près de mille points. La plupart des recalés obtiennent au moins huit cents points. Jamais moins. En outre, il s'agit là d'enfants dont l'échec est prévisible : ceux qui n'écoutaient pas les professeurs ou ceux dont les capacités intellectuelles sont limitées.

Six cent soixante-quatorze ?

— Ce résultat est incompatible avec son intelligence, murmuré-je entre mes dents.

Je relis le document en songeant qu'un détail m'a peut-être échappé. Ce n'est pas le cas. Day a bien obtenu une note de six cent soixante-quatorze. C'est impossible. Ce garçon s'exprime avec aisance, il raisonne logiquement et il sait lire et écrire. Il aurait dû réussir l'entretien de l'Examen. En outre, je n'ai jamais rencontré quelqu'un d'aussi agile que lui, alors pourquoi ne s'est-il pas illustré pendant les épreuves sportives ? Ces deux parties auraient dû lui assurer un minimum de huit cent cinquante points – à condition qu'il ait rendu copie blanche à tous les écrits. Il aurait échoué, mais pas avec une note aussi basse.

Le commandant Jameson ne serait pas ravie si elle me voyait examiner ces documents.

J'ouvre un moteur de recherche et je clique sur une URL dont l'accès est confidentiel.

Les résultats de l'Examen final sont du domaine public, mais les copies ne sont jamais rendues, pas même à des enquêteurs criminels. Mais mon frère était un informaticien de génie et nous n'avons jamais eu le moindre problème pour nous introduire dans des bases de données confidentielles. Je ferme les yeux pour me rappeler ce qu'il m'a appris.

« Détermine l'OS et identifie les utilisateurs root. Essaie de te brancher sur le système de contrôle à distance. Apprends à connaître ta cible et vérifie que ton ordinateur est bien protégé. »

Au bout d'une heure, je finis par découvrir un port ouvert et je m'approprie les droits d'administrateur. Un signal sonore se fait entendre, puis une barre de recherche apparaît. Je rentre le nom de Day.

DANIEL ALTAN WING.

L'en-tête de sa copie d'Examen s'affiche. Elle est marquée de la note : 674/1 500. J'accède à la page suivante. Les réponses de Day. Certaines questions sont à choix multiples alors que d'autres doivent être rédigées. Je survole les trente-deux pages. Aucun doute n'est possible. Il y a quelque chose d'anormal.

Il n'y a pas la moindre correction en rouge. Sa copie n'a pas été touchée.

Je retourne à l'en-tête et je regarde les résultats de l'entretien et des épreuves sportives. Les deux sont parfaits. Je remarque alors quelque chose de curieux. Il y a une ligne manuscrite juste à côté de la note d'oral : « Attention. »

Day n'a pas échoué à l'Examen. Loin de là. Il a obtenu la même note que moi : mille cinq cents points. Je ne suis plus le seul prodige de la République à avoir réalisé un sans-faute.

Day

— Debout ! C'est l'heure.

La crosse d'un fusil s'enfonce dans mes côtes et la douleur m'arrache à un sommeil émaillé de rêves. Des rêves dans lesquels j'ai vu ma mère me conduire à l'école primaire, les iris gorgés de sang d'Eden et l'étrange nombre rouge sous notre maison. Deux paires de mains me saisissent et me soulèvent. J'ouvre les paupières et je hurle lorsqu'une partie du poids de mon corps pèse sur ma jambe blessée. J'étais pourtant persuadé que la douleur ne pouvait pas être pire qu'hier. Mes yeux se remplissent de larmes, puis le brouillard qui m'enveloppe se dissipe. Ma cuisse est enflée sous les bandages. Je voudrais crier de nouveau, mais j'ai la bouche trop sèche.

Les soldats me tirent de ma cellule. Le commandant attend dans le couloir. Elle sourit en me voyant.

— Bonjour, Day. Comment allez-vous ?

Je ne réponds pas. Un soldat s'arrête pour adresser un bref salut à l'officier.

— Commandant Jameson, dit-il. Pouvons-nous exécuter la sentence ?

Jameson hoche la tête.

— Suivez-moi. Et, s'il vous plaît, bâillonnez-le. Nous ne voudrions quand même pas qu'il hurle des obscénités le long du chemin, n'est-ce pas ?

Le soldat salue de nouveau et fourre un bout de tissu dans ma bouche.

Nous descendons de longs couloirs et j'aperçois la double porte marquée du zéro rouge. Nous passons également devant des portes sous bonne garde et devant des battants en verre. Je réfléchis à toute allure. Je dois trouver le moyen de confirmer mon intuition, de parler à quelqu'un. La déshydratation m'a affaibli et la douleur me tord le ventre.

Parfois, j'aperçois des détenus derrière des panneaux de verre. Ils sont enchaînés aux murs et ils crient. À en juger par leurs uniformes, ce sont des prisonniers de guerre, des soldats des Colonies.

Et si John se trouve dans une de ces cellules ? Quel sort lui réserve-t-on ?

Après une marche qui dure des siècles, nous arrivons dans un gigantesque hall avec un haut plafond. Dehors, une foule scande quelque chose, mais je ne comprends pas quoi. Des soldats sont alignés devant les rangées de portes qui conduisent à l'extérieur.

Ils s'écartent pour nous laisser passer et nous sortons. La lumière du soleil m'aveugle et j'entends des centaines de cris. Le commandant Jameson lève la main et se tourne vers sa droite tandis que des soldats me font monter sur une estrade. Je suis sur une place au cœur de Batalla, le secteur militaire de Los Angeles. Une foule énorme est rassemblée devant moi. Elle est surveillée et contenue par des soldats en armes presque aussi nombreux que les spectateurs. Il y a donc tant de gens qui se soucient de mon sort ? Je redresse la tête aussi haut que possible et je distingue des JumboTron encastrés dans les murs des bâtiments voisins. Chacun affiche mon visage en gros plan tandis que des informations défilent à toute allure.

LE TRISTEMENT CÉLÈBRE CRIMINEL CONNU SOUS LE NOM DE DAY A ÉTÉ ARRÊTÉ ;
IL SERA CONDAMNÉ AUJOURD'HUI DEVANT BATALLA HALL.

LA TERRIBLE MENACE QUI PLANAIT SUR NOTRE SOCIÉTÉ EST ENFIN NEUTRALISÉE.

LE JEUNE RENÉGAT CONNU SOUS LE NOM DE DAY AFFIRME QU'IL AGISSAIT SEUL. IL RÉFUTE TOUT LIEN AVEC LES PATRIOTES.

Je regarde mon visage sur les écrans géants. Je suis couvert d'hématomes et de plaies. J'ai l'air épuisé. Une mèche gorgée de sang dessine une ligne écarlate au milieu de mes cheveux blonds. Je dois avoir une blessure à la tête.

Je suis heureux que ma mère ne me voie pas dans cet état.

Les soldats me poussent vers un bloc de ciment au centre de l'estrade. À ma droite, un juge vêtu d'une robe écarlate avec des boutons dorés se tient derrière un large pupitre. À côté de lui, j'aperçois le commandant Jameson et la Fille. Celle-ci porte son uniforme de parade. Elle est figée, mais vigilante. Son visage inexpressif est tourné vers la foule, mais elle jette un bref coup d'œil dans ma direction.

La voix du juge grésille dans les haut-parleurs des JumboTron.

— Silence ! Silence dans la foule !

Mais les spectateurs continuent à crier et les soldats ont du mal à les contenir. Le premier rang est surtout constitué de journalistes qui pointent leurs micros et leurs caméras vers moi.

Un soldat aboie un ordre. Je tourne la tête vers lui et je m'aperçois qu'il s'agit du jeune capitaine qui a abattu ma mère. Ses hommes tirent plusieurs coups de feu en l'air et la foule se calme aussitôt. Le juge attend quelques secondes pour s'assurer que l'ordre est bien revenu, puis il ajuste ses lunettes.

— Merci de votre coopération. Je sais qu'il fait chaud ce matin, et nous allons nous efforcer de condamner l'accusé aussi vite que possible. Comme vous pouvez le voir, nos soldats sont là pour rappeler que le calme est de rigueur pendant les débats. Je vais commencer par une annonce officielle. Le 21 décembre, à 8 h 36 heure Pacifique, le criminel de quinze ans connu sous le nom de Day a été arrêté et placé en détention par l'armée.

Une acclamation assourdissante monte de la foule. Je n'en suis pas surpris. En revanche, je ne m'attendais pas à entendre des huées. Plusieurs spectateurs – beaucoup, en fait – brandissent le poing. Quelques-uns d'entre eux sont accostés par la police urbaine, menottés et emmenés.

Un soldat me donne un coup de crosse dans le dos. Je tombe à genoux. Au moment où ma jambe blessée heurte la surface en ciment, je crie de toutes mes forces. Le son est étouffé par mon bâillon. La douleur m'aveugle littéralement. Les muscles de ma cuisse enflée tremblent sous l'impact. Je sens le sang imprégner le bandage. Je manque de m'évanouir, mais un soldat m'attrape par l'épaule et me redresse. La Fille grimace, puis baisse la tête pour regarder ses bottes.

Le juge n'accorde aucune attention aux agitateurs. Il fait la lecture des faits qui me sont reprochés avant de conclure :

— À la lumière des forfaits de l'accusé et, plus particulièrement, de ses crimes contre la glorieuse nation de la République, la Haute Cour de Californie propose que le dénommé Day, ici présent, soit condamné à la peine de mort…

La foule se déchaîne de nouveau et les soldats doivent la repousser.

— … en étant passé par les armes dans quatre jours, le 27 décembre, à 18 heures, heure Pacifique, dans un endroit tenu secret.

Quatre jours. Comment pourrai-je sauver mes frères en si peu de temps ?

Je lève la tête et je contemple la foule.

— L'exécution sera retransmise en direct. Les civils sont encouragés à rester vigilants et à signaler toute activité criminelle perpétrée avant et après l'exécution…

Ils veulent faire un exemple.

— … à la police urbaine ou au commissariat le plus proche. Ces recommandations concluent officiellement notre condamnation.

Le juge se redresse et s'éloigne du pupitre. La foule continue à pousser le cordon de sécurité. Les gens crient, lancent des acclamations ou des huées. Deux soldats me relèvent. Avant d'être entraîné vers Batalla Hall, j'entrevois la Fille qui m'observe. Elle est impassible, mais j'ai l'impression que quelque chose palpite derrière ses traits figés, une émotion que j'ai vue lorsque nous étions dans les rues de Lake… quand elle ignorait ma véritable identité. Cela ne dure qu'une fraction de seconde.

Après la condamnation, le commandant Jameson ne laisse pas les soldats me ramener à ma cellule. Nous entrons dans un ascenseur mû par d'énormes rouages et de grosses chaînes. La cabine monte jusqu'au onzième étage, le toit de Batalla Hall. À cette hauteur, les ombres des immeubles voisins ne nous protègent plus du soleil.

Le commandant nous conduit vers une estrade circulaire frappée de l'emblème de la République. De lourdes chaînes sont accrochées tout autour. La Fille ferme la marche. Je sens ses yeux sur ma nuque. Nous atteignons le centre du disque et les soldats m'obligent à me redresser tandis qu'ils attachent mes poignets menottés et mes chevilles aux chaînes.

— Laissez-le ici pendant deux jours, ordonne le commandant.

Le soleil a déjà brouillé ma vue et je perçois le monde à travers un brouillard constellé de petits diamants étincelants. Les soldats me lâchent et je glisse sur le sol en prenant soin de m'appuyer sur mes mains et mon genou valide. Les chaînes cliquettent.

— Agent Iparis, le prisonnier est désormais sous votre responsabilité. Surveillez-le et veillez à ce qu'il ne meure pas avant la date de son exécution.

— À vos ordres, répond la Fille.

— Il a droit à un verre d'eau et une ration par jour. (Le commandant sourit et ajuste ses gants.) Je vous laisse libre d'imaginer différentes façons de les lui servir. Je suis certaine que vous parviendrez à le faire ramper en échange de sa pitance.

— À vos ordres.

— Parfait.

Le commandant me lance un dernier regard.

— On dirait que vous avez enfin appris à rester à votre place. Mieux vaut tard que jamais.

Elle se dirige vers l'ascenseur et entre dans la cabine en compagnie de la Fille. Je reste seul avec les soldats.

L'après-midi s'écoule sans un bruit.

J'oscille entre conscience et inconscience. Ma jambe blessée palpite au rythme de mon cœur, parfois lentement, parfois plus vite. Les élancements sont si violents que j'ai l'impression que je vais m'évanouir. Je grimace chaque fois que je la bouge. Je m'efforce de penser à autre chose. Où est Eden en ce moment ? Dans un laboratoire de Central Hospital, dans une unité médicale de Batalla Hall ou dans un train en route pour le front ? Je suis certain que les militaires garderont mon frère en vie. La maladie le tuera avant la République.

Je m'inquiète davantage pour John. Je ne sais pas ce qu'on a fait de lui. J'espère que les militaires l'ont laissé en vie afin d'obtenir plus d'informations. Peut-être que nous serons exécutés en même temps, ou peut-être qu'il est déjà mort. J'ai l'impression de recevoir un coup de poignard dans la poitrine. Je pense au jour où j'ai passé l'Examen. John était venu me chercher et il m'a vu quand on m'a fait monter dans le train avec les autres recalés. Après mon évasion du laboratoire, j'ai pris l'habitude de surveiller ma famille de loin. Plusieurs fois, j'ai aperçu John sangloter à la table de la cuisine, la tête entre les mains. Il n'a jamais rien dit à ce sujet, mais je crois qu'il s'estime responsable de ce qui m'est arrivé. Il pense qu'il ne m'a pas assez protégé, qu'il ne m'a pas assez aidé au cours de mes études et qu'il n'a pas été à la hauteur. Il pense qu'il aurait dû faire quelque chose, n'importe quoi.

Si je réussis à m'échapper, je sauverai mes frères. Je peux me servir de mes bras et j'ai encore une jambe valide… Si seulement je savais où ils sont…

Le monde flotte entre réalité et brouillard. Ma tête glisse sur le béton tandis que mes bras pendent, immobiles, le long des chaînes. Une fois de plus, je me rappelle le jour où j'ai passé l'Examen.

Je revois le stadium, les autres enfants, les soldats gardant les points d'accès, les cordes en velours qui nous séparaient des fils et des filles de la haute société.

Les épreuves physiques. Les écrits. L'entretien.

Je me souviens surtout de l'entretien. J'ai été interrogé par six psychiatres et un officier, un certain Xian dont l'uniforme était surchargé de médailles. C'est lui qui posait le plus de questions. *« Quel est le serment de la République ? » « Bien, très bien. Ton bilan scolaire mentionne que tu aimes l'histoire. En quelle année la République est-elle officiellement créée ? » « Qu'est-ce que tu aimes faire à l'école ? » « Lire… Oui, oui, c'est très bien. » « Un professeur a signalé qu'un jour, tu t'es introduit dans une aile interdite de la bibliothèque pour y chercher de vieux documents militaires. Tu peux me dire pourquoi tu as fait cela ? » « Que penses-tu de notre glorieux Elector Primo ? » « Oui, tu as raison, c'est un homme bon et un grand chef. Mais tu fais une erreur en l'appelant ainsi, mon garçon. L'Elector Primo n'est pas une personne comme toi et moi. Quand on parle de lui, il faut employer le terme : "Père glorieux". » « Oui, bien sûr, j'accepte tes excuses. »*

Il a posé des dizaines et des dizaines de questions, chacune plus vicieuse que la précédente. J'avais de plus en plus de mal à réfléchir. Xian prenait des notes sur mon carnet d'entretien pendant qu'un de ses assistants enregistrait l'épreuve avec un petit micro.

J'étais persuadé que je m'en tirais plutôt bien. Malgré la fatigue intellectuelle, je disais uniquement ce que mes examinateurs souhaitaient entendre – enfin, je le croyais.

Car, un peu plus tard, des soldats m'ont conduit à un train, puis à un laboratoire.

Ce souvenir m'arrache un frisson malgré la chaleur implacable. Ma peau me brûle. Je me répète sans cesse que je dois sauver Eden.

Eden aura bientôt dix ans… Le mois prochain. Quand il guérira de la maladie, il devra passer l'Examen…

Ma cuisse est tellement enflée que j'ai l'impression qu'elle va faire sauter les bandages et envahir le toit.

Les heures passent. Je perds toute notion du temps. Les soldats se succèdent au gré des relèves. Le soleil glisse dans le ciel.

Au moment béni où l'astre brûlant s'apprête à se coucher, une silhouette sort de l'ascenseur et se dirige vers moi.

June

Day est sur le toit depuis sept heures seulement, mais c'est à peine si je le reconnais. Il est recroquevillé au centre du sceau de la République. Sa peau s'est assombrie et ses cheveux sont collés par la sueur. Du sang séché macule une longue mèche, comme si elle avait été trempée dans une teinture noirâtre. Day tourne la tête vers moi alors que je m'approche de lui. Je ne suis pas certaine qu'il me voie, car le soleil n'est pas encore couché et ses rayons doivent l'aveugler.

Un autre prodige – et pas des moindres.

J'ai rencontré plusieurs surdoués au cours de ma vie. La République n'a aucune raison de cacher leur existence, surtout dans le cas d'un individu ayant obtenu une note parfaite à l'Examen.

Un soldat se tenant près de l'estrade circulaire me salue. Il est en sueur et son casque colonial ne protège pas son visage du soleil.

— Agent Iparis.

À en juger par son accent, il vient du secteur de Ruby. La rangée de boutons de son uniforme est polie avec soin. C'est un homme consciencieux.

Je jette un coup d'œil à ses camarades avant de m'adresser à lui.

— Vous pouvez disposer pour le moment. Dites à vos hommes de s'hydrater et de se reposer à l'ombre. Et ordonnez à la relève de se présenter en avance.

— Bien, madame.

Il claque des talons et lance des ordres.

Les soldats quittent le toit et je me retrouve seule avec Day. J'ôte ma cape et je m'agenouille pour observer son visage. Il plisse les yeux en tournant la tête vers moi, mais il ne prononce pas un mot. Ses lèvres sont craquelées et un filet de sang coule sur son menton. Il est trop faible pour dire quoi que ce soit. Je regarde sa jambe blessée. Je ne suis pas surprise de constater qu'elle a doublé de volume depuis ce matin. La plaie doit être infectée. Du sang suinte du bandage.

Sans réfléchir, je porte la main à la blessure infligée par Kaede. Elle n'est plus très douloureuse.

Il faut soigner cette jambe.

Je soupire et je prends la gourde accrochée à ma ceinture.

— Tiens. Bois un peu. Je dois te garder en vie pour le moment.

Je fais couler un peu d'eau sur ses lèvres. Il tressaille, puis ouvre la bouche. J'attends – une éternité – qu'il avale avant de recommencer.

— Merci, souffle-t-il. (Il laisse échapper un petit rire sec.) Je suppose que tu viens d'accomplir ta mission. Tu peux partir maintenant.

Je l'observe pendant un moment. Sa peau est brûlée par le soleil et son visage est inondé de sueur, mais ses yeux ont conservé leur éclat, même s'ils sont un peu dans le vague. Je me rappelle soudain notre première rencontre. J'étais perdue dans un nuage de poussière et, tout d'un coup, j'ai vu ce garçon magnifique avec ses yeux d'un bleu incroyable. Il a pris ma main et il m'a aidée à me relever.

— Où sont mes frères ? murmure-t-il. Est-ce qu'ils sont encore vivants ?

— Oui.

— Est-ce que Tess est en sécurité ? Est-ce qu'elle a été arrêtée ?

— Pas que je sache.

— Que font-ils à Eden ?

Je songe aux généraux du front qui sont venus voir le jeune garçon.

— Je ne sais pas.

Day tourne la tête et ferme les yeux. Il se concentre sur sa respiration.

— Ne les tuez pas, souffle-t-il. Ils n'ont rien fait de mal… Et Eden n'est pas un rat de laboratoire, tu sais. (Il se tait pendant une minute.) Je n'ai jamais su ton nom. Je suppose que tu peux te permettre de me le dire maintenant. Tu connais le mien.

Je le regarde avec attention.

— Je m'appelle June Iparis.

— June, murmure Day.

Une étrange chaleur m'envahit en entendant mon prénom sur ses lèvres. Il lève la tête vers moi.

— June, je suis désolé pour ton frère. Je ne savais pas que quelque chose lui arriverait.

Au cours de mon entraînement, j'ai appris à ne pas croire les prisonniers sur parole. Je sais qu'ils mentent, qu'ils sont prêts à raconter n'importe quoi pour vous affaiblir… Mais, à cet instant, tout est différent. Day a l'air tellement… sérieux et sincère. Et s'il disait la vérité ? Est s'il n'était pas l'assassin de Metias ? J'inspire un grand coup. Je m'oblige à regarder Day en me répétant que je ne dois pas me laisser influencer par mes émotions. Je dois rester logique. La logique est l'ultime bouée de sauvetage.

Soudain, une pensée me traverse l'esprit.

— Hé ! dis-je. Ouvre les yeux et regarde-moi.

Il obéit et je l'observe avec attention. Oui, ce petit défaut est toujours là, cette curieuse ligne qui zèbre l'iris bleu océan.

— Qu'est-ce qui t'est arrivé à l'œil ? demandé-je en montrant le mien. D'où vient cette imperfection ?

J'ai dû dire quelque chose de drôle parce que Day éclate de rire avant d'être secoué par une quinte de toux.

— Cette imperfection est un cadeau de la République.

— Qu'est-ce que tu veux dire ?

Il hésite. Je comprends qu'il a des difficultés à coordonner ses pensées.

— Tu sais, j'ai fait un séjour dans les laboratoires du Central Hospital. Juste après l'Examen.

Il essaie de lever la main pour montrer son œil, mais les chaînes cliquettent et son bras retombe.

— On m'a injecté quelque chose.

Je fronce les sourcils.

— La nuit de ton dixième anniversaire ? Mais que faisais-tu dans un laboratoire ? Tu aurais dû être en route vers un camp de travail.

Day sourit avec lassitude, comme s'il était sur le point de s'endormir.

— Et dire que je te prenais pour une petite futée…

Selon toute évidence, le soleil n'a pas tapé assez fort pour le guérir de sa regrettable vanité.

— Et ta blessure au genou ?

— Encore un cadeau de ta République. Je l'ai reçu la même nuit que mon imperfection.

— Pourquoi la République t'aurait-elle fait ça ? Pourquoi aurait-elle fait du mal à un garçon qui a obtenu un résultat parfait à l'Examen ?

Cette dernière remarque le fait sursauter.

— Qu'est-ce que tu racontes ? J'ai échoué à l'Examen.

Il ne sait pas. Bien sûr qu'il ne sait pas. Je baisse la voix.

— Non, tu n'as pas échoué. Tu as fait un sans-faute.

— Est-ce que tu me tends un piège ? (Il déplace sa jambe blessée et se raidit sous le coup de la douleur.)

Un sans-faute ? Bah ! À ma connaissance, personne n'a jamais réussi à obtenir mille cinq cents points.

Je croise les bras.

— J'ai obtenu mille cinq cents points.

Il me regarde en haussant un sourcil.

— Toi ? C'est toi le fameux prodige qui a fait un sans-faute ?

— Oui, dis-je en acquiesçant. Et il semblerait que je n'ai pas été la première.

Day lève les yeux au ciel et tourne la tête.

— C'est ridicule.

Je hausse les épaules.

— Tu n'es pas obligé de me croire.

— Cette histoire n'a aucun sens. Si elle était vraie, je devrais être à ta place. Est-ce que ce n'est pas le but de votre cher Examen ?

Il hésite à poursuivre pendant un petit moment.

— Le produit qu'ils m'ont injecté dans l'œil piquait autant que du venin de guêpe. Mon genou, ils l'ont entaillé avec un scalpel. Ils m'ont obligé à ingurgiter toutes sortes de médicaments, et ensuite je me suis réveillé au sous-sol d'un hôpital en compagnie d'une palanquée de cadavres. Mais, moi, je n'étais pas mort.

Il éclate d'un rire si faible qu'il est à peine audible avant de conclure :

— C'était un sacré anniversaire.

On a fait des expériences sur lui, sans doute à but militaire. Cette pensée me retourne l'estomac sans que je sache pourquoi. Des scientifiques ont extrait des échantillons de tissus de son genou, de son œil et de son cœur.

Dans le premier cas, c'était sans doute pour étudier sa rapidité et son agilité hors du commun. Dans le deuxième, il s'agissait d'analyser sa vue d'aigle. Enfin, on lui a donné des médicaments pour ralentir son cœur autant que possible. Ces gens ont dû être déçus quand il s'est arrêté. Ils ont cru que Day était mort et ils se sont débarrassés du corps. Ils avaient probablement l'intention de développer les tissus prélevés dans je ne sais quel dessein : la fabrication de pilules, de lentilles de contact, de produits permettant d'améliorer la vue de nos soldats, de les rendre plus rapides, plus endurants et plus intelligents.

Ces pensées me traversent l'esprit en une fraction de seconde, sans me laisser le temps de les interrompre. Ces procédés vont à l'encontre des valeurs de la République. Pourquoi sacrifier un tel prodige ?

À moins que Day ait été jugé dangereux. Peut-être faisait-il déjà montre de son caractère indiscipliné et rebelle. Les examinateurs ont estimé que sa rééducation était trop risquée et ils ont préféré le sacrifier dans l'intérêt de la société. L'année dernière, trente-huit enfants ont passé l'Examen avec un résultat supérieur à mille quatre cents points.

La République avait-elle l'intention de se débarrasser de celui-ci ?

Mais Day est bien plus qu'un prodige. Il a fait un sans-faute.

Qu'est-ce qui a effrayé les examinateurs à ce point ?

— Est-ce que je peux te poser une question maintenant ? demande Day. Est-ce que c'est mon tour ?

— Vas-y.

Je jette un coup d'œil en direction de l'ascenseur. La relève vient d'arriver. Je lève la main pour ordonner aux soldats de rester où ils sont.

— Je t'écoute.

— Je voudrais savoir pourquoi ils ont emmené Eden. L'épidémie… Tout le monde sait que vous autres, les riches, menez la belle vie. Vous êtes vaccinés tous les ans et on vous donne des médicaments à volonté. Mais vous ne vous posez donc jamais de questions ? Vous ne vous demandez pas pourquoi on n'a encore pas éradiqué la maladie ? Pourquoi elle réapparaît à intervalles réguliers ?

Je tourne la tête vers lui.

— Qu'est-ce que tu veux dire ?

Day pose les yeux sur moi. Il a du mal à rester concentré.

— Ce que je veux dire ? Hier, quand on m'a tiré de ma cellule, j'ai vu un zéro rouge sur une porte, à Batalla Hall. J'ai vu des chiffres semblables à Lake. Pourquoi y en a-t-il dans les quartiers pauvres ? Qu'est-ce que la République fabrique là-bas ? Qu'est-ce qu'elle peut bien siphonner dans les secteurs défavorisés ?

Je plisse les yeux.

— Tu crois que la République empoisonne les gens à dessein ? Attention, Day, tu t'avances en terrain glissant.

Mais Day ne prête aucune attention à mon avertissement.

— C'est pour ça qu'ils veulent Eden, pas vrai ? souffle-t-il d'une voix plus intense. Pour vérifier les effets de leur virus mutant. Quelle autre raison y aurait-il ?

— Ils veulent circonscrire la souche dont il est le vecteur.

Day rit et une nouvelle quinte de toux le secoue.

— Non. Ils se servent de lui. (Il baisse la voix.) Ils se servent de lui... Ils se servent de lui...

Ses yeux se perdent dans le vague. Notre discussion l'a épuisé.

— Tu délires, dis-je.

Je ne supporte plus le contact de Thomas, mais je n'éprouve pas de répulsion envers Day. Je le devrais, mais ce n'est pas le cas.

— Un tel mensonge constitue un acte de trahison contre la République. Et puis pourquoi le Congrès aurait-il autorisé pareille chose ?

Day ne me quitte pas des yeux. Au moment où je songe qu'il n'a même plus la force de me répondre, il prend la parole d'une voix ardente.

— Considère les choses sous cet angle : comment prépare-t-on le vaccin qu'on vous donne chaque année ? Il fonctionne toujours. Tu ne trouves pas curieux que les scientifiques puissent fabriquer un vaccin contre une épidémie qui commence à peine à se répandre ? Comment font-ils ?

Je m'accroupis, prête à me relever. Je ne me suis jamais posé de question à propos de la vaccination annuelle obligatoire – pourquoi l'aurais-je fait ? Pourquoi le ferais-je ? *Mon père travaillait derrière ces doubles portes. Il travaillait sans relâche afin de découvrir de nouveaux moyens de combattre l'épidémie.* Non, je n'écouterai pas ces fables plus longtemps. Je ramasse ma cape et je la glisse sous mon bras.

— Une dernière chose, souffle Day tandis que je me mets debout. (Je baisse la tête et ses yeux me brûlent au plus profond de mon être.) Tu crois que les recalés à l'Examen sont envoyés dans des camps de travail ? June, leur véritable destination, ce sont les morgues des hôpitaux.

Je me dépêche de m'éloigner de l'estrade et de Day, mais mon cœur martèle ma poitrine. Les soldats qui attendent près de l'ascenseur se redressent à mon approche. Je prends une expression agacée.

— Détachez-le, conduisez-le à l'aile médicale et assurez-vous qu'on traite sa blessure à la cuisse. Donnez-lui à boire et à manger. Il ne passera pas la nuit si on le laisse comme ça.

Les soldats me saluent tandis que j'entre dans la cabine de l'ascenseur. Les portes se ferment. Je ne prends même pas la peine de lancer un dernier regard à Day.

Day

De nouveaux cauchemars viennent hanter mon sommeil. Des cauchemars à propos de Tess, cette fois-ci.

Je cours dans les rues de Lake. Quelque part devant moi, Tess court, elle aussi, mais elle ne sait pas où je suis. Elle tourne au hasard dans l'espoir de m'apercevoir, mais elle ne voit que des inconnus, des policiers et des soldats. Je l'appelle. Mes jambes bougent avec peine, comme si elles s'enfonçaient dans de la mélasse.

— Tess ! Je suis ici ! Je suis juste derrière toi !

Elle ne m'entend pas. Impuissant, je la regarde percuter un soldat. Elle essaie de s'éloigner, mais l'homme l'attrape et la jette au sol. Je hurle quelque chose. Le soldat tire son arme et la pointe vers Tess. Je m'aperçois alors qu'il ne s'agit pas de Tess, mais de ma mère, qui gît dans une mare de sang. Je veux courir vers elle, mais je reste accroupi derrière une cheminée, comme un lâche. C'est ma faute si elle est morte.

Soudain, je suis de retour dans le laboratoire de l'hôpital. Des docteurs et des infirmiers sont penchés au-dessus de moi. Je plisse les yeux, car la lumière est aveuglante. Une douleur me traverse la jambe. On opère mon genou de nouveau. On écarte les muscles pour dévoiler les os sur lesquels s'acharnent les scalpels. Je m'arc-boute et je hurle. Un infirmier me plaque contre la table d'opération. Je me débats et je renverse un plateau.

— Tiens-toi tranquille, sale gamin ! Je ne vais pas te faire de mal.

Il me faut une bonne minute avant de me réveiller. Le bloc opératoire s'évanouit, mais la lumière venant du plafond reste fluorescente et un docteur est toujours penché sur moi. Il porte des lunettes de protection et un masque. Je pousse un cri et j'essaie de me redresser, en vain. Des lanières m'empêchent de bouger.

Le médecin soupire et fait glisser son masque sur sa poitrine.

— Regarde-moi ça. Je suis en train de soigner un criminel alors que je pourrais m'occuper de soldats blessés au front.

Je regarde autour de moi en me demandant où je suis. Il y a des gardes le long des murs de la pièce. Un infirmier nettoie des instruments chirurgicaux couverts de sang dans un évier.

— Où suis-je ?

Le docteur me jette un regard impatient.

— Tu es dans l'aile médicale de Batalla Hall. L'agent Iparis a ordonné qu'on soigne ta jambe. Il semblerait que nous n'ayons pas le droit de te laisser mourir avant ton exécution officielle.

Je lève la tête autant que possible pour observer ma cuisse. Elle est enveloppée dans des bandages propres. Je déplace ma jambe avec prudence et je suis surpris de constater que la douleur est désormais supportable. Je regarde le médecin.

— Qu'est-ce que vous avez fait ?

Il hausse les épaules, retire ses gants et va se laver les mains dans un évier.

— J'ai bricolé de manière que tu tiennes debout le jour de ton exécution. (Il se tait pendant un bref moment.) Ce n'est peut-être pas la réponse que tu voulais entendre.

Je repose la tête sur la table d'opération et je ferme les yeux. La douleur s'est tellement atténuée que je la savoure, mais je suis hanté par les échos de mon cauchemar. Il est trop tôt pour retrouver mon calme. Où est Tess en ce moment ? Peut-elle survivre sans un ange gardien ? Elle est myope. Qui l'aidera à identifier les ombres, la nuit ?

Quant à ma mère… je ne suis pas encore assez fort pour y penser.

Quelqu'un frappe à la porte avec énergie.

— Ouvrez ! ordonne une voix masculine. Le commandant Jameson veut voir le prisonnier.

« Le prisonnier ». Ce mot me fait sourire. Les soldats se refusent à employer mon nom.

Les gardes se dépêchent de déverrouiller la serrure et de s'écarter. Le commandant Jameson fait irruption dans la salle. Elle n'est pas de bonne humeur.

— Descendez ce garçon de la table d'opération et attachez-le, aboie-t-elle en claquant des doigts avant de poser l'index sur ma poitrine. Toi. Tu n'es qu'un gamin. Tu n'es même pas allé au lycée. Tu as échoué à l'Examen. Comment se fait-il que tu nous aies échappé si longtemps ? Comment se fait-il que tu nous aies posé autant de problèmes ? (Une sinistre grimace dévoile ses dents.) Je savais que tu continuerais à causer emmerdement sur emmerdement. Tu as un don pour faire perdre du temps à mes soldats – sans parler des soldats des autres commandants.

Je dois contracter les mâchoires pour ne pas répliquer en hurlant. Des hommes se précipitent vers moi pour défaire les lanières qui m'entravent.

Près de moi, le médecin penche la tête.

— Excusez-moi, commandant, mais serait-il possible de savoir ce qui se passe ?

Le commandant le fusille du regard et le docteur recule d'un air penaud.

— Des manifestants se sont rassemblés devant Batalla Hall, lâche-t-elle d'un ton sec. Ils ont attaqué les policiers.

Les soldats m'arrachent de la table et me mettent debout. Je grimace quand mon poids pèse sur ma jambe blessée.

— Des manifestants ?

— Oui. Des émeutiers, plutôt. (Le commandant me saisit à la mâchoire.) Ma brigade a été appelée en renfort pour maîtriser la situation et, par conséquent, mon planning est complètement bouleversé. Un de mes meilleurs hommes est soigné ici pour des lacérations au visage. Les sales crapules dans ton genre ne respectent même pas nos valeureux soldats. (Elle me repousse d'un air dégoûté et me tourne le dos.) Emmenez-le. Et vite.

Des gardes m'entraînent hors de la salle. Dans le couloir, des soldats courent de gauche à droite et de droite à gauche. Le commandant garde une main contre son oreille. Elle écoute avec attention et aboie des ordres. Tandis qu'on me pousse vers les ascenseurs, j'aperçois de grands écrans. Malgré la situation, un sentiment d'admiration monte en moi. Je n'ai jamais vu de telles merveilles technologiques dans le secteur de Lake. Je regarde les images qui défilent. Tout se passe comme le commandant Jameson l'a décrit. Je suis trop loin pour entendre les commentaires, mais je lis les textes qui s'affichent : « Émeutes devant Batalla Hall. Appel à toutes les unités. Attendez les ordres. » Il ne s'agit pas d'une retransmission publique. Un écran montre le parvis de Batalla Hall envahi par des centaines de manifestants. Un cordon de militaires en uniformes noirs s'efforce de les contenir. Des soldats armés de fusils courent sur les toits et prennent position autour de la place. Je vois certains manifestants en passant devant le dernier moniteur. Ils forment une masse dense sous la lumière des lampadaires.

Certains ont peint une ligne rouge sang sur leurs cheveux.

Nous arrivons devant les ascenseurs et les soldats me poussent dans une cabine. Les manifestants se sont rassemblés à cause de moi. Cette pensée me remplit d'enthousiasme et de crainte. Les militaires ne toléreront jamais un tel acte de rébellion. Ils vont boucler les secteurs défavorisés et arrêter les manifestants jusqu'au dernier.

À moins qu'ils ne les tuent.

June

Quand j'étais enfant, Metias est intervenu à plusieurs reprises pour réprimer des émeutes sans grande importance. À son retour, il me racontait ce qui était arrivé. L'histoire ne variait guère : une dizaine de pauvres – généralement des adolescents, parfois des personnes un peu plus âgées – protestaient contre les mises en quarantaine ou les impôts. Le problème était vite réglé : on lançait quelques bombes à poussière, puis on les arrêtait et on les conduisait au tribunal.

Cependant, je n'avais jamais entendu parler d'une émeute rassemblant des centaines de personnes manifestant au risque de leur vie. Jamais.

— Pourquoi font-ils ça ? demandé-je à Thomas. Ils sont devenus fous ?

Je suis avec l'unité de Thomas sur l'estrade du parvis de Batalla Hall. Une autre brigade du commandant Jameson repousse la foule à l'aide de matraques et de boucliers.

Un peu plus tôt, j'ai jeté un coup d'œil dans la salle où Day était soigné. Je me demande s'il a vu l'émeute sur les moniteurs. J'espère que non. Il vaut mieux qu'il ne sache rien du chaos qu'il a engendré. Tandis que je pense à lui – et à ses accusations contre la République à propos de l'épidémie et des enfants qui échouent à l'Examen –, je sens la rage monter en moi. Je tire mon arme de son étui. Autant me tenir prête.

— Tu as déjà vu quelque chose comme ça ? demandé-je d'une voix que j'espère calme.

Thomas secoue la tête.

— Une seule fois. Il y a longtemps.

Une mèche sombre glisse sur son visage. Ses cheveux ne sont pas aussi bien peignés que d'habitude. Il a dû affronter la foule un peu plus tôt. Il a une main posée sur la crosse de l'arme accrochée à sa ceinture. De l'autre, il tient la sangle du fusil qu'il porte dans le dos. Il ne m'a pas regardée en face une seule fois depuis qu'il a essayé de m'embrasser hier soir.

— Ce n'est qu'un ramassis d'imbéciles, lâche-t-il. S'ils ne rentrent pas chez eux vite fait, le commandant le leur fera regretter.

Je jette un coup d'œil en direction des commandants rassemblés sur un balcon de Batalla Hall. Il fait sombre, mais je ne pense pas que Jameson soit avec eux. Je sais qu'elle donne des ordres par radio parce que Thomas est concentré et qu'il garde la main contre son oreille. Quoi qu'elle dise, elle ne s'adresse qu'à lui. Devant nous, les émeutiers continuent à pousser le cordon de soldats. À leurs vêtements déchirés et leurs chaussures trouées et dépareillées, je comprends qu'ils viennent des secteurs pauvres de la ville. Au fond de moi, je les supplie de rentrer chez eux. *Partez ! Fuyez avant qu'il soit trop tard !*

Thomas se penche vers moi et me montre le centre de la foule d'un mouvement de menton.

— Tu vois cette bande de minables ?

J'ai déjà remarqué le groupe auquel il fait référence, mais je suis son regard par politesse. Plusieurs manifestants ont peint une bande rouge sur leurs cheveux pour imiter la mèche sanglante de Day le jour de son procès.

— Même pas fichus de se choisir un héros convenable, poursuit Thomas. Le leur sera mort dans moins d'une semaine.

Je hoche la tête, mais je ne prononce pas un mot.

Des cris montent de la foule. Une brigade a contourné la place et elle repousse les émeutiers vers le centre du parvis. Je fronce les sourcils. Cette manœuvre ne fait pas partie de la procédure habituelle. À l'école, on nous a appris que les bombes à poussière et les grenades lacrymogènes sont les outils idéaux pour mettre fin à une manifestation. Je ne vois aucun soldat avec un masque à gaz. Une autre brigade entreprend de chasser les émeutiers vers les rues trop étroites pour s'y rassembler en nombre.

— Qu'est-ce que t'a dit le commandant ? demandé-je à Thomas.

Une nouvelle mèche glisse sur son visage et m'empêche de voir sa réaction.

— Elle m'a dit de maintenir nos positions et d'attendre ses ordres.

Rien d'important ne se passe pendant la demi-heure suivante. Dans ma poche, je caresse le pendentif de Day d'un air absent. La foule me rappelle les spectateurs des combats de skiz. Il y a sans doute bon nombre d'entre eux parmi les manifestants.

Je remarque soudain des hommes qui courent au sommet des bâtiments qui encadrent la place. Certains prennent position sur des saillies, d'autres s'alignent sur les toits. Curieux. Les militaires portent généralement des vestes avec des pompons noirs, une rangée de boutons dorés et un insigne bleu marine, rouge, doré ou argenté sur la manche. Ces soldats ont des vestes sans boutons avec une ligne blanche en travers de la poitrine et leurs insignes sont gris. Il me faut quelques secondes avant de comprendre qui ils sont.

— Thomas. (Je lui tape sur l'épaule et je lui montre les toits.) Des exterminateurs.

Je ne lis aucune surprise sur son visage, aucune émotion dans ses yeux. Il se racle la gorge.

— En effet.

— Que font-ils ici ?

J'entends ma voix monter dans les aigus. Je tourne la tête vers les émeutiers, puis vers les toits. Les exterminateurs ne portent pas de bombes à poussière ni de grenades lacrymogènes, mais tous ont un fusil à l'épaule.

— Ils n'ont pas l'intention de disperser les manifestants, Thomas. Ils les ont encerclés.

Thomas me jette un regard froid.

— Tiens-toi prête, June. Surveille les émeutiers.

Tandis que j'observe les toits, j'aperçois le commandant Jameson au sommet de Batalla Hall. Elle est entourée de soldats et elle parle dans son micro.

Plusieurs secondes s'écoulent. Un terrible pressentiment m'oppresse. Je sais ce qui va se passer.

Soudain, Thomas murmure quelque chose dans son micro. Il répond à un ordre. Je le regarde et nos yeux se croisent. Il tourne la tête vers les hommes de sa brigade.

— Feu à volonté ! lance-t-il.

— Thomas !

Je veux ajouter quelque chose, mais je n'en ai pas le temps. Un concert de détonations monte de l'estrade et des toits. Je me jette en avant sans même savoir ce que je vais faire. Agiter les bras devant les fusils ? Thomas m'attrape par l'épaule et me retient.

— N'avance pas, June !

— Dis à tes hommes de cesser le feu ! hurlé-je en essayant de me libérer de sa prise. Dis à tes hommes de…

Thomas me pousse et je tombe avec une telle violence que ma blessure au côté se rouvre.

— Nom de Dieu, June, je t'ai dit de ne pas avancer !

Je suis surprise par la froideur du sol. Je reste à terre, perdue, incapable de faire un geste. Je ne comprends pas encore ce qui vient de se passer. Autour de ma plaie, la peau me brûle. Des balles mitraillent la place. Les manifestants s'effondrent comme des digues sous la poussée des flots. *Je t'en prie, Thomas. Arrête.* Je voudrais me lever, lui hurler au visage, le frapper… *Si Metias était vivant, il te tuerait pour avoir fait ça…* Mais je me contente de me boucher les oreilles. Le bruit des détonations est assourdissant.

La fusillade s'interrompt au bout d'une minute à peine, mais j'ai l'impression qu'elle a duré des siècles. Thomas ordonne enfin de cesser le feu et les manifestants encore en vie tombent à genoux et se prennent la tête entre les mains. Des soldats se précipitent vers eux pour les menotter dans le dos et les rassembler en petits groupes. Je me redresse. Les détonations résonnent toujours dans mes oreilles… J'observe le sang, les corps et les prisonniers. Combien y a-t-il de morts ? Quatre-vingt-dix-sept, quatre-vingt-dix-huit ? Non, au moins cent vingt. Et des centaines de personnes sont arrêtées. Je suis trop ébranlée pour évaluer leur nombre.

Thomas me jette un coup d'œil avant de descendre de l'estrade. Il a le visage grave, voire coupable, mais je devine avec horreur que ce sentiment de culpabilité n'a rien à voir avec le massacre qui vient d'être perpétré. Il regrette juste de m'avoir précipitée à terre. Il s'éloigne en direction de Batalla Hall en compagnie de plusieurs soldats. Je tourne la tête pour ne plus le voir.

Day

La cabine monte plusieurs étages avant de ralentir et de s'immobiliser dans des grincements de câbles. Deux soldats m'entraînent dans un couloir familier. Ils me ramènent dans ma cellule. Combien de temps va-t-on m'y laisser ? Pour la première fois depuis mon réveil en salle d'opération, je prends conscience de mon épuisement et je sens ma tête glisser sur ma poitrine. Le médecin a dû m'injecter un tranquillisant pour éviter que je remue trop. Autour de moi, les angles deviennent flous, comme si je me déplaçais très vite.

Les soldats se figent soudain au milieu du couloir. Que se passe-t-il ? Ma cellule est encore loin. Je lève les yeux et je m'aperçois que nous sommes devant une des pièces aux portes vitrées. Les salles d'interrogatoire.

Donc, ils veulent m'arracher de nouvelles informations avant de me tuer.

Un grésillement, puis une voix monte de l'écouteur d'un soldat. L'homme hoche la tête.

— Faites-le entrer. Le capitaine est en route.

On me traîne dans la salle et je reste debout tandis que les minutes s'égrènent. Des gardes au visage impassible sont postés de part et d'autre de la porte. Deux autres me tiennent les bras bien que je sois menotté. Cette pièce est censée être insonorisée, mais j'ai l'impression d'entendre des coups de feu et les échos de cris lointains. Les battements de mon cœur résonnent dans ma poitrine. Les soldats ont dû tirer sur les manifestants rassemblés sur la place. Des gens sont-ils morts à cause de moi ?

Les minutes continuent à passer. J'attends. Mes paupières sont de plus en plus lourdes. Je voudrais me rouler en boule et m'endormir dans un coin de la pièce.

J'entends des bruits de pas. La porte s'ouvre et j'aperçois un jeune homme avec une mèche sombre devant les yeux. Il porte un uniforme noir avec des épaulettes argentées. Les soldats se mettent au garde-à-vous en claquant des talons.

D'un geste, l'homme leur ordonne de sortir. Je le reconnais. C'est le capitaine qui a abattu ma mère. June m'a parlé de lui. Il s'appelle Thomas. Il est sans doute ici sur ordre du commandant Jameson.

— Monsieur Wing, dit-il. (Il approche et croise les bras sur sa poitrine.) Je suis ravi de faire officiellement votre connaissance. Je craignais de ne pas avoir cette chance.

Je me force à garder le silence. On dirait que je le mets mal à l'aise. La haine se lit sur son visage.

— Mon commandant veut que je vous pose les questions d'usage avant votre exécution. Nous sommes partis du mauvais pied, mais essayons de nous comporter en personnes civilisées.

Je ne peux retenir un éclat de rire.

— Vraiment ? Tu es sérieux ?

Thomas ne répond pas, mais je le vois déglutir avec peine pour contenir sa colère. Il glisse la main sous sa cape et en tire une petite télécommande grise qu'il pointe vers un mur nu. Une image apparaît. Un rapport de police accompagnant le visage d'un inconnu.

— Je vais vous montrer une série de photos, monsieur Wing. Il s'agit de personnes soupçonnées d'appartenir au mouvement des Patriotes.

Les Patriotes ont essayé de me recruter à plusieurs reprises, mais j'ai toujours refusé. Ils laissaient des messages énigmatiques sur les murs des ruelles où je dormais, ou bien une hôtesse me passait une note discrètement au coin d'une rue. Parfois, je recevais un petit paquet avec de l'argent et une proposition d'engagement. J'ai toujours décliné leurs offres et, au bout d'un certain temps, ils m'ont fichu la paix.

— Je n'ai jamais travaillé avec les Patriotes, dis-je d'un ton sec. Si je dois tuer quelqu'un, je tiens à le faire dans des conditions bien précises.

— Vous affirmez que vous n'avez aucun lien avec eux, mais il est possible que vous en ayez rencontré certains membres. Vous aimeriez peut-être nous aider à les arrêter.

— Oh, sûr ! Tu as tué ma mère et, par conséquent, je meurs d'envie de t'aider.

Thomas ignore mon sarcasme une fois de plus. Il jette un coup d'œil à la première photo sur le mur.

— Vous connaissez cette personne ?

Je secoue la tête.

— Jamais vue.

Il appuie sur un bouton de la télécommande et un nouveau visage apparaît.

— Et celui-ci.

— Pareil.

Troisième photo.

— Celui-ci ?

— Pareil.

Quatrième photo.

— Vous connaissez cette jeune fille ?

— Jamais vue de ma vie.

Des inconnus se succèdent sur le mur de la salle d'interrogatoire. Thomas accomplit sa tâche sans cligner des yeux. Un vrai robot à la solde du gouvernement. Je le regarde en regrettant de ne pouvoir me libérer de mes entraves. Je l'aurais réduit en bouillie avec le plus grand plaisir.

Les photos s'enchaînent. Thomas ne met pas une seule de mes réponses en doute. On dirait qu'il a hâte de quitter cette pièce et de s'éloigner de moi.

Soudain, je reconnais un visage. L'image est floue. Il s'agit d'une jeune fille avec des cheveux longs – elle les a coupés depuis. Elle ne s'est pas encore fait tatouer une plante grimpante entre l'oreille et la poitrine. Kaede fait donc partie des Patriotes.

Je reste impassible.

— Écoute, dis-je. Tu crois vraiment que si je reconnaissais quelqu'un je te le dirais ?

Thomas fait un effort pour se contrôler.

— Ce sera tout, monsieur Wing.

— Oh, arrête ! ce n'est pas tout. Je sens bien que tu meurs d'envie de me coller ton poing dans la figure. Pourquoi se gêner ? Je te mets au défi de le faire !

Une lueur de colère embrase ses yeux, mais il ne cède pas à la provocation.

— J'ai reçu l'ordre de vous interroger, dit-il d'une voix tendue. J'ai rempli ma tâche et je n'ai plus rien à faire ici.

— Pourquoi ? Tu as peur de moi ou de quelque chose d'autre ? Ton courage se limite à tuer des mères de famille ?

Thomas plisse les yeux, puis hausse les épaules.

— Une racaille de moins à surveiller dans les bidonvilles.

Je serre les poings et je lui crache à la figure.

Son calme vole en éclats. Il me frappe à la mâchoire de toutes ses forces et ma tête est projetée sur le côté. Une nuée de points lumineux envahit mon champ de vision.

— Tu te prends pour une vedette, hein ? dit Thomas. Parce que tu as monté quelques coups minables et joué les Robin des bois avec les racailles des rues ? Laisse-moi rire. Je vais te confier un secret : moi aussi je viens d'un quartier pauvre, mais j'ai respecté les règles. J'ai travaillé pour gravir les échelons, j'ai gagné le respect de mon pays à la sueur de mon front. Vous autres, vous restez le cul par terre et vous ne faites que vous plaindre en répétant que l'État est le seul responsable de vos échecs. Vous n'êtes qu'un ramassis de sales minables, de la racaille.

Il me frappe de nouveau et ma tête part en arrière. Je sens le goût du sang dans ma bouche. Mon corps tremble sous le coup de la douleur. Thomas me saisit au col et me tire vers lui. Mes entraves cliquettent.

— Mlle Iparis m'a raconté ce que tu lui as fait dans la rue. Comment as-tu osé abuser d'une personne de son rang ?

Ah ! je comprends mieux son animosité envers moi. Il est au courant de notre baiser. Je grimace un sourire malgré la douleur.

— Aaaah ! c'est donc ça qui te titille ? J'ai remarqué la manière dont tu la regardes. Tu es salement accro, pas vrai ? Est-ce que c'est encore un truc que tu essaies de gagner à la sueur de ton front, sale facho ? Je suis désolé de gâcher ton beau rêve, mais je n'ai jamais abusé de qui que ce soit.

Une rage intense se peint sur le visage de Thomas.

— Elle attend votre exécution avec impatience, monsieur Wing. Je peux vous l'assurer.

J'éclate de rire.

— Mauvais perdant, hein ? Je vais te dire quelque chose qui te fera plaisir. Je vais te raconter comment c'était. C'est toujours mieux que rien, non ?

Thomas me saisit au cou. Ses mains tremblent.

— À ta place, je ferai attention à ce que je dis, mon garçon, crache-t-il. As-tu oublié que tu as deux frères qui moisissent dans les prisons de la République ? Tu as peut-être envie qu'ils rejoignent ta mère à la morgue ?

Il me donne un nouveau coup de poing et son genou s'enfonce dans mon ventre. Je hoquette, le souffle coupé. J'invoque l'image de John et d'Eden pour rester maître de moi et supporter la douleur. *Sois fort. Ne le laisse pas saper ton moral.*

Il me frappe encore deux fois. L'effort a accéléré sa respiration. Il baisse les bras et pousse un long soupir.

— Ce sera tout, monsieur Wing, dit-il à voix basse. Nous nous reverrons le jour de votre exécution.

J'ai si mal que je ne peux pas parler. J'essaie de garder les yeux rivés sur lui. Il affiche une curieuse expression, comme s'il était en colère ou qu'il regrettait d'avoir dévoilé ses véritables sentiments.

Il me tourne le dos et sort sans un mot.

June

Cette nuit, Thomas passe une demi-heure devant la porte de mon appartement en s'excusant de dix manières différentes. Il est désolé. Il ne voulait pas me faire de mal. Il ne voulait pas que je désobéisse aux ordres du commandant Jameson. Il ne voulait pas que j'aie des ennuis. Il essayait de me protéger.

Assise sur le canapé en compagnie d'Ollie, je regarde dans le vide. Je ne parviens pas à oublier le vacarme de la fusillade. Thomas a toujours été un modèle d'obéissance.

Aujourd'hui encore, il est resté fidèle à lui-même. Il n'a pas hésité, pas un seul instant, à exécuter l'ordre du commandant. Il a supervisé le massacre comme s'il s'agissait d'une rafle sanitaire de routine ou de la surveillance nocturne d'un aérodrome. Quel est le pire ? Le fait qu'il ait obéi sans se poser de question ou celui qu'il ne comprenne pas que c'est ce que je lui reproche ?

— June, est-ce que tu m'écoutes ?

Je m'efforce de l'ignorer en caressant Ollie derrière les oreilles. Les journaux intimes de Metias sont encore étalés sur la table basse avec les albums photo de nos parents.

— Tu perds ton temps, lancé-je.

— S'il te plaît. Laisse-moi entrer. Je veux te voir.

— Je te verrai demain.

— Je ne serai pas long. Je te le promets. Je suis vraiment désolé.

— Thomas, je te verrai demain.

— June...

Je hausse la voix.

— J'ai dit demain !

Il ne répond pas.

J'attends une minute en caressant Ollie, puis je me lève et je vais regarder à travers le judas. Le palier est désert.

Quand je suis certaine qu'il est parti, je vais m'allonger pendant une heure. Les événements des derniers jours tournent dans ma tête... L'apparition de Day sur le toit de sa maison, ses accusations ridicules, Thomas... Le Thomas qui a obéi aux ordres du commandant Jameson sans une seconde d'hésitation n'est pas le Thomas qui s'inquiétait pour moi lorsque j'étais en mission dans le secteur de Lake. Thomas a toujours été maladroit, mais

poli – surtout avec moi. Mais est-ce lui qui a changé ?
Quand j'ai espionné Day et sa famille, quand Thomas
a abattu cette pauvre femme, quand j'ai vu la foule se
faire massacrer… Chaque fois, mes sentiments étaient
partagés. Chaque fois, je me demandais à quel bord
j'appartenais. Pourtant, je suis restée spectatrice. Cette
passivité ne me rend-elle pas aussi coupable que Thomas ? Avons-nous raison d'obéir aux ordres ? Est-ce
que le combat de la République est toujours juste ?

Quant aux affirmations de Day… la colère m'envahit
rien que d'y penser. Mon père a travaillé derrière les
doubles portes dont il a parlé et Metias a participé
à l'organisation de l'Examen sous les ordres de Xian.
Pourquoi empoisonnerions-nous et tuerions-nous nos
concitoyens ?

Je lâche un soupir et j'attrape un des carnets de
Metias sur la table basse.

Celui-ci évoque une semaine épuisante consacrée
à nettoyer les dégâts de l'ouragan Elijah lors de son
passage à Los Angeles. Un autre raconte ses premiers
jours sous les ordres du commandant Jameson. Dans
un troisième, je ne trouve qu'un long paragraphe dans
lequel mon frère se plaint d'avoir travaillé deux nuits
d'affilée. Je souris. Je me rappelle une réflexion de
Metias lorsqu'il était rentré au petit matin : « *Je tiens à
peine debout. Comment veut-elle que nous surveillions
quoi que ce soit après une nuit blanche ? Aujourd'hui,
j'étais tellement à côté de la plaque que le chancelier des
Colonies aurait pu entrer dans Batalla Hall sans que je
le remarque.* »

Une larme coule sur ma joue et je me dépêche de l'essuyer. À côté de moi, Ollie laisse échapper un gémissement. Je tends la main et j'enfonce les doigts dans l'épaisse fourrure blanche de son cou. Il pose la tête sur mes cuisses en poussant un soupir.

Metias avait l'habitude de se tracasser pour des choses sans importance.

Mes paupières sont de plus en plus lourdes, mais je poursuis ma lecture. Les mots se mélangent et deviennent incompréhensibles. Je pose le carnet et je m'endors.

Je rêve de Day. *Il me tient la main et mon cœur martèle ma poitrine. Ses yeux sont remplis de douleur. Ses cheveux tombent sur ses épaules en une cascade soyeuse. Une mèche est rouge de sang.*

— Je n'ai pas tué ton frère, dit-il en m'attirant contre lui. Je te le jure. J'en aurais été incapable.

Je me réveille et je reste immobile pendant quelques instants tandis que les paroles de Day résonnent encore dans ma tête. Mes yeux se posent sur l'ordinateur. Que s'est-il passé au cours de cette nuit tragique ? Si Day a touché Metias à l'épaule, comment se fait-il qu'on ait trouvé mon frère avec un couteau dans la poitrine ? À cette pensée, mon cœur se serre. Je tourne la tête vers Ollie.

— Qui avait intérêt à faire du mal à Metias ? lui demandé-je. (Le chien me regarde avec tristesse.) Et pourquoi ?

J'attends plusieurs minutes avant de me lever. Je m'approche du bureau et j'allume l'ordinateur.

Je passe en revue le rapport d'enquête sur l'attaque du Central Hospital. Il comporte cinq pages, dont une de photos. Je commence par celle-ci. J'examine les clichés avec attention. Le commandant Jameson ne m'avait laissée que quelques minutes pour observer le corps de mon frère et la tristesse m'avait empêchée d'utiliser ce temps à bon escient. Mais comment aurais-je pu me concentrer ? Je n'ai pas douté un seul instant de l'identité de l'assassin et je n'ai pas examiné les photos avec toute l'attention voulue.

Je regarde les clichés en plein écran et je sens le vertige monter en moi. Le visage froid et figé de Metias est tourné vers le ciel. Ses cheveux forment un cercle sous sa tête. Sa chemise est maculée de sang. J'inspire un grand coup et je ferme les yeux en me répétant que je dois me concentrer. Je n'ai pas eu trop de mal à lire le rapport, mais je n'ai pas eu la force d'étudier les photos. Aujourd'hui, je n'ai plus le choix. J'ouvre les paupières et je me concentre sur le corps sans vie de mon frère. Je regrette de ne pas avoir examiné les blessures quand j'en avais la possibilité.

Je vérifie que le couteau est planté dans la poitrine. Je remarque de petites taches de sang sur le manche. Je ne peux pas voir la lame. J'observe l'épaule de mon frère.

L'uniforme est ensanglanté à cet endroit et il est impossible qu'il s'agisse de projections. Selon toute probabilité, Metias a été touché deux fois. J'agrandis la photo un peu plus. Inutile, l'image devient trop floue. Impossible de voir si l'uniforme présente une déchirure à hauteur de l'épaule.

Je passe au cliché suivant.

Je remarque alors quelque chose de curieux. Toutes les photos ont été prises sous le même angle. Il est impossible d'examiner l'épaule de mon frère et même l'arme du crime. Je fronce les sourcils. Du travail d'amateur. Pourquoi n'y a-t-il pas de gros plans de la blessure ? Je parcours le rapport à la recherche de pages qui m'auraient échappé. Je n'en trouve pas. Je contemple les photos et j'essaie de comprendre.

Certains clichés ont-ils été classés secret-défense ? Le commandant Jameson a-t-elle retiré les images les plus dures afin de m'épargner ? Je secoue la tête. Cette dernière hypothèse est ridicule. Si elle avait voulu me ménager, elle aurait envoyé le rapport sans aucune photo. Je contemple l'écran et j'ose envisager l'inimaginable.

Et si le commandant Jameson me cachait quelque chose ?

Non. Non. Je me laisse aller contre le dossier du fauteuil et j'examine les clichés une fois de plus. Pourquoi le commandant voudrait-elle me cacher les détails du meurtre de mon frère ? Elle aime ses hommes. L'assassinat de Metias l'a scandalisée. C'est elle qui a organisé ses funérailles. C'est elle qui avait insisté pour qu'il soit incorporé dans sa brigade. C'est elle qui avait veillé à ce qu'il soit promu capitaine.

Pourtant, il est impossible qu'un photographe de scène de crime, même pressé, bâcle son travail à ce point.

J'envisage le problème sous des angles différents, mais je parviens toujours à la même conclusion. Le rapport est incomplet. Quelque chose m'échappe. Frustrée, je me passe la main dans les cheveux.

J'examine le couteau sur une photo. L'image a du grain, mais un détail réveille un vieux souvenir. Je sens mon estomac se contracter. Sur le manche du couteau, le sang est presque noir, mais il y a des marques plus sombres encore. Je songe d'abord à un motif de décoration, mais certaines recouvrent les taches de sang. Elles sont épaisses et granitées. J'essaie de me rappeler ce que j'ai vu sur la scène de crime.

Ces marques ressemblent à des traces de graisse de fusil, comme celles qui maculaient le front de Thomas la nuit du meurtre.

Day

June vient me rendre visite au cours de la matinée. Pendant une fraction de seconde, elle est horrifiée en me découvrant avachi contre le mur de ma cellule. J'incline la tête vers elle. Elle marque un moment d'hésitation, puis elle se ressaisit.

— J'ai l'impression que tu as agacé quelqu'un, dit-elle. (Elle claque des doigts à l'attention des soldats.) Sortez tous. Je veux une conversation privée avec le prisonnier. (Elle hoche la tête en direction des caméras de sécurité disposées aux quatre coins du plafond.) Et coupez-moi ça.

Le soldat le plus gradé la salue.

— Bien, madame.

Tandis que des hommes s'empressent d'éteindre les appareils de surveillance, June tire deux couteaux accrochés à sa ceinture. *Apparemment, je l'ai agacée, elle aussi.* Je me demande comment. Un rire saccadé monte de ma gorge et se transforme en quinte de toux. Bien, je suppose que nous allons clarifier la situation.

Les soldats sortent de la cellule et la porte se ferme derrière eux. June approche et s'accroupit près de moi. Je serre les dents et je me prépare à la morsure des lames.

— Day.

Elle range ses couteaux dans leurs fourreaux et elle tire sa gourde. Je suppose qu'il s'agissait d'une mise en scène pour tromper les soldats. Elle m'asperge le visage d'eau fraîche. Je tressaille, mais j'ouvre la bouche pour avaler le précieux liquide. Je n'ai jamais rien bu d'aussi bon.

June finit de vider sa gourde dans ma gorge avant de la poser.

— Tu as une sale tête. (Son expression trahit l'inquiétude, l'inquiétude et quelque chose que je ne parviens pas à identifier.) Qui t'a fait ça ?

— C'est gentil de demander. (Je n'arrive pas à croire que cela l'intéresse.) Tu contemples l'œuvre de ton ami capitaine.

— Thomas ?

— Oui. Il n'a pas été très heureux d'apprendre que je t'ai embrassée alors qu'il n'a pas eu ce privilège. Il m'a posé des questions à propos des Patriotes. Il semblerait que Kaede en fasse partie. Le monde est petit, tu ne trouves pas ?

Un éclair de colère traverse le visage de June.

— Il ne m'a pas parlé de cet interrogatoire. La nuit dernière, il… Enfin bref ! Je rapporterai les faits au commandant Jameson.

— Merci. (Je cligne des yeux pour chasser l'eau qui y dégouline.) Je me demandais si tu viendrais. (J'ai un moment d'hésitation.) Est-ce que tu as appris quelque chose à propos de Tess ? Est-ce qu'elle est vivante ?

June baisse le regard.

— Désolée. Je n'ai aucun moyen de savoir où elle se trouve. Elle devrait être en sécurité tant qu'elle ne se fait pas remarquer. Je ne l'ai pas mentionnée dans mes rapports et elle n'est pas sur la liste des personnes arrêtées, ni sur celle des morts.

L'incertitude me ronge, mais je suis quand même soulagé.

— Et mes frères ?

Les lèvres de June se serrent.

— Je n'ai pas d'informations sur Eden, mais je suis certaine qu'il est en vie. John va plutôt bien compte tenu de sa situation. (Elle lève la tête vers moi et je m'aperçois que ses yeux sont remplis de tristesse et de confusion.) Je suis désolée que tu aies eu affaire à Thomas, hier.

— Merci, dis-je dans un murmure. Y a-t-il une raison particulière à cette gentillesse inhabituelle ?

Cette question n'était qu'une boutade, mais June la prend au premier degré. Elle me regarde dans les yeux et s'assied devant moi, jambes croisées. Elle n'est pas comme hier. Elle semble morose, triste et perdue. Je ne l'ai jamais vue afficher une telle expression, même dans les rues de Lake.

— Ta conscience te tiraille ?

June reste silencieuse et contemple le sol pendant un long moment. Puis elle lève les yeux vers moi. *Elle cherche quelque chose. Une raison de me faire confiance ?*

— J'ai étudié le rapport sur l'assassinat de mon frère hier.

Sa voix n'est qu'un murmure et je dois me pencher vers elle pour l'entendre.

— Et ?

Ses yeux fouillent les miens. Elle hésite de nouveau.

— Day, est-ce que tu peux me jurer sur tout ce qui t'est cher... que tu n'as pas tué mon frère ?

Elle a dû découvrir un indice. Elle veut savoir ce qui s'est passé. Les souvenirs de cette nuit fatidique me traversent l'esprit : mon déguisement ; le jeune capitaine qui m'observe tandis que j'entre dans l'hôpital ; le médecin que je prends en otage ; les balles qui ricochent sur les réfrigérateurs ; ma chute interminable ; mon face-à-face avec Metias ; le couteau que je lance. J'ai vu la lame s'enfoncer dans son épaule, à bonne distance de sa poitrine. Je n'ai pas pu le tuer. Je soutiens le regard de June.

— Je n'ai pas tué ton frère. (Je tends la main vers la sienne et je grimace tandis qu'une vague de douleur remonte le long de mon bras.) Je ne sais pas qui l'a fait Je suis désolé de l'avoir blessé, mais je n'avais pas le choix. Ma vie était en jeu. Je regrette de ne pas avoir eu le temps de chercher une autre solution.

June hoche la tête en silence. Elle est si triste que je voudrais la serrer contre moi. *Elle a besoin que quelqu'un la prenne dans ses bras.*

— Il me manque terriblement, souffle-t-elle. Je pensais que nous ne nous quitterions jamais, que je pourrais toujours compter sur lui. Il était ma seule famille et, aujourd'hui, il n'est plus là. Je voudrais tant savoir ce qui s'est passé.

Elle secoue la tête avec lenteur, abattue, et elle croise mon regard. La tristesse la pare d'une beauté extraordinaire, comme un manteau de neige sur des terres stériles.

— Mais je ne sais pas ce qui s'est passé. C'est une véritable torture, Day. Je ne sais pas pourquoi il est mort. Pourquoi quelqu'un aurait-il voulu le tuer ?

J'ai pensé la même chose lorsque maman a été abattue. Je sens ma poitrine se comprimer. J'ignorais que June était orpheline – j'aurais dû m'en douter à la manière dont elle se comporte. Ce n'est pas elle qui a tué ma mère. Ce n'est pas elle qui a contaminé ma famille. Elle a perdu son frère et quelqu'un l'a convaincue que j'étais l'assassin. La douleur l'a poussée à me traquer pour que justice soit faite. Aurais-je agi différemment à sa place ?

Elle pleure. Je lui offre un petit sourire, puis je me redresse et je tends les mains vers son visage. Mes menottes cliquettent. J'essuie ses larmes. Nous ne prononçons pas un mot. C'est inutile. Elle réfléchit : si j'ai raison à propos de son frère, est-ce que j'ai raison à propos du reste ?

Au bout d'un certain temps, elle me prend la main et la presse contre sa joue. Au contact de sa peau, des ondes de chaleur remontent le long de mon corps. Elle est si jolie. Je meurs d'envie de l'attirer contre moi et de presser mes lèvres contre les siennes pour chasser la douleur de ses yeux. Je voudrais remonter le temps et revenir dans la ruelle où nous nous sommes embrassés, ne serait-ce que pour une fraction de seconde.

Je suis le premier à briser le silence.

— Il est possible que nous ayons le même ennemi. Quelqu'un t'a montée contre moi.

June inspire un grand coup.

— Je ne sais pas, dit-elle. (Mais, au ton de sa voix, je devine qu'elle partage mon avis.) Nous ne devrions pas dire de telles choses. C'est dangereux. (Elle détourne les yeux, plonge la main sous sa cape et en tire quelque chose que je croyais avoir perdu à l'hôpital.) Tiens. Je voulais te rendre ça. Je n'en ai plus besoin.

Si je n'étais pas attaché, je le lui arracherais. Mon pendentif repose au creux de sa paume. Ses renflements sont éraflés et sales, mais il est à peu près intact.

— C'est donc toi qui l'avais, dis-je dans un souffle. Tu l'as trouvé à l'hôpital cette fameuse nuit, n'est-ce pas ? C'est grâce à lui que tu m'as identifié après notre rencontre. Je devais fouiller mes poches machinalement.

June hoche la tête. Elle prend ma main et fait glisser le bijou dans ma paume. Je le regarde d'un air émerveillé.

Mon père. Je ne peux pas m'empêcher de penser à son absence maintenant que j'ai retrouvé le pendentif.

Je me rappelle le jour où il est rentré alors que nous n'avions pas de nouvelles depuis six mois. Nous avions tiré les rideaux et il avait pris ma mère dans ses bras avant de l'embrasser pendant un long moment, une main protectrice posée sur son ventre gonflé. J'étais jeune et je m'accrochais à sa jambe. John, lui, attendait d'un air nonchalant pour lui souhaiter la bienvenue.

— Comment allez-vous, les garçons ? avait demandé notre père quand il avait enfin lâché sa femme.

Il m'avait tapoté la joue et souri à John. Celui-ci avait souri à son tour, de toutes ses dents. Ses cheveux étaient désormais assez longs pour qu'il les attache en queue-de-cheval. Il lui avait montré un certificat.

— Regarde, papa ! J'ai réussi l'Examen.

— Vraiment !

Mon père lui avait assené une claque dans le dos avant de lui serrer la main comme à un homme. Je me souviens de la lueur de soulagement dans ses yeux, des tremblements de joie dans sa voix. Nous avions tous eu peur que John échoue à l'Examen, car il avait de sérieuses difficultés en lecture.

— Je suis fier de toi, Johnny. C'est du bon boulot.

Il s'était tourné vers moi et j'avais observé son visage. Officiellement, papa était chargé de nettoyer après le passage des soldats de la République, mais certains indices me laissaient penser que son travail ne s'arrêtait pas là. Les histoires qu'il racontait à propos des Colonies, par exemple. Il décrivait leurs cités éclatantes, leur technologie de premier plan et leurs joyeuses périodes de vacances. J'avais envie de lui demander pourquoi il ne rentrait pas à la maison lorsqu'il était en permission, pourquoi il ne nous rendait jamais visite.

Mais il y avait quelque chose de plus important.

— Il y a quelque chose dans ta poche, avais-je dit.

J'avais remarqué une forme arrondie sous le tissu.

Papa avait gloussé avant de prendre le mystérieux objet.

— En effet, Daniel. (Il avait jeté un coup d'œil à notre mère.) Il est vif, cet enfant.

Maman m'avait souri.

Mon père avait marqué un instant d'hésitation, puis il nous avait rassemblés dans la chambre.

— Grace, avait-il dit. Regarde ce que j'ai trouvé.

Maman avait examiné l'objet avec attention.

— Qu'est-ce que c'est ?

— Une nouvelle preuve.

Mon père ne voulait la montrer qu'à ma mère, mais je l'avais aperçue dans ses mains. Il s'agissait d'un petit disque. Sur la première face, il y avait un oiseau avec « LIBERTÉ » et « 1990 » gravés dans le métal, sur la seconde, une tête de profil et les mots suivants : « ÉTATS-UNIS D'AMÉRIQUE », « EN DIEU NOUS CROYONS », « VINGT-CINQ CENTS ».

— Tu vois ? Une autre preuve.

Il avait pressé le disque métallique dans la main de sa femme.

— Où est-ce que tu as trouvé ça ?

— Dans les zones marécageuses méridionales, entre les deux lignes de front. C'est une pièce de 1990. Tu vois ces mots ? « ÉTATS-UNIS » ? Ce n'est pas une légende.

Les yeux de ma mère brillaient d'excitation, mais elle avait regardé mon père d'un air sévère.

— Cette chose risque de nous attirer des ennuis, avait-elle murmuré. Je ne veux pas que tu la gardes à la maison.

Mon père avait hoché la tête.

— Mais il est hors de question de la détruire. Il faut la conserver. C'est peut-être la dernière pièce de ce type au monde. (Il avait fermé les doigts de ma mère sur le disque argenté.) Je vais la couler dans du métal.

— Qu'est-ce que nous en ferons après ?

— Nous la cacherons. (Mon père s'était tu et il nous avait regardés, John et moi.) Le meilleur endroit, c'est à la vue de tout le monde. Tu n'auras qu'à en faire un pendentif, par exemple. Tu le donneras à un de nos fils. Si les soldats la trouvaient sous le plancher pendant un raid, ils devineraient tout de suite qu'il s'agit de quelque chose d'important.

Je n'avais rien dit. J'étais jeune, mais je comprenais les inquiétudes de mon père. Notre maison avait déjà été fouillée à plusieurs reprises au cours d'inspections de routine, comme toutes celles du quartier. Si papa essayait de cacher cet objet, les soldats le trouveraient tôt ou tard.

Notre père était parti de bonne heure le lendemain matin, avant le lever du soleil. Nous ignorions que nous ne le reverrions qu'une seule fois.

Ces souvenirs traversent ma mémoire en un instant. Je lève les yeux vers June.

— Merci de l'avoir retrouvé. (Je me demande si elle perçoit la tristesse dans ma voix.) Et merci de me le rendre.

June

Je ne peux pas m'empêcher de songer à Day.

Au cours de l'après-midi, je m'allonge dans mon appartement pour me reposer un peu et je rêve de lui. Je rêve qu'il m'enlace et qu'il m'embrasse encore et encore. Ses mains remontent le long de mes bras, caressent mes cheveux et se posent sur mes hanches. Sa poitrine est pressée contre la mienne. Je sens son souffle contre mes joues, mon cou et mes oreilles. Ses longues mèches effleurent ma peau et je me noie dans ses yeux. Lorsque je me réveille et que je constate que je suis seule, j'ai du mal à respirer.

Ses paroles tournent dans ma tête jusqu'à ne plus faire sens. Quelqu'un aurait tué Metias. La République répandrait l'épidémie à dessein dans les secteurs défavorisés. Je songe à mon séjour dans les rues de Lake. Day n'a pas hésité à prendre des risques pour que je puisse me reposer. J'essuie une larme sur ma joue.

La colère que j'éprouvais contre lui a disparu. Si je découvre la preuve qu'il n'a pas tué Metias, je n'aurais plus de raison de le haïr. Avant le meurtre de mon frère, j'étais fascinée par sa légende et toutes les histoires qu'on racontait à son sujet. Aujourd'hui, je ressens cette fascination renaître. J'imagine son visage, si beau malgré la douleur, les tortures et le chagrin, ses yeux bleus si brillants et si sincères. J'ai honte de l'avouer, mais j'ai beaucoup apprécié notre brève conversation dans la cellule. Sa voix me fait oublier les pensées qui me hantent. Elle réveille mon désir, ma peur et parfois ma colère, mais elle ne me laisse jamais indifférente. Je n'ai jamais éprouvé de telles sensations.

19.12
Secteur de Tanagashi.
25 °C.

— On m'a dit que tu avais eu une conversation privée avec Day cet après-midi, me dit Thomas.

Nous sommes assis dans un café et nous grignotons un bol d'*edamame*. Nous avions l'habitude de manger dans cet établissement avec Metias. Thomas a voulu y aller, mais ce choix n'apaise pas mes interrogations. Je ne parviens pas à oublier la tache de graisse à fusil sur le manche du couteau qui a tué mon frère.

Thomas me met-il à l'épreuve ? A-t-il deviné mes soupçons ?

J'avale une bouchée de porc pour ne pas répondre à sa question. Je suis heureuse que nous soyons assis à bonne distance l'un de l'autre. Thomas n'a pas ménagé ses efforts pour me convaincre de lui « pardonner » et d'accepter son invitation à dîner. Je me demande pourquoi il fait tout cela. Pour me faire parler ? Dans l'espoir de me voir dire quelque chose que j'avais l'intention de garder pour moi ? Et, si j'avais refusé, serait-il allé en informer le commandant Jameson ? Il ne faut pas grand-chose pour devenir l'objet d'une enquête. Cette soirée est-elle un piège ?

D'un autre côté, il fait tout son possible pour se réconcilier avec moi.

Dans le doute, je décide de me montrer prudente.

Thomas me regarde manger.

— Qu'est-ce que tu lui as dit ?

Je sens la jalousie dans sa voix. Je réponds avec froideur.

— Ne t'occupe pas de ça, Thomas. (Je tends la main et j'effleure son bras pour le distraire.) Si un garçon avait tué quelqu'un que tu aimais, est-ce que tu ne chercherais pas à comprendre pourquoi ? Je pensais que Day parlerait plus facilement si nous étions seuls. Je me suis trompée. Je serai soulagée quand il sera mort.

Thomas se détend un peu, mais il ne me quitte pas des yeux.

— Tu ferais mieux de ne plus le voir, dit-il après un long silence. Ces visites ne te font aucun bien. Je peux demander au commandant Jameson de choisir quelqu'un d'autre pour lui apporter ses rations d'eau. Je n'aime pas l'idée de te savoir en contact avec l'assassin de Metias.

Je hoche la tête et avale une bouchée. Je ferais bien de dire quelque chose, mais… et si je dînais en compagnie du meurtrier de mon frère ? *Fais preuve de logique. De logique et de prudence.* Du coin de l'œil, j'observe les mains de Thomas. Est-ce que ce sont celles qui ont poignardé Metias en plein cœur ?

— Tu as peut-être raison, dis-je sans un instant d'hésitation. (Je prends un air reconnaissant et pensif.) Je n'ai pas réussi à lui arracher la moindre information intéressante. De toute façon, il sera bientôt mort.

Thomas hausse les épaules.

— Je suis content que tu partages mon avis. (Il tire cinquante unités de son portefeuille et les pose sur la table alors que le serveur approche.) Day n'est qu'un criminel en attente de son châtiment. Une jeune fille de ton rang ne devrait pas se soucier de ce qu'il peut dire.

J'avale une nouvelle bouchée de porc avant de réagir.

— Je ne m'en soucie pas. Je lui parle comme je parle à un chien.

Mais, au fond de moi, je pense tout autre chose.

Si Day ne ment pas, je suis très intéressée par ce qu'il peut dire.

Il est tard – bien après minuit. Thomas m'a raccompagnée chez moi depuis des heures, mais je suis toujours devant mon ordinateur et j'étudie le rapport de police sur l'assassinat de mon frère. J'ai regardé les photos si souvent que je ne tourne plus la tête lorsque mes yeux se posent dessus, mais elles réveillent encore une vague nausée en moi. Chaque cliché a été pris selon un angle qui ne permet pas de distinguer la blessure avec précision. Plus je contemple les taches noires sur le manche du couteau, plus je suis convaincue qu'il s'agit de graisse à fusil.

Lorsque je n'en peux plus, je vais m'installer sur le canapé et je feuillette les carnets de Metias. Si mon frère avait des ennemis, il doit y faire référence quelque part. Cependant, il n'était pas idiot. Il est peu probable qu'il ait écrit quelque chose de compromettant. Je parcours des pages et des pages sans découvrir le moindre indice. Metias n'évoque que des événements sans importance. Il parle parfois de nous. J'ai du mal à lire ces passages.

Dans un carnet, il fait référence à sa cérémonie d'incorporation dans la brigade du commandant Jameson, le soir où j'étais malade. Il parle également de notre petite fête le jour où j'ai obtenu mille cinq cents points à l'Examen. Nous avions commandé de la glace et deux poulets entiers. Au cours de la soirée, j'ai même expérimenté le sandwich poulet-crème glacée – ce qui, je l'avoue, n'a pas été une franche réussite. J'entends les échos de nos éclats de rire, je sens la chaude odeur de la viande cuite et du pain.

Je presse les poings contre mes yeux fermés et j'inspire un grand coup.

— Qu'est-ce qui m'arrive ? demandé-je à Ollie, qui incline la tête à l'autre bout du canapé. Je suis devenue l'amie d'un criminel et je soupçonne des personnes que je connais depuis que je suis toute petite.

Ollie me regarde avec sa sagesse canine universelle, puis se roule en boule et se rendort. Je l'observe pendant un moment. Il y a encore quelques semaines, Metias s'endormait en serrant Ollie dans ses bras. Je me demande si le chien rêve à ces moments.

Je songe alors à un détail curieux. J'ouvre les paupières et j'examine la page que je lisais quelques instants plus tôt. Il y a quelque chose là, tout en bas… Je plisse les yeux.

Un mot mal orthographié.

Je fronce les sourcils.

— Étrange, dis-je à haute voix.

Réfrigérateur est écrit avec deux T. Je n'ai jamais vu Metias faire une faute d'orthographe. J'observe le mot avec attention, puis je secoue la tête, je note le numéro de la page et je continue ma lecture.

Dix minutes plus tard, je découvre une nouvelle faute : « hauteure » ou lieu de « hauteur ».

Deux fautes. Connaissant mon frère, il est impossible que ce soit un accident. Je regarde autour de moi comme si je craignais d'être surveillée par une caméra espion. Je me penche sur la table basse et je relis les carnets de Metias. Je note les mots mal orthographiés dans un coin de ma tête. Je ne veux pas les écrire sur un bout de papier. Quelqu'un pourrait le trouver.

Je repère une troisième faute : « réppéter » au lieu de « répéter ». Puis une quatrième : « cheuveux » au lieu de « cheveux ».

Mon cœur s'accélère.

Lorsque je termine la relecture du douzième carnet de Metias, j'ai découvert vingt-quatre mots mal orthographiés dans les notes des derniers mois.

Je me laisse aller contre le dossier du canapé et je ferme les yeux pour visualiser les mots. Ces fautes ne sont pas le fruit du hasard. Je suis sûre qu'il s'agit d'un message codé à mon attention. Qui d'autre aurait pris la peine de lire son journal intime ? C'est sans doute à propos de la chose importante dont il voulait me parler... Peu avant sa mort, il avait ressorti les affaires de nos parents, ce n'est certainement pas par hasard. J'essaie diverses combinaisons avec les mots, mais je ne parviens pas à former une phrase cohérente. Je cherche alors des anagrammes avec les lettres surnuméraires, sans plus de succès.

Je me frotte les tempes et je réfléchis. Et si le message de Metias était fondé sur les lettres manquantes dans les mots ou sur celles qui ne devraient pas s'y trouver ? Je refais une liste mentale en commençant par le second T de « réfrigératteur ».

« TPCWEIIOUOSCNWNOISPMMUROW ».

Je fronce les sourcils. Cela n'a aucun sens. Je manipule les lettres pour former différentes combinaisons. Quand j'étais petite, Metias jouait souvent à ce genre de jeux avec moi. Il lançait des dés marqués de lettres sur la table et il me demandait de composer autant de mots que possible. Ce soir, j'entame une nouvelle partie.

Au bout d'un certain temps, je forme un mot et j'ouvre les yeux.

« PUCERON. »

C'est le surnom que m'avait donné Metias. Je déglutis avec peine et je me force à rester calme. Je rassemble les lettres non utilisées.

« SUIS MOI PUCERON. »

Il me reste trois W et CIOTOPMN.

Le reste est évident.

« WWW SUIS MOI PUCERON POINT COM. »

Un site Web. Je vérifie que je n'ai pas commis d'erreur, puis je tourne la tête en direction de l'ordinateur.

Je m'installe au clavier et j'entre le code pirate de Metias afin d'accéder à Internet. J'active les protections et les pare-feu comme mon frère m'a appris à le faire – je dois me montrer prudente, car la Toile fourmille d'espions. Je désactive l'historique du navigateur et je tape l'URL avec des doigts tremblants.

Une ligne de texte apparaît au centre d'une page blanche.

« Laisse-moi te prendre la main et je te donnerai la mienne. »

Je comprends tout de suite le sens du message. Sans un instant d'hésitation, je presse la paume contre l'écran.

Dans un premier temps, rien ne se passe. Puis j'entends un cliquetis et j'aperçois une faible lueur entre mes doigts. La page blanche disparaît pour laisser place à une sorte de blog. J'ai la respiration coupée. Il y a six paragraphes. Je me penche en avant.

Ce que je lis me fait frissonner d'horreur.

« 12 juillet

Ce blog est destiné à June et à personne d'autre. June, tu peux l'effacer à tout instant en posant ta main contre l'écran et en appuyant sur les touches Ctrl + Shift + S + F. Je n'avais aucun endroit où poster ce message, alors je l'ai mis sur Internet. Pour toi.

Hier, tu as fêté tes quinze ans. Je regrette que tu ne sois pas plus âgée, car il m'est pénible de révéler mes découvertes à quelqu'un de si jeune. Quelqu'un qui ne devrait penser qu'à s'amuser.

Hier, j'ai trouvé une photo prise par notre père. Il s'agit du dernier cliché du dernier album de nos parents. Papa l'avait dissimulé derrière une photo plus grande. Tu sais combien j'aime me plonger dans ces albums et lire les annotations. Cela me donne l'impression qu'ils me parlent. Hier, j'ai remarqué que le dernier cliché était un peu trop épais et, en examinant la page de plus près, celui qui était caché derrière a glissé.

Papa a pris cette photo sur son lieu de travail, le laboratoire de Batalla Hall. Il ne nous a jamais dit ce qu'il y faisait, mais il a pris cette photo. Elle est floue et les couleurs sont saturées, mais on y distingue un jeune homme allongé sur un lit à roulettes. Il porte une chemise d'hôpital frappée du symbole rouge pour "danger biologique" et, selon toute apparence, il supplie qu'on l'épargne.

Sais-tu ce que papa a écrit au bas de cette photo ?

"6 avril. Je démissionne." »

Notre père avait décidé de démissionner la veille de l'accident de voiture où il a trouvé la mort avec maman.

« 15 septembre

Voilà des semaines que je m'efforce de trouver des indices, en vain. Qui aurait pu imaginer que la liste des civils décédés était si bien protégée ?

Mais je n'ai pas l'intention d'abandonner. Il y a quelque chose de louche derrière la mort de nos parents et je compte bien découvrir quoi.

17 novembre

Aujourd'hui, tu m'as dit que je semblais avoir la tête ailleurs. Si tu lis ces lignes, tu t'en souviendras sans doute. Et tu vas découvrir pourquoi.

Depuis mon précédent message, j'ai cherché des indices sans relâche. Au cours des derniers mois, j'ai fait des recherches sur Internet, j'ai interrogé les personnes qui travaillent dans le laboratoire de Batalla Hall et les anciens collègues de papa – sans éveiller les soupçons, bien sûr. Je crois que j'ai enfin découvert quelque chose.

Aujourd'hui, j'ai réussi à me connecter à la banque de données des décès civils de Los Angeles. Je n'ai pas souvenir d'avoir eu tant de difficulté à pirater un site. Au départ, je m'y suis mal pris. Il y avait une faille dans le système de sécurité des serveurs, mais je ne l'avais pas remarquée, car elle était enfouie sous tout un ensemble de… Enfin bref ! je suis parvenu à me connecter. À ma grande surprise, j'ai trouvé le rapport d'accident de papa et maman.

Sauf qu'il ne s'agissait pas d'un accident, June. Je n'aurai jamais le courage de te l'apprendre de vive voix, alors j'espère de tout cœur que tu liras ce blog un jour.

Le commandant Baccarin, un ancien étudiant de Xian – tu te souviens de Xian, non ? – a rédigé le rapport. Il y déclare que le docteur Michael Iparis a éveillé les soupçons de l'administration du laboratoire de Batalla Hall en posant des questions sur l'objectif final de ses recherches. Papa a toujours essayé de comprendre les mécanismes de l'épidémie. Il a probablement découvert quelque chose qui l'a tellement choqué qu'il a demandé une mutation à un autre poste. Tu t'en souviens, June ? C'était quelques semaines avant l'accident.

Le reste du rapport ne rentre pas dans les détails concernant l'épidémie, mais il m'a appris ce que je voulais savoir. June, les administrateurs du laboratoire de Batalla Hall ont ordonné au commandant Baccarin de surveiller notre père. Quand papa a demandé sa mutation, Baccarin a compris qu'il avait découvert le véritable but de ses recherches. Tu imagines bien que cela a causé un sacré remue-ménage. Le commandant Baccarin a alors reçu l'ordre de « régler le problème en douceur ». La conclusion du rapport précise que c'est chose faite et qu'il n'y a eu aucune perte militaire.

Elle a été rédigée le lendemain de l'accident.

Papa et maman ont été tués.

18 novembre
La faille du système de sécurité a été corrigée. Je vais devoir trouver un autre moyen de me connecter.

22 novembre

Il s'avère que la banque de données des décès civils contient plus d'informations sur l'épidémie que je m'y attendais. Cela n'a pourtant rien de très surprenant : la maladie tue des centaines de gens chaque année. J'ai toujours cru qu'il s'agissait de phénomènes spontanés. Je me trompais.

Puceron, tu dois apprendre la vérité. Je ne sais pas quand tu découvriras ce blog, mais je sais que tu le trouveras un jour ou l'autre. Surtout, respecte les consignes que je vais te donner. Quand tu auras fini de lire mes messages, ne viens pas me dire que tu en sais assez. Ne te lance pas dans une croisade suicidaire. C'est compris ? Pense à ta sécurité avant tout. Tu découvriras le moyen de changer les choses. Si quelqu'un peut le faire, c'est bien toi. Mais si l'armée s'aperçoit que tu fouilles au mauvais endroit, je devrais en supporter les conséquences. Je me tuerai si la République te fait disparaître à cause des informations que je t'ai données.

Je veux que tu te rebelles, mais sans quitter le système.

Tu seras bien plus efficace si tu restes à l'intérieur. Et, quand tu décideras de passer à l'action, n'oublie pas de t'assurer mes services.

Papa a découvert que la République déclenche les épidémies chaque année.

Tout commence à l'endroit le plus logique : les animaux qui fournissent la plus grande partie de la viande que nous consommons ne sont pas élevés sur les terrasses des immeubles. Tu étais au courant ? Pour ma part, j'aurais dû m'en douter. À des centaines de mètres de profondeur, la République a installé des milliers de sites destinés à l'élevage. Mais de nouveaux virus sont apparus dans ces centres souterrains et ils ont décimé le bétail. Un sacré problème, non ? Au début, on a pensé que c'était un mal nécessaire, puis le Congrès a songé à une application militaire contre les Colonies. Depuis, dès qu'un virus intéressant fait son apparition dans les centres d'élevage, des scientifiques le récupèrent et le modifient afin qu'il puisse contaminer des êtres humains. Ensuite ils fabriquent un vaccin et des médicaments pour soigner la maladie. La vaccination est obligatoire, sauf pour les malheureux qui résident dans les secteurs pauvres de la ville. Selon certaines rumeurs, une nouvelle souche serait développée à Lake, à Alta et à Winter.

Les scientifiques infectent les quartiers pauvres grâce à un réseau de conduits souterrains. Parfois, ils contaminent les réservoirs d'eau, parfois ils se contentent de cibler quelques maisons afin de mesurer la vitesse de propagation. Et une nouvelle épidémie voit le jour. Quand ils estiment qu'ils ont assez d'informations sur le virus, ils injectent le remède aux survivants – sans leur expliquer ce qui s'est passé, bien entendu – au cours d'un contrôle de routine. Et l'épidémie disparaît, jusqu'à l'apparition d'une nouvelle souche. Les scientifiques pratiquent également des expériences sur des enfants qui ont échoué à l'Examen. Les recalés ne sont pas envoyés dans des camps de travail, June.

Aucun d'entre eux.

Ils meurent.

Est-ce que tu comprends où je veux en venir ? L'État utilise les virus pour purger la population des plus faibles, un peu comme l'Examen permet d'éliminer les moins intelligents. Mais il ne s'arrête pas là. Il élabore également des virus destinés à être employés contre les Colonies. Voilà des années que la République se sert d'armes biologiques. Je me fiche de ce qui arrive et de ce qui arrivera dans les Colonies, mais comment peut-on faire de telles expériences sur nos concitoyens ? Papa a travaillé dans des laboratoires chargés de rassembler des informations sur les virus. Quand il a voulu changer de poste, on l'a tué. Lui et maman. On a dû penser qu'il allait tout raconter. Si on apprenait ce qui se passe, la ville serait secouée par de terribles émeutes et le Congrès n'a aucune envie que cela arrive.

Si personne ne réagit, la maladie nous tuera tous, June. Un jour, un virus échappera à tout contrôle. Il n'y aura ni vaccin, ni remède pour l'arrêter.

26 novembre
Thomas sait. Il sait que je soupçonne quelque chose. Il sait que je pense que nos parents ont été tués sur ordre du gouvernement.

Comment a-t-il découvert que je me suis infiltré dans la base de données des décès civils ? J'ai dû laisser des traces derrière moi. C'est sans doute pour cette raison que les informaticiens ont corrigé la faille. Je lui en avais parlé. Il y a quelques heures, il est venu me poser des questions à ce sujet.

Je lui ai dit que je n'avais pas encore surmonté la disparition de nos parents et que cela me rendait un peu paranoïaque. Je lui ai indiqué que je n'avais rien trouvé de particulier. Je lui ai affirmé que tu ignorais tout de mes recherches et que je ne voulais pas qu'il t'en parle. Il m'a assuré qu'il garderait le secret. Je pense que je peux lui faire confiance, mais je ne suis pas très à l'aise à l'idée qu'il soit au courant, même s'il ne soupçonne pas l'étendue de mes découvertes. Tu sais comment il est, parfois.

J'ai pris une grande décision : à la fin de la semaine, je dirai au commandant Jameson que je souhaite quitter sa brigade. Je prétexterai les horaires ingrats et la difficulté de passer un peu de temps avec toi – enfin, quelque chose dans ce genre. Je poursuivrai ce blog lorsque j'aurai obtenu une nouvelle affectation. »

Je suis les instructions de Metias et j'efface le site Web.

Je me roule en boule sur le canapé et je m'endors. Je suis réveillée par un appel de Thomas. J'appuie sur un bouton du téléphone et la voix de l'assassin de mon frère résonne dans le salon. Thomas, le soldat dévoué, prêt à obéir à tous les ordres du commandant Jameson, même s'ils consistent à tuer un ami. Le soldat qui a piégé Day pour en faire un bouc émissaire.

— June ? Est-ce que ça va ? Il est presque 10 heures et tu ne t'es toujours pas présentée à Batalla Hall. Le commandant Jameson se demande où tu es.

— Je ne me sens pas très bien, dis-je au prix d'un effort surhumain. Je vais dormir encore un peu.

— Oh ! (Un silence.) Quels sont tes symptômes ?

— Je n'ai rien de grave. Je suis un peu déshydratée et fiévreuse. Je crois que j'ai mangé quelque chose qui n'était pas frais au café, hier soir. Dis au commandant Jameson que je devrais me sentir mieux dans la soirée.

— D'accord. Je suis désolé que tu sois malade. J'espère que tu seras vite remise sur pied. (Nouveau silence.) Si tu ne vas pas mieux ce soir, je rédigerai un rapport et je demanderai aux services sanitaires d'envoyer une patrouille chez toi. Tu connais le protocole. Et si tu as besoin de moi, n'hésite pas à m'appeler.

Tu es la dernière personne que je souhaite voir.

— Je n'y manquerai pas, Thomas. Merci.

Je raccroche sur ces mots.

J'ai mal à la tête. Trop de souvenirs, trop de révélations. Pas étonnant que le commandant Jameson ait fait emporter le corps de Metias si vite. J'ai été idiote de croire que c'était par compassion. Je comprends pourquoi elle a organisé les funérailles. Même la mission d'essai, l'identification de Day, n'était qu'une manœuvre de diversion destinée à m'éloigner pendant qu'elle faisait disparaître les dernières preuves.

Je songe au jour où Metias a décidé de quitter la brigade de Xian chargée de la surveillance de l'Examen. Ce jour-là, il était silencieux et renfermé quand il était venu me chercher à l'école.

— Tu vas bien ? lui avais-je demandé.

Il n'avait pas répondu. Il s'était contenté de prendre ma main et de m'entraîner vers la gare.

— Viens, June, avait-il dit. Rentrons à la maison.

Mes yeux s'étaient posés sur ses gants et j'avais aperçu de petites taches de sang.

Le soir, Metias n'avait pas touché à son dîner et il ne m'avait pas demandé comment s'était passée ma journée. Son comportement m'avait irritée jusqu'à ce que je comprenne à quel point il était mal à l'aise. Avant d'aller me coucher, je l'avais rejoint sur le canapé et je m'étais blottie dans ses bras. Il avait déposé un baiser sur mon front.

— Je t'aime, avais-je murmuré dans l'espoir de le faire parler.

Il avait tourné la tête vers moi. Ses yeux étaient remplis de tristesse.

— June, avait-il dit. Je crois que je vais demander un autre mentor demain.

— Tu n'aimes pas Xian.

Metias était resté silencieux, puis il avait baissé la tête comme s'il avait honte.

— Aujourd'hui, j'ai abattu quelqu'un au stadium de l'Examen.

C'était donc cela qui le minait. J'avais attendu qu'il poursuive.

Metias avait passé une main dans ses cheveux.

— J'ai abattu une fillette. Elle avait échoué à l'Examen et elle essayait de s'échapper. Xian me hurlait de tirer… et je l'ai fait.

— Oh !

J'étais trop jeune pour comprendre que Metias m'identifiait avec sa malheureuse victime.

— Je suis désolée, avais-je murmuré.

Mon frère avait regardé dans le vague pendant un long moment.

— Il est rare qu'on tue pour de bonnes raisons, June. Les assassins agissent surtout dans leur propre intérêt. J'espère que tu ne feras jamais partie de cette catégorie.

Mes souvenirs s'enfuient, mais les échos des paroles de mon frère résonnent encore à mes oreilles.

Je reste sur le canapé pendant des heures. Dehors, les haut-parleurs diffusent le serment de la République et les passants le reprennent en chœur. Je ne prends pas la peine de me lever. Je ne salue pas en entendant le nom de l'Electeur Primo. Assis à côté de moi, Ollie m'observe en laissant parfois échapper un gémissement. Je tourne la tête vers lui. Je réfléchis. Je calcule. Je dois faire quelque chose. Je songe à Metias, à mes parents, à la mère de Day et à ses frères. D'une manière ou d'une autre, nous avons tous été victimes de l'épidémie. Eden a été contaminé. Mon père, ma mère et Metias sont morts parce qu'ils avaient découvert la vérité à son sujet. La maladie m'a volé les personnes qui m'étaient les plus chères. Et qui se cache derrière elle ? La République. Le pays dont j'étais si fière. Le pays qui fait des expériences fatales sur les enfants qui échouent à l'Examen. Les camps de travail… Nous avons tous été bernés. La République est-elle responsable de la mort de personnes officiellement victimes d'accidents

ou de maladie ? Y avait-il des parents de mes camarades d'université parmi eux ? Quels autres secrets nous
cache-t-on ?

Je me lève et je me dirige vers l'ordinateur. Je
prends le gobelet posé sur le bureau et je le regarde
fixement. Le spectacle de mes doigts déformés par
le verre et le liquide me fait sursauter. Il me rappelle les mains ensanglantées de Day, le corps brisé
de Metias. Ce gobelet est un cadeau. Il vient des
îles de la République en Amérique du Sud. Il est très
ancien et vaut deux mille cent cinquante unités. Cet
argent aurait pu sauver une victime de l'épidémie.
La République possède-t-elle seulement des îles en
Amérique du Sud ? Y a-t-il une once de vérité dans
tout ce qu'on m'a appris ?

Dans une bouffée de colère, je lève le gobelet et je
le jette contre le mur où il se brise en mille morceaux
étincelants. Je reste immobile, tremblante.

Si Metias et Day s'étaient rencontrés ailleurs que dans
les ruelles qui s'étendent derrière l'hôpital, se seraient-ils
alliés contre leur ennemi commun ?

Le soleil se déplace dans le ciel. Le matin cède la
place à l'après-midi. Je reste plantée au milieu du salon.

Le crépuscule baigne mon appartement dans une
lumière or orangé et je m'extrais enfin de ma transe.
Je ramasse les éclats de verre brillants puis j'enfile mon
uniforme d'apparat. Je vérifie que mes cheveux sont
coiffés en arrière de manière impeccable, que mon
visage est propre, calme et dépourvu de la moindre
émotion. Dans le miroir, je ne semble pas avoir changé

mais, au fond de moi, je suis une personne différente. Je suis un prodige qui a appris la vérité et je sais exactement ce que je vais faire.

Je vais aider Day à s'échapper.

Day

Ce soir, je vais essayer de m'échapper. Voilà mon plan.

Tandis que la nuit tombe sur le dernier jour de ma vie, j'entends des cris et des bruits de chaos monter des moniteurs disposés à proximité de ma cellule. Les patrouilles sanitaires ont bouclé les secteurs de Lake et d'Alta. Des fusillades éclatent à intervalles de plus en plus rapprochés. Je suppose que les habitants de ces quartiers affrontent désormais l'armée. Mais, dans cette bataille, un camp dispose de fusils. Devinez qui gagne.

Je songe à June et je secoue la tête. Je ne parviens pas à croire que je lui ai raconté ma vie. Je me demande ce qu'elle fait, à quoi elle pense. À moi ? Je voudrais la voir. Pour une raison étrange, je me sens toujours mieux en sa compagnie. J'ai l'impression qu'elle est en parfaite harmonie avec mes émotions et qu'elle m'aide à les canaliser. Et puis je suis toujours ravi de voir son ravissant visage.

Ce visage qui me redonne courage. J'ai eu du mal à tenir le coup sans le soutien de Tess, de John et de ma mère.

J'y pense toute la journée. Si je parviens à sortir de cette cellule et à mettre la main sur une arme et un uniforme, il me sera possible de m'enfuir de Batalla Hall. J'ai observé le bâtiment à de nombreuses reprises. Les murs extérieurs offrent plus de prises que ceux du Central Hospital. Si je peux ouvrir une fenêtre, je pourrai longer une saillie qui fait le tour de l'immeuble, même avec une blessure à la cuisse. Les soldats ne me suivront pas. Ils me tireront dessus depuis le sol ou depuis des hélicoptères. Il est peu probable qu'ils parviennent à me toucher : je me déplace très vite quand il y a assez de prises. Mes doigts seront douloureux, mais je le supporterai. Eden a sans doute quitté Batalla Hall, mais je me souviens des paroles de June le premier jour de ma détention : « *Le prisonnier de la cellule 6822.* » Elle faisait référence à John. Je dois le trouver et le libérer.

Mais, avant tout, je dois me débrouiller pour sortir de cette cellule.

Je regarde les soldats alignés contre le mur et de chaque côté de la porte. Ils sont quatre, vêtus d'uniformes classiques : bottes noires, chemise noire avec une rangée de boutons argentés, pantalon gris sombre, gilet pare-balles et brassard cendré. Chacun est armé d'un fusil de combat rapproché et d'un pistolet accroché à la ceinture. Je réfléchis à toute allure. Dans une pièce telle que celle-ci, avec des murs en acier sur lesquels les balles ricochent, les fusils ne doivent pas être chargés avec des munitions conventionnelles, mais avec des balles en caoutchouc destinées à assommer la cible. Ou bien avec des fléchettes tranquillisantes. Ces projectiles ne sont pas létaux, à moins qu'ils soient tirés de très près.

Je me racle la gorge. Les soldats se tournent vers moi. J'attends quelques secondes avant de lâcher un gargouillis étranglé et de me plier en deux. Je secoue la tête comme si je voulais m'éclaircir les idées, puis je me redresse et je m'adosse au mur en fermant les yeux.

Les soldats sont sur le qui-vive, mais ils ne prononcent pas un mot. L'un d'entre eux pointe son fusil vers moi.

Je continue mon petit numéro. Je fais semblant d'étouffer, je simule la nausée, puis une quinte de toux.

Les soldats échangent un regard. Pour la première fois, je remarque une lueur indécise dans leurs yeux.

— Qu'est-ce que tu as ? demande l'un d'eux d'un ton sec.

C'est celui qui pointe son arme vers moi.

Je ne réponds pas. Je fais semblant de contenir ma nausée.

Un homme se tourne vers celui qui pointe son fusil.

— Et si c'était l'épidémie ?

— N'importe quoi. Les médecins l'ont ausculté.

Le premier militaire secoue la tête.

— Il a été en contact avec ses frères. L'un d'eux est le jeune patient zéro, non ? Peut-être que les symptômes n'étaient pas encore visibles quand il est passé devant les médecins.

Patient zéro. J'en étais sûr. Je fais semblant de m'étouffer en tournant sur le côté de manière à convaincre les soldats que je ne cherche pas à attirer leur attention. J'ai un haut-le-cœur et je crache par terre.

Les militaires hésitent. Celui qui pointe son arme hoche la tête en direction de l'homme le plus proche de lui.

— Bon, moi, j'ai pas envie de rester enfermé ici si ce gamin est infecté par je ne sais quel virus mutant. Appelle une équipe biologique pour le transférer dans une cellule du secteur hospitalier.

Son camarade hoche la tête et frappe à la porte. J'entends quelqu'un la déverrouiller de l'extérieur. Un soldat ouvre, laisse sortir celui qui a toqué et referme aussitôt.

L'homme au fusil fait un pas vers moi.

— Vous autres, tenez-le en joue, dit-il par-dessus son épaule. (Je continue à tousser et à m'étrangler tandis qu'il approche en sortant une paire de menottes.) Debout !

Il m'attrape par un bras et tire sans ménagement. Je lâche un grognement de douleur.

L'homme tend la main et me libère une main des chaînes qui me retiennent au mur. Je ne réagis pas. Il libère la seconde et referme une menotte autour de mon poignet gauche.

À cet instant, je me dégage de sa prise. Je pivote, je m'empare du pistolet accroché à sa ceinture et je le mets en joue. Les deux autres soldats ont leurs armes pointées sur moi, mais ils ne tirent pas de crainte de toucher leur camarade.

— Demande à tes copains qui sont dehors d'ouvrir la porte, dis-je à mon otage.

Le soldat déglutit avec peine. Les deux autres n'osent même pas cligner des yeux.

— Ouvrez la porte ! lance mon prisonnier.

Quelqu'un s'agite dans le couloir, puis des cliquetis montent de la serrure. Mon otage grimace de colère.

— Tu n'y arriveras jamais, crache-t-il. Des dizaines d'hommes surveillent les couloirs et les halls. Tu ne réussiras jamais à t'échapper.

Je lui adresse un clin d'œil.

À l'instant où la porte s'entrouvre, je le saisis par la chemise et je le projette contre un mur. Un de ses camarades redresse son arme. Je me baisse et j'effectue un roulé-boulé. Des détonations éclatent. À en juger par le bruit des impacts, il s'agit de projectiles en caoutchouc. Je me relève et je fauche un soldat qui tombe sur le dos. Le balayage ne demande pas beaucoup de force, mais je grimace de douleur.

Maudite blessure !

Je me précipite vers la porte avant qu'on ait le temps de la refermer et je sors de la cellule.

Je jette un rapide coup d'œil à droite et à gauche. Il y a des soldats partout. Le plafond est couvert de dalles. Le couloir tourne à angle droit un peu plus loin. Sur le mur, un panneau indique : « Troisième étage ». L'homme qui m'a ouvert réagit : sa main se dirige vers la crosse de son arme comme dans un film au ralenti. Je bondis, prends appui sur le mur et attrape le haut de la porte. Ma blessure fausse mes calculs et je manque de m'affaler par terre. De nouvelles détonations éclatent. Je saute de nouveau et j'attrape le treillis métallique qui supporte les dalles. Cellule 6822. Sixième étage, donc. Avec ma jambe valide, je frappe un soldat à la tête. Il s'effondre et je tombe avec lui. Deux projectiles en caoutchouc le frappent à l'épaule. Il pousse un cri tandis que je me redresse et que je m'élance dans le couloir. Je slalome entre les militaires en évitant les mains qui se tendent vers moi.

Je dois trouver John. Si je parviens à le faire sortir, il m'aidera à libérer d'autres personnes. Je dois…

Quelque chose de lourd me frappe au visage et ma vue s'obscurcit. Je m'efforce de résister, mais je me vois tomber par terre. Je veux me relever, mais quelqu'un me frappe de nouveau. Une douleur aiguë me traverse le dos. Un coup de crosse, sans doute. Des mains saisissent mes bras et mes jambes. L'air de mes poumons s'échappe dans un hoquet.

Tout se déroule si vite que j'ai à peine le temps d'enregistrer les événements. Ma tête tourne. Je crois que je vais m'évanouir.

Une voix familière résonne au-dessus de moi. Celle du commandant Jameson.

— Qu'est-ce que c'est que ce foutoir ? crie-t-elle.

Elle s'adresse aux soldats. Ma vue s'éclaircit avec lenteur. Je remarque que je me débats toujours.

Une main me soulève le menton et je croise le regard du commandant Jameson.

— Une tentative d'évasion vouée à l'échec, dit-elle en tournant la tête vers Thomas, qui la salue. Thomas, ramenez-le dans sa cellule et faites-le surveiller par des hommes compétents pour une fois.

Elle me lâche, puis frotte ses mains gantées.

— Rassemblez les soldats qui le gardaient et faites-leur savoir qu'ils ne font plus partie de ma brigade.

— Bien, madame.

Thomas la salue de nouveau, puis il se tourne pour lancer une série d'ordres. Quelqu'un attrape les menottes qui pendent à mon poignet gauche et les referme sur mon poignet droit. Du coin de l'œil, j'aperçois un officier en uniforme noir à côté de Thomas. June. Mon cœur bondit dans ma poitrine. Elle me regarde en plissant les yeux. Dans ses mains, elle tient le fusil qui m'a frappé.

On me ramène dans ma cellule malgré mes coups de pied et mes cris. June est présente quand on m'enchaîne au mur. Quand les soldats reculent, elle se penche vers moi.

— Je te suggère de ne pas recommencer ce genre de plaisanterie, lâche-t-elle d'un ton sec.

Ses yeux brillent d'une fureur glacée. Près de la porte, le commandant Jameson sourit. Thomas affiche une expression impénétrable.

June se penche un peu plus vers moi et murmure à mon oreille.

— Tiens-toi tranquille. Tu ne pourras pas t'échapper tout seul. Tu auras besoin de mon aide.

Jamais je n'aurais imaginé entendre de telles paroles dans sa bouche. J'essaie de ne pas trahir les émotions qui m'envahissent, mais je sens mon cœur manquer un battement. *Son aide ? June a l'intention de m'aider ?* S'agit-il bien de la jeune fille qui m'a presque assommé d'un coup de crosse quelques minutes plus tôt ? Me tend-elle un piège ou est-elle sincère ?

June s'éloigne de moi dès qu'elle a prononcé son dernier mot. Je fais semblant d'être hors de moi, comme si elle m'avait insulté à voix basse. Le commandant Jameson lève la tête.

— Bien joué, agent Iparis. (June lui adresse un petit salut.) Suivez Thomas jusqu'à l'entrée. Je vous y retrouverai dans quelques minutes.

June et le capitaine sortent de la cellule. Je reste seul avec le commandant. De nouveaux soldats se tiennent près de la porte.

— Monsieur Wing, dit Jameson après un moment de silence. Je suis impressionnée par vos efforts de ce soir. Vous êtes aussi rapide et agile que l'affirme l'agent Iparis. Quel dommage qu'un criminel ait hérité de tels talents. Mais, après tout, la vie n'est pas très juste, n'est-ce pas ? Pauvre garçon, vous avez vraiment cru que vous arriveriez à vous évader d'un complexe militaire ? (Elle approche en souriant, s'accroupit et appuie un coude sur son genou.) Laissez-moi vous raconter une petite histoire. Il y a quelques années, nous avons capturé un jeune renégat à qui vous ressemblez beaucoup. Il était aussi téméraire, effronté, inutilement provocateur et gênant que vous. Lui aussi a essayé de s'évader juste avant son exécution. Savez-vous ce qui lui est arrivé, monsieur Wing ?

Elle tend le bras et pousse ma tête contre le mur.

— Le garçon est parvenu à atteindre l'escalier avant d'être arrêté. Le jour de son exécution, la cour m'a accordé la permission de le tuer moi-même plutôt que de le faire fusiller. Je crois qu'il aurait préféré un peloton…

Ses doigts se sont crispés sur mon front.

— Je vous promets que votre mort sera plus désagréable que la sienne, dis-je d'un ton sec.

Le commandant éclate de rire.

— Mauvais caractère jusqu'au bout, hein ? (Elle me lâche et me soulève le menton d'un doigt.) Vous m'amusez, charmant garçon.

Je plisse les yeux et, sans lui laisser le temps de réagir, je plante mes dents dans la chair de sa main. Elle pousse un hurlement tandis que je la mords aussi fort que possible. Le goût du sang se répand dans ma bouche. Le commandant me pousse violemment contre le mur et le choc me fait lâcher prise. Elle serre sa main blessée en sautant sur place. Je cligne des yeux pour ne pas perdre connaissance. Deux soldats se précipitent pour l'aider, mais elle les écarte d'un geste.

— J'attends le jour de votre exécution avec impatience, Day, gronde-t-elle. (Sa main gantée est couverte de sang.) Je vais compter les minutes.

Elle sort de la cellule comme un ouragan et la porte claque derrière elle.

Je ferme les yeux et j'enfouis la tête entre mes bras pour ne pas voir le visage des soldats. Du sang coule sur ma langue. Je frissonne en sentant son goût métallique. Je n'ai pas encore eu le courage de penser au jour de mon exécution. Que ressent-on face à une rangée de fusils quand on sait qu'il n'y a pas d'échappatoire ? Je me laisse emporter par mes pensées, puis je me concentre sur les paroles de June. « *Tu ne pourras pas t'échapper tout seul. Tu auras besoin de mon aide.* »

Elle a dû découvrir quelque chose, le véritable assassin de son frère ou certaines manigances de la République. Elle n'a aucune raison de me mener en bateau maintenant. Je n'ai rien à perdre et elle n'a rien à gagner. J'accepte l'évidence, peu à peu.

Un agent de la République va m'aider à m'échapper. Un agent de la République va m'aider à libérer mes frères.

Est-ce que je suis devenu fou ?

June

À l'université, j'ai appris que, la nuit, le meilleur moyen de se déplacer sans se faire remarquer était de passer par les toits. En hauteur, je suis presque invisible. Les gens ne s'intéressent qu'aux rues et, moi, j'ai une vue d'ensemble sur le chemin que je vais emprunter.

Ce soir, je me rends à la frontière de Lake et d'Alta, à l'endroit où j'ai affronté Kaede pendant le combat de skiz. Il faut que je trouve mon ancienne adversaire avant le lever du soleil. Demain matin, je suis convoquée à Batalla Hall pour analyser la tentative d'évasion de Day avec le commandant Jameson. Kaede sera ma meilleure alliée pour empêcher l'exécution de Day.

Un peu avant minuit, je m'habille tout en noir : chaussures de marche, mince blouson d'aviateur, pantalon moulant et petit sac à dos. Je n'emporte pas d'armes à feu – je ne veux pas qu'on repère ma présence dans les secteurs contaminés –, mais je glisse plusieurs poignards à ma ceinture.

Je grimpe au sommet de mon immeuble. Le vent m'enveloppe en sifflant et l'air est humide. Sur certaines terrasses, des animaux broutent encore malgré l'heure tardive. Je les observe et je me demande si la viande que je mange depuis des années vient vraiment d'élevages souterrains. De mon poste d'observation, je vois tout le centre-ville de Los Angeles, les secteurs périphériques et l'anneau de terre qui sépare le gigantesque lac de l'océan Pacifique. Il est facile de faire la différence entre les secteurs pauvres et les secteurs riches. Dans les premiers, on distingue les lueurs tremblotantes de lanternes, de feux de camp et de braseros entre les silhouettes imposantes des centrales à vapeur. Les seconds sont illuminés par des lampadaires, car il est rare qu'ils subissent des coupures d'électricité.

Grâce à un lance-grappin, je tends un mince câble entre deux bâtiments, puis je glisse de l'un à l'autre en silence. Lorsque j'arrive à bonne distance des secteurs de Batalla et de Ruby, ma progression se complique. Les bâtiments ne sont plus assez hauts et les toits sont en mauvais état – certains menacent de s'effondrer en cas de choc trop violent. Je choisis mes cibles avec précaution. Je suis parfois obligée de viser un étage inférieur et, une fois sur place, de remonter tant bien que mal jusqu'au sommet de l'immeuble. Lorsque j'arrive à la frontière du secteur de Lake, des gouttes de sueur coulent sur ma nuque et le long de mon dos.

La berge n'est qu'à quelques blocs de distance. J'observe le quartier et j'aperçois des bandes rouges qui délimitent certains pâtés de maisons. Des soldats en cape noire et avec des masques à gaz sont postés à chaque intersection. Des X ont été tracés sur des rangées entières de portes. Je vois une patrouille sanitaire passer d'une habitation à l'autre en faisant semblant d'accomplir leur mission habituelle. Je suis persuadée qu'elle distribue des remèdes, comme Metias l'a expliqué sur son blog. Dans quelques semaines, l'épidémie aura mystérieusement disparu. Je prends soin de ne pas regarder dans la direction de la maison de Day – à supposer qu'elle n'ait pas été rasée. J'ai peur de voir le corps de sa mère gisant dans la rue.

Il me faut dix minutes de plus pour atteindre l'endroit où j'ai rencontré Day pour la première fois. Dans ce quartier, les toits sont trop fragiles pour résister à l'impact du grappin. Je descends avec prudence. Je suis agile, mais pas autant que Day. Je poursuis mon chemin dans les ruelles sombres qui longent les berges. Je sens le sable humide crisser sous mes pieds.

J'avance avec précaution, en évitant les zones éclairées par les lampadaires, les patrouilles de police et le flot sans fin des passants. Un jour, Day m'a raconté qu'il avait rencontré Kaede dans un bar entre Alta et Winter. Je regarde autour de moi sans m'arrêter. Du haut des toits, j'ai repéré une dizaine d'établissements ressemblant à celui décrit par Day. Maintenant que je suis en bas, j'en compte neuf.

À plusieurs reprises, je m'arrête dans une ruelle pour réfléchir. Si on me surprenait ici et si on découvrait ce que je m'apprête à faire, on me tuerait sur-le-champ. À cette idée, je sens mon cœur battre plus vite.

Je me rappelle le blog de mon frère et des larmes me montent aux yeux. Je serre les dents. Il est trop tard pour reculer.

Je passe de bar en bar sans trouver Kaede. Tous ces débits de boissons se ressemblent : lanternes dispensant une lumière insuffisante, fumée, désordre et, parfois, un combat de skiz organisé dans un coin sombre. J'observe tous les combattants, mais j'ai retenu la leçon et je reste à bonne distance des zones d'affrontement. Je demande aux barmen s'ils connaissent une jeune femme avec un tatouage représentant une plante grimpante. Rien.

Une heure passe.

Enfin, je trouve Kaede. Ou plutôt, c'est elle qui me trouve.

Je sors d'une ruelle et je me dirige vers un bar lorsque je sens quelque chose frôler mon épaule en sifflant. Un couteau. Je bondis sur le côté et je lève les yeux. Une silhouette saute du premier étage et se jette sur moi. Une main me saisit au col et me plaque contre un mur dans un coin sombre. Instinctivement, je tire un poignard avant même d'identifier mon assaillant.

— Toi ! dis-je en la reconnaissant.

Ma jeune adversaire est furieuse. Les lampadaires éclairent son tatouage et l'épais maquillage noir qu'elle porte sous les yeux.

— Alors, dit Kaede, il paraît que tu me cherches ? Tu tiens tellement à me voir que tu écumes les bars d'Alta depuis plus d'une heure. Qu'est-ce que tu veux ? Une revanche ?

Je m'apprête à lui répondre quand j'aperçois quelque chose bouger derrière elle. Je me fige. Une troisième personne se cache dans l'obscurité.

Kaede tourne la tête pendant une fraction de seconde.

— N'approche pas, Tess, dit-elle d'une voix forte. Tu n'as pas envie de voir ce que je vais lui faire.

— Tess ?

Je scrute l'obscurité et je distingue une jeune fille petite et menue. Ses cheveux sont tirés en arrière et attachés en une vague queue-de-cheval. Ses grands yeux lumineux m'observent tandis qu'elle reste à l'abri derrière Kaede. Je retiens un sourire. Voilà une nouvelle qui fera plaisir à Day.

Tess fait un pas en avant. Elle semble en bonne santé malgré ses lourds cernes noirs. Son regard soupçonneux réveille un sentiment de honte en moi.

— Salut, dit-elle. Comment va Day ? Est-ce qu'il est OK ?

Je hoche la tête.

— Pour le moment. Je suis heureuse de voir que tu es OK, toi aussi. Qu'est-ce que tu fais ici ?

Elle esquisse un sourire timide, puis jette un coup d'œil inquiet en direction de Kaede. Celle-ci la foudroie du regard et me plaque un peu plus fort contre le mur.

— Et si tu répondais d'abord à mes questions ?

Tess a dû rejoindre les Patriotes. Je lâche mon couteau et je lève les mains, paumes ouvertes.

— Je suis venue négocier. (Je croise les yeux de Kaede sans sourciller.) J'ai besoin de toi, Kaede. J'ai besoin d'entrer en contact avec les Patriotes.

Cette déclaration la prend par surprise.

— Qu'est-ce qui te fait croire que j'en fais partie ?

— Je travaille pour la République. Tu serais étonnée d'apprendre tout ce que nous savons.

Kaede plisse les yeux.

— Tu n'as pas besoin de mon aide. Tu mens. Tu es un soldat et tu as livré Day à la République. Pourquoi est-ce que je devrais te faire confiance ?

Je passe une main dans mon dos, j'ouvre mon sac et j'en tire une liasse de billets. Kaede laisse échapper un petit hoquet.

— Je suis prête à te donner cet argent, dis-je en le lui tendant. Il y en aura d'autre, mais j'ai besoin que tu m'écoutes. Je n'ai pas beaucoup de temps.

Kaede me lâche. Elle prend la liasse, fait glisser un doigt sur le bord et passe la langue sur un billet pour vérifier qu'il ne s'agit pas d'un faux. Je remarque alors qu'elle a un bras dans le plâtre. Je me demande si c'est l'œuvre de Tess. Les Patriotes doivent se féliciter de l'avoir recrutée.

— Au fait, je suis désolée de t'avoir fait ça, dis-je en montrant le plâtre. Je suis sûre que tu comprends pourquoi je te l'ai cassé. J'ai encore une jolie cicatrice à l'endroit où tu m'as donné un coup de couteau.

Kaede laisse échapper un petit rire sec.

— Ouais, ouais, dit-elle. Au moins, ça a permis aux Patriotes de mettre la main sur une nouvelle infirmière.

Elle tapote son plâtre et adresse un clin d'œil à Tess.

— Contente de l'apprendre, dis-je en lançant un regard à l'ancienne camarade de Day. Prends bien soin d'elle. Elle en vaut la peine.

Kaede scrute mon visage, puis recule d'un pas et hoche le menton en direction de ma ceinture.

— Pose tes armes.

Je ne discute pas. Je tire quatre couteaux et je les lui montre sans faire de gestes brusques. Je les dépose par terre et Kaede leur donne un coup de pied pour les éloigner.

— Est-ce que tu portes un mouchard ? Un micro ?

Je la laisse examiner ma bouche et mes oreilles.

— Non.

— Si j'entends le moindre bruit de pas qui vient dans cette direction, je te tuerai sans une hésitation. C'est compris ?

Je hoche la tête.

Kaede hésite pendant un instant, puis elle baisse le bras et m'entraîne un peu plus loin dans la ruelle sombre.

— Il est hors de question que je te fasse rencontrer d'autres Patriotes, dit-elle. Je ne te fais pas assez confiance pour ça. Tu peux nous parler, à Tess et à moi. Nous verrons si ce que tu dis vaut la peine d'être répété.

Je me demande combien il y a de Patriotes.

— D'accord.

Je résume tout ce que j'ai découvert. Je commence par Metias et son assassinat. J'enchaîne avec la traque de Day et son arrestation. Je raconte comment Thomas a tué mon frère, mais je ne parle pas des découvertes de mon père ni des révélations de Metias à propos de l'épidémie. J'ai trop honte pour révéler de telles monstruosités à deux habitantes des secteurs pauvres.

— Ton frère s'est fait buter par son copain, hein ? (Kaede laisse échapper un petit sifflement.) Parce qu'il avait découvert que vos parents ont été tués par des agents de la République ? Day est victime d'un coup monté ?

Son ton nonchalant m'agace, mais je reste calme.

— Oui.

— La vache, tu parles d'une histoire triste. Mais, dis-moi un peu, quel rapport avec les Patriotes ?

— Je veux aider Day à s'échapper avant qu'on le passe par les armes. J'ai appris que les Patriotes avaient cherché à le recruter par le passé. Je suppose que vous n'avez pas envie qu'on le tue, vous non plus. Peut-être que nous pourrions trouver un arrangement.

Dans les yeux de Kaede, la colère a laissé la place au doute.

— Tu veux venger la mort de ton frère ou quelque chose dans ce genre ? Tu veux trahir la République pour sauver Day ?

— Je veux que justice soit faite. Je veux libérer le garçon qui n'a pas tué mon frère.

Kaede laisse échapper un grognement dubitatif.

— Tu as la belle vie. Tu as un appartement confortable dans un secteur aisé. Si la République apprend que tu m'as parlé, on te collera devant un peloton d'exécution, comme Day.

J'imagine Day sur le point d'être fusillé et un frisson remonte le long de ma colonne vertébrale. Du coin de l'œil, je vois Tess grimacer.

— Je sais. Est-ce que tu es prête à m'aider ?

— Tu en pinces pour Day, pas vrai ?

J'espère que l'obscurité cache mes joues écarlates.

— Je ne vois pas le rapport avec ce qui m'amène ici.

Kaede s'esclaffe.

— C'est à mourir de rire ! La pauvre petite fille riche qui tombe amoureuse du pire ennemi de la République. Et, cerise sur le gâteau, c'est à cause de toi qu'il a été arrêté.

Reste calme.

— Est-ce que tu es prête à m'aider, oui ou non ?

Kaede hausse les épaules.

— Nous avons toujours cherché à recruter Day. Il nous aurait apporté une aide précieuse. Mais nous ne sommes pas une organisation caritative. Nous sommes des professionnels. Nous avons un agenda bien rempli et nous ne donnons pas dans les opérations de charité. (Tess ouvre la bouche pour protester, mais Kaede lui fait signe de se taire.) Day est populaire dans nos secteurs, mais il n'en reste pas moins une simple personne.

Qu'est-ce que nous avons à gagner dans ton projet ? La satisfaction de le voir travailler pour nous ? Les Patriotes ne vont pas risquer des dizaines de vies pour libérer un seul condamné. Ce ne serait pas logique.

Tess laisse échapper un soupir et nous échangeons un regard. Je comprends qu'elle essaie de convaincre Kaede de sauver Day depuis le jour de son arrestation. En vain. C'est peut-être même la seule raison qui l'a poussée à rejoindre les Patriotes.

— Je sais, dis-je.

Je détache mon sac à dos et je le lance à Kaede. Elle l'attrape, mais ne l'ouvre pas.

— C'est pour cette raison que j'ai apporté ceci. Il y a deux cent mille unités là-dedans, moins ce que je t'ai donné tout à l'heure. Une petite fortune. C'est la récompense que j'ai touchée pour la capture de Day. J'espère que c'est suffisant pour louer vos services. (Je baisse la voix.) Il y a également une électrobombe – de niveau trois. Elle vaut six mille unités. Elle permet de neutraliser les armes dans un rayon de huit cents mètres pendant deux minutes. Je suis sûre que tu sais combien il est difficile de se procurer ce genre d'engin au marché noir.

Kaede ouvre le sac et examine son contenu. Elle reste silencieuse, mais ses gestes trahissent son plaisir : elle se penche avec avidité et caresse les billets rêches, elle laisse échapper un grognement de satisfaction en sortant l'électrobombe, ses yeux s'écarquillent tandis qu'elle la fait tourner dans ses mains. Tess regarde la scène, pleine d'espoir.

— Tout ça, ce ne sont que des broutilles pour les Patriotes, dit enfin Kaede. Mais tu as raison, il est possible que ça suffise à convaincre mon chef de t'aider. Il reste quand même un problème à régler : comment pouvons-nous être sûrs que ce n'est pas un piège ? Tu as livré Day à la République. Pourquoi est-ce que tu ne remettrais pas le couvert avec nous ?

Des broutilles ? Les Patriotes doivent être riches comme Crésus.

Je hoche la tête.

— Il est normal que tu aies des soupçons envers moi, mais envisage la situation sous cet angle : tu peux refuser de m'aider et t'en aller en emportant les deux cent mille unités et une arme des plus utile. Je t'ai donné toutes les cartes, à toi et aux Patriotes. Maintenant, je vous supplie de bien vouloir me faire confiance.

Kaede inspire un grand coup. Je vois bien qu'elle n'est pas tout à fait convaincue.

— Bon, dis toujours ce que tu as derrière la tête.

Ma poitrine se serre et j'esquisse un sourire qui vient du fond du cœur.

— Commençons par le commencement. John, le frère de Day. J'ai l'intention de le faire évader demain soir. Entre 11 heures et 11 h 30. (Kaede me regarde d'un air incrédule, mais je n'y prête pas attention.) Nous ferons croire qu'il est mort, à cause de l'épidémie. Si je réussis à le faire sortir de Batalla Hall au cours de la nuit, j'aurais besoin de toi et de deux autres Patriotes pour le conduire dans un autre secteur. Et pour prendre soin de lui.

— Nous serons prêts, à condition que tu réussisses.

— Parfait. L'évasion de Day sera plus difficile. Il doit être exécuté dans deux jours, à 18 heures. Dix minutes plus tôt, c'est moi qui le conduirais devant le peloton d'exécution. J'ai une autorisation de circuler sécurisée. Je devrais être en mesure de l'évacuer par une des six sorties à l'est de Batalla Hall. Débrouille-toi pour que des Patriotes nous attendent par là. Il devrait y avoir une foule d'au moins deux mille personnes pour assister à l'exécution. En conséquence, il y aura environ quatre-vingts gardes pour assurer la sécurité. Il faut que les sorties soient aussi peu surveillées que possible. Trouve quelque chose, n'importe quoi. Il faut que la plupart des soldats disponibles soient envoyés sur le parvis. Si le quadrillage du quartier périphérique est allégé, vous aurez une bonne longueur d'avance au moment de vous replier.

Kaede hausse un sourcil.

— C'est du suicide. Tu sais que ton plan est irréalisable ?

Je reste silencieuse pendant un instant.

— Oui. Mais je n'ai pas d'autre solution.

— Dans ce cas, continue. Que faut-il faire sur le parvis ?

Je regarde Kaede droit dans les yeux.

— Organiser une diversion. Semer le chaos. Un chaos inimaginable. Il faut que les soldats chargés de la surveillance des sorties soient redéployés sur la place afin de rétablir l'ordre. Même si cela ne dure que deux minutes. L'électrobombe vous sera utile à

340

ce moment-là. Faites-la exploser en l'air et le sol tremblera à Batalla Hall et dans les environs. Personne ne devrait être blessé, mais la détonation provoquera une belle panique. Si les armes ne fonctionnent plus, on ne pourra pas tirer sur Day, même si un soldat le repère depuis un toit. On le prendra en chasse ou on tentera de l'arrêter avec des fusils incapacitants, mais ce genre d'armes manque de précision.

— OK, petit génie. (Kaede éclate d'un rire un peu trop sarcastique à mon goût.) Mais laisse-moi te poser une question : comment vas-tu faire sortir Day de ce satané bâtiment ? Tu crois que tu seras seule pour le conduire au peloton d'exécution ? Tu seras accompagnée par d'autres soldats. Merde, il y aura sans doute toute une patrouille !

Je lui souris.

— Il y aura d'autres soldats, en effet. Mais qui te dit qu'il ne s'agira pas de Patriotes déguisés ?

Kaede ne répond pas, pas avec des mots, du moins. Son sourire s'élargit d'une oreille à l'autre. Elle pense que je suis folle, mais elle est prête à m'aider.

Day

L'avant-dernière nuit avant mon exécution, je m'efforce de dormir un peu en m'appuyant contre le mur de ma cellule. Mon sommeil est troublé par de nombreux cauchemars. Je ne parviens pas à me souvenir des premiers. Ils se mélangent en une bouillie déconcertante de visages familiers et inconnus. Il me semble entendre le rire de Tess, puis la voix de June. Tout le monde essaie de me parler, mais je ne comprends pas un mot.

Je me rappelle le dernier rêve qui précède mon réveil.

L'après-midi est radieux et je suis dans le secteur de Lake. J'ai neuf ans. John en a treize et il vient tout juste de commencer une nouvelle crise de croissance. Eden a quatre ans et il est assis sur les marches du porche. Il nous regarde disputer une partie de hockey de rue. Malgré son jeune âge, Eden est le plus intelligent d'entre nous. Au lieu de jouer avec nous, il manipule les pièces d'une vieille turbine.

John frappe le palet de papier mâché pour l'envoyer dans ma direction. J'ai le plus grand mal à l'arrêter avec mon manche de balai.

— Tu tapes trop fort, protesté-je.

John esquisse un sourire.

— Tu dois aiguiser tes réflexes si tu veux passer les épreuves physiques de l'Examen.

Je frappe le palet de papier de toutes mes forces. Il frôle John en sifflant et heurte le mur qui se trouve derrière lui.

— Tu as bien réussi à les passer malgré tes réactions de tortue, dis-je.

— J'ai raté exprès, pour te laisser un point, lance John en éclatant de rire.

Il se tourne pour attraper le palet avant que le vent l'emporte. Plusieurs passants manquent de marcher dessus.

— Je ne veux pas t'humilier, ajoute mon frère.

C'est une journée agréable. John vient d'obtenir un poste à la centrale à vapeur du quartier. Pour fêter cela, maman a vendu une de ses deux robes ainsi qu'un assortiment de vieux pots et elle a assuré tous les remplacements de la semaine dernière. Avec l'argent gagné, elle a acheté un poulet entier qu'elle prépare dans la cuisine. L'odeur de la viande et du bouillon est si alléchante que nous avons bloqué le battant de la porte afin de la sentir depuis la rue. Il est rare de voir John de si bonne humeur et j'ai bien l'intention d'en profiter.

Il frappe le palet. Je l'intercepte avec mon manche de balai et je le renvoie. Notre échange énergique se poursuit pendant plusieurs minutes. Pour ne pas perdre le point, nous accomplissons parfois des figures si ridicules qu'Eden éclate de rire. L'odeur du poulet flotte dans l'air. Il ne fait pas trop chaud. Tout est parfait. Je regarde John courir vers le palet et j'essaie de graver cette sérénité dans ma mémoire.

L'échange se poursuit jusqu'à ce que je commette une erreur.

Un policier tourne dans notre rue au moment où je m'apprête à frapper le palet. Du coin de l'œil, j'aperçois Eden se dresser sur les marches du porche. John a vu l'agent, lui aussi. Il me fait signe d'arrêter, mais il est trop tard. J'ai déjà levé mon manche de balai. Je frappe le palet et celui-ci touche le policier au visage.

Il s'écrase mollement – ce n'est qu'une boule de papier –, mais l'homme s'immobilise net. Ses yeux se posent sur moi. Je suis tétanisé.

Avant que nous ayons le temps de réagir, le policier sort un couteau de sa botte et se dirige droit vers moi.

— Tu crois que tu vas t'en tirer comme ça, gamin ? crie-t-il.

Il lève son arme dans l'intention de me frapper au visage. Au lieu de reculer et de me recroqueviller, je lui fais face et je lui jette un regard mauvais.

John s'interpose avant que l'homme ait le temps de m'atteindre.

— Monsieur ! Monsieur ! dit-il en levant les mains vers lui. Je suis désolé pour ce qui s'est passé. C'est mon petit frère, Daniel. Il n'a pas fait exprès.

Le policier l'écarte de son chemin sans ménagement et me frappe en travers du visage avec le manche de son couteau. Je m'effondre tandis qu'Eden pousse un cri et rentre en courant. Je tousse et je crache pour me débarrasser de la terre qui me remplit la bouche. Je ne peux plus parler. Le policier approche et me donne un coup de pied dans les côtes. J'ai l'impression que mes yeux jaillissent de leurs orbites. Je me roule en position fœtale.

— Arrêtez ! S'il vous plaît ! crie John en s'interposant de nouveau.

Du coin de l'œil, j'aperçois le porche de la maison. Ma mère apparaît dans l'encadrement de la porte. Eden se cache derrière elle. Elle crie quelque chose au policier sur un ton désespéré. John continue à plaider ma cause.

— Je peux... je peux vous donner de l'argent. Nous n'avons pas grand-chose, mais vous pouvez prendre tout ce que vous voulez. Je vous en prie.

John tend le bras et m'aide à me relever.

Le policier s'interrompt pour réfléchir à la proposition de mon frère.

— Vous, là-bas, lance-t-il à ma mère. Apportez-moi votre argent. Et apprenez les bonnes manières à votre sale gamin.

John me pousse derrière lui.

— Il ne l'a pas fait exprès, monsieur, répète-t-il. Ma mère le punira, soyez-en sûr. Il est jeune et il ne fait pas attention.

Ma mère sort en courant quelques secondes plus tard. Elle porte quelque chose enveloppé dans un torchon. Le policier écarte le tissu et compte chaque unité. Je comprends que maman vient de lui donner presque tout notre argent. John ne dit plus un mot. Au bout de quelques instants, l'homme plie les billets et les glisse dans la poche de sa veste.

— C'est un poulet que vous faites cuire ? demande-t-il à ma mère. Comment se fait-il que des gens tels que vous mangiez des produits aussi chers ? Vous aimez jeter l'argent par les fenêtres ?

— Non, monsieur.

— Dans ce cas, apportez-moi le poulet.

Maman se précipite dans la cuisine et revient avec un sac de viande enveloppé d'un torchon. Le policier le prend et le glisse par-dessus son épaule. Il me jette un coup d'œil dégoûté.

— Saloperie de petits voyous ! marmonne-t-il.

Puis il s'en va et le calme retombe sur la rue.

John essaie de consoler maman, mais celle-ci l'interrompt et lui demande pardon pour avoir donné le poulet. Elle ne m'adresse pas un regard. Au bout d'un moment, elle rentre d'un pas pressé pour s'occuper d'Eden qui pleure.

John pivote vers moi dès qu'elle a disparu à l'intérieur de la maison. Il me saisit aux épaules et me secoue avec violence.

— Ne refais jamais ça, tu as compris ? Ne t'avise pas de recommencer !

— Je n'ai pas fait exprès de le toucher ! je hurle.

John laisse échapper un grognement de colère.

— Je ne te parle pas de ça ! Je te parle de la manière dont tu l'as regardé. Ne regarde jamais un policier de cette façon, compris ? Tu veux tous nous faire tuer ?

Ma joue me brûle encore et mes côtes sont douloureuses. Je me libère de la prise de John.

— Je ne t'ai pas demandé de venir m'aider ! dis-je d'un ton sec. Je pouvais m'en tirer tout seul. Je sais me défendre.

John me saisit les épaules de nouveau.

— Est-ce que tu es complètement taré ? Écoute-moi bien, d'accord ? Ne te défends jamais ! Fais ce que les policiers te demandent et ne discute pas. (La colère quitte ses yeux petit à petit.) Je préférerais mourir plutôt que de les voir te faire du mal. Tu comprends ?

Je cherche quelque chose à répliquer mais, à ma grande honte, des larmes inondent mes yeux

— Heu... je suis désolé pour ton poulet, bafouillé-je.

Mes paroles lui arrachent un petit sourire.

— Viens ici, sale gamin, soupire-t-il.

Il me serre contre lui et les larmes roulent sur mes joues. J'ai honte et j'essaie de pleurer en silence.

Je ne suis pas superstitieux, mais ce souvenir douloureusement vivace réveille un pressentiment sombre et oppressant.

« Je préférerais mourir plutôt que de les voir te faire du mal. »

La peur m'envahit. Et si ces paroles étaient prémonitoires ?

June

8.00
Secteur de Ruby.
Température extérieure : 18 °C.

Day sera exécuté demain soir.

Thomas est venu chez moi pour me proposer une séance de cinéma avant d'aller faire notre rapport à Batalla Hall. « *Le Drapeau de la gloire*. Je n'ai entendu que de bonnes critiques. » C'est l'histoire d'une jeune fille qui capture un espion des Colonies.

J'accepte son invitation. Je dois faire évader John ce soir et j'ai tout intérêt à ce que Thomas soit de bonne humeur. Je ne tiens pas à éveiller ses soupçons.

Tandis que nous sortons de mon immeuble, je remarque les signes avant-coureurs de l'ouragan qui se prépare – le cinquième de l'année. Un vent glacé, puissant et de mauvais augure balaie l'air saturé d'humidité. Les oiseaux sont inquiets. Les chiens errants sont partis s'abriter. Les automobilistes et les motards se font de plus en plus rares. Des camions livrent des bonbonnes d'eau et des conserves supplémentaires aux résidents des tours. Les sacs de sable, les lampes et les radios portables sont rationnés. Les Examens prévus le jour de la tempête ont même été reportés.

— Tu dois être survoltée, me dit Thomas tandis que nous entrons dans le cinéma. Ce ne sera plus très long, maintenant.

Je hoche la tête et j'esquisse un sourire. Malgré le vent et les coupures d'électricité, les gens sont venus nombreux et la salle est comble. Devant nous se dresse le gigantesque Cube, un quadruple écran faisant face à quatre ensembles de sièges. Les publicités et les bulletins d'informations s'y succèdent.

— Je ne crois pas que « survoltée » soit le terme qui décrive au mieux ce que je ressens, dis-je. Mais je reconnais que je suis impatiente. Est-ce que tu sais comment les choses vont se dérouler ?

— On m'a informé que je serai chargé de la sécurité sur le parvis, dit Thomas en gardant les yeux rivés sur les publicités criardes qui défilent sur notre écran.

« Est-ce que votre enfant s'apprête à passer l'Examen ? Inscrivez-le à Superscore pour une leçon gratuite ! »

— Qui sait comment la foule réagira. Je parie qu'il y a déjà des spectateurs sur la place. Quant à toi, je suppose que tu seras postée à l'intérieur. Tu seras sûrement celle qui devra amener Day. Le commandant Jameson nous en dira plus le moment venu.

— D'accord.

Je passe en revue les détails de mon plan. Je le peaufine depuis ma rencontre avec Kaede, hier soir. J'aurai besoin de temps pour lui apporter des uniformes et pour aider les Patriotes à s'infiltrer dans Batalla Hall. Il ne devrait pas être trop difficile de convaincre le commandant Jameson de me laisser escorter Day jusqu'au lieu de l'exécution. Même Thomas a compris que c'est mon vœu le plus cher.

— June.

La voix de Thomas m'arrache à mes pensées.

— Oui.

Il me jette un regard curieux et fronce les sourcils comme s'il venait de se rappeler quelque chose.

— Tu n'étais pas chez toi, hier.

Reste calme.

J'esquisse un petit sourire et je regarde l'écran d'un air décontracté.

— Pourquoi tu me poses cette question ?

— Je suis passé à ton appartement vers 2 heures du matin. J'ai frappé pendant un long moment, mais tu n'as pas ouvert. J'ai entendu Ollie et j'ai donc compris que tu n'étais pas allée courir. Où étais-tu ?

Je regarde Thomas avec calme.

— Je n'arrivais pas à dormir. Je suis montée sur le toit pour contempler la ville.

— Tu n'as pas emporté ton oreillette. J'ai essayé de t'appeler, mais personne n'a répondu.

— Ah bon ? (Je secoue la tête.) Il a dû y avoir un problème de transmission parce que je l'avais avec moi. C'est vrai que le vent était fort hier soir.

Il acquiesce.

— Tu as l'air épuisée. Tu ferais bien de parler au commandant Jameson si tu ne veux pas qu'elle te confie des missions trop fatigantes.

Je regarde Thomas en fronçant les sourcils.

Change de sujet.

— Qu'est-ce que tu me voulais à 2 heures du matin ? Il y avait quelque chose d'urgent ? Est-ce que le commandant Jameson voulait me voir ?

— Non, non, pas du tout.

Thomas esquisse un sourire penaud et se passe la main dans les cheveux. Comment un meurtrier peut-il se comporter avec une telle désinvolture ?

— Pour être honnête, je n'arrivais pas à dormir non plus. Je ne peux pas m'empêcher d'imaginer à quel point tu dois être angoissée. Je voulais te faire une petite surprise.

Je lui tapote la main.

— Merci. Inutile de t'inquiéter. Day sera exécuté demain. Une fois que ce sera chose faite, je me sentirai beaucoup mieux. Comme tu l'as dit tout à l'heure, ce ne sera plus très long.

Thomas claque des doigts.

— Oh ! il y avait autre chose. Je ne suis pas censé t'en parler, car c'est une surprise.

Je n'ai guère envie de surprise en ce moment, mais je fais semblant d'être intriguée.

351

— Oh ? De quoi s'agit-il ?

— Le commandant Jameson a déposé une requête et le tribunal l'a acceptée. Elle n'a pas apprécié que Day la morde jusqu'au sang après sa tentative d'évasion. Je crois qu'elle est encore folle de rage.

— Quelle requête ?

— Ah ! je crois qu'on va justement l'annoncer, dit Thomas en pointant le doigt vers l'écran. L'exécution de Day est avancée.

Je tourne la tête. Les publicités cèdent la place à des images qui s'étalent sur un fond blanc et vert. Une photo de Day apparaît au centre de l'écran. Un texte bleu nuit attire mon regard.

PARVIS DE BATALLA HALL, JEUDI 26 DÉCEMBRE, À 17 HEURES : EXÉCUTION DE DANIEL WING. NOMBRE DE SPECTATEURS LIMITÉ. PAS DE PLACES ASSISES. RETRANSMISSION PAR JUMBOTRON UNIQUEMENT.

Mes poumons se vident. Je regarde Thomas.

— Aujourd'hui ?

Thomas grimace un sourire.

— Ce soir. C'est super, non ? Tu n'auras pas à attendre un jour de plus.

Je fais un effort surhumain pour parler d'une voix calme.

— Fantastique. Je suis ravie.

La panique m'empêche de penser. Que s'est-il passé ? Pourquoi le commandant Jameson a-t-elle fait cette demande au tribunal ? Dans huit heures, au coucher du soleil, Day se retrouvera devant une rangée de fusils. Je n'ai plus le temps de faire évader John. La journée sera consacrée à la préparation de l'exécution. Même l'heure a été changée. Même si je parviens à contacter les Patriotes, je ne pourrai pas leur fournir des uniformes.

Mon plan tombe à l'eau.

Et les mauvaises nouvelles ne s'arrêtent pas là. Le commandant a choisi de ne pas m'informer de ses intentions. Pourtant, elle en a parlé à Thomas hier soir – voire plus tôt. Pourquoi m'a-t-elle tenue à l'écart ? En théorie, je devrais être ravie d'apprendre que l'exécution de Day a été avancée. A-t-elle des soupçons ? Cherche-t-elle à me déstabiliser pour observer mes réactions ? Est-ce que Thomas me cache quelque chose ? Est-ce qu'il me joue la comédie ou est-ce qu'il est manipulé par le commandant, lui aussi ?

Le film commence. Je suis soulagée de ne plus avoir à parler. Je peux réfléchir en paix.

Soit je change de plan, soit le garçon qui n'a pas tué mon frère sera exécuté ce soir.

Day

La nouvelle date de mon exécution est annoncée sans fanfare, mais aux échos du tonnerre. Je ne vois pas ce qui se passe à l'extérieur, bien entendu. Ma cellule, un cube d'acier rempli de soldats nerveux et de caméras de sécurité, n'a pas de fenêtres. Je peux seulement deviner à quoi ressemble le ciel.

À 6 heures, les soldats ôtent mes menottes et me libèrent des chaînes qui me retiennent au mur. C'est une tradition. Avant l'exécution d'un criminel célèbre, les JumboTron du parvis de Batalla Hall retransmettent des images de lui dans sa cellule. On le détache donc dans l'espoir qu'il fera quelque chose d'inhabituel. J'ai déjà assisté à ce genre de retransmissions. Les spectateurs rassemblés sur la place en raffolent. En général, il se

354

passe toujours quelque chose. Le condamné craque et supplie les gardes à genoux, il essaie d'obtenir un sursis ou de négocier. Certains tentent même de s'évader. Personne n'y est parvenu. Les JumboTron suivent le condamné jusqu'au moment où on vient le chercher. Ils montrent ensuite les soldats du peloton d'exécution qui se préparent à Batalla Hall, puis ils reviennent sur le prisonnier qu'on conduit à la mort. Lorsque les coups de feu éclatent, les spectateurs laissent échapper des hoquets et des cris – parfois de plaisir. La République est alors satisfaite. Elle a fait un exemple en fusillant un criminel.

Ces images seront retransmises plusieurs jours d'affilée.

Je suis libre de tourner en rond dans ma cellule, mais je préfère m'asseoir le dos contre le mur, les mains sur les genoux. Je n'ai pas envie d'amuser qui que ce soit. Mon cœur martèle ma poitrine sous le coup de l'excitation et de la peur, de l'anticipation et de l'angoisse. Mon pendentif est au fond de ma poche. Je ne peux pas m'empêcher de penser à John. Que va-t-il lui arriver ? June a promis de m'aider. J'espère qu'elle a aussi un plan pour sauver mon frère.

Si elle a l'intention de me faire évader, elle a décidé de pousser la chance dans ses derniers retranchements. Le changement de date n'a pas dû lui faciliter la tâche. Ma poitrine se serre à l'idée des risques qu'elle prend. J'aimerais savoir ce qu'elle a découvert. Qu'est-ce qui a pu la blesser au point de se révolter contre la République malgré tous les privilèges dont elle bénéficie ? Et si elle m'avait menti ? Pourquoi prendrait-elle cette peine ? *Et si je ne lui étais pas indifférent ?* Je me demande avec amusement comment je peux songer à cela dans un moment pareil. Peut-être que je pourrais lui voler un baiser avant mon exécution.

Je suis certain d'une chose : même si le plan de June échoue, même si je suis désespérément seul pendant qu'on me conduit à la mort, je me battrai jusqu'à mon dernier souffle. Ils devront me cribler de balles pour que je reste enfin tranquille. J'inspire un grand coup en frissonnant. Voilà de braves résolutions, mais aurai-je la force de m'y tenir ?

Les soldats présents dans ma cellule disposent d'un matériel inhabituel en plus de leurs masques à gaz et de leurs gilets pare-balles. Ils ne me quittent pas des yeux. Ils sont persuadés que je vais tenter le tout pour le tout. J'observe les caméras de sécurité et j'imagine la foule rassemblée sur le parvis.

— Vous devez kiffer, dis-je enfin.

Les hommes se balancent sur leurs pieds, mal à l'aise. Certains lèvent leurs fusils.

— Passer la journée à me regarder assis dans ma cellule, c'est trop génial.

Les soldats n'osent pas réagir.

Je songe aux spectateurs rassemblés dehors. Que font-ils ? Peut-être que certains ont pitié de moi. Peut-être que d'autres ont envie de protester en ma faveur. Peut-être même qu'une poignée d'entre eux protestent en ma faveur. Si c'est le cas, ils ne doivent pas être aussi nombreux que la dernière fois, car je n'entends rien. La grande majorité doit me haïr et pousser des cris de joie. Ils sont peut-être là pour satisfaire un élan de curiosité morbide.

Les heures s'écoulent avec une telle lenteur que j'en viens à souhaiter qu'on en finisse au plus vite. Pendant mon transfert, je verrai autre chose que des murs gris, même si ce n'est que quelques minutes. Je ne supporte plus cette attente qui me plonge dans un état indolent. Si le plan de June échoue, je cesserai au moins d'être hanté par les images de John, d'Eden, de ma mère, de Tess et *de tous les autres*.

Les soldats sont relevés à intervalles réguliers. Il ne doit pas être loin de 17 heures. Le parvis est probablement noir de monde. *Tess*. Est-elle là, terrifiée à l'idée de ce qui va se passer et tout aussi terrifiée à l'idée de ne pas le voir ?

Des bruits de pas approchent dans le couloir. J'entends une voix familière, la voix de June. Je lève la tête et je regarde en direction de la porte. Ça y est ? C'est l'heure ? L'heure de s'évader ou l'heure de mourir ?

La porte s'ouvre et les gardes se rassemblent dans un coin pour laisser passer June, le commandant Jameson et plusieurs soldats. J'ai le souffle coupé en apercevant la jeune fille. C'est la première fois que je la vois dans son uniforme d'apparat. Je contemple les superbes épaulettes dorées, la longue cape taillée dans un velours somptueux et épais, la ceinture écarlate, les bottes à sangles et le béret classique. Elle porte un maquillage très simple et ses cheveux sont rassemblés en une haute queue-de-cheval. Voilà donc la tenue des agents de la République pour les grandes occasions.

June s'arrête à quelques mètres de moi. Elle jette un coup d'œil à sa montre pendant que je me relève tant bien que mal.

— 16 h 45, dit-elle. (Elle lève la tête et je scrute son visage dans l'espoir de deviner ce qu'elle a l'intention de faire.) Une dernière volonté ? Souhaitez-vous voir votre frère ? Prier ? Vous avez intérêt à le dire sans tarder. Ce sera votre ultime privilège avant votre exécution.

Bien sûr, mes dernières volontés. Je la regarde droit dans les yeux, impassible. Que veut-elle que je réponde ? Ses yeux brillent avec une intensité douloureuse.

— Je...

Tous les regards sont braqués vers moi.

June esquisse un infime mouvement de lèvres. « John », articule-t-elle en silence. Je tourne la tête vers le commandant.

— Je voudrais voir mon frère John. Une dernière fois. S'il vous plaît.

Le commandant acquiesce d'un air impatient et claque des doigts avant de murmurer quelque chose à un soldat. L'homme salue et sort de la cellule. Jameson me toise.

— Accordé, dit-elle.

Mon cœur s'accélère. Mon regard croise celui de June pendant une fraction de seconde, mais elle se détourne aussitôt pour demander quelque chose au commandant.

— Tout est en place, agent Iparis, réplique Jameson. Cessez de m'ennuyer.

Nous attendons pendant plusieurs minutes en silence, puis j'entends des bruits dans le couloir. Des soldats qui avancent d'un pas sec en escortant quelqu'un. Il doit s'agir de John. Je déglutis avec peine et June évite mon regard.

John entre dans la cellule, encadré par deux gardes. Il a perdu du poids et il est pâle. Ses longs cheveux blond vénitien sont collés en mèches sales qui tombent sur son visage. Il ne semble pas s'en rendre compte. Je suis sans doute dans un état aussi pitoyable que le sien. En me voyant, il esquisse un petit sourire sans joie. Je m'efforce de le lui rendre.

— Salut, dis-je.

— Salut.

June croise les bras.

— Vous avez cinq minutes. Dites-vous ce que vous voulez et nous passerons à la suite.

Je hoche la tête en silence.

Le commandant Jameson jette un coup d'œil en direction de la jeune fille, mais elle ne fait pas mine de sortir.

— Assurez-vous que leur conversation ne dépasse pas les cinq minutes, pas même d'une seule seconde.

Elle porte la main à son oreille et lance une série d'ordres sans me quitter des yeux.

Pendant plusieurs secondes, John et moi nous regardons en silence. Je voudrais dire quelque chose, mais ma gorge est si serrée que je ne peux pas prononcer un mot. Je mérite peut-être ce qui m'arrive, mais John n'a rien à faire là. Je suis un paria, un criminel, un fugitif. J'ai violé la loi à d'innombrables reprises, mais John n'a rien à se reprocher. Il a passé l'Examen dans les règles. C'est une personne responsable et attentionnée. Tout le contraire de moi.

— Est-ce que tu sais où est Eden ? demande enfin John. Est-ce que tu sais s'il est vivant ?

Je fais signe que non.

— Je ne sais pas. Je le pense.

— Quand tu sortiras, poursuit mon frère d'une voix rauque, garde la tête haute, d'accord ? Ne les laisse pas te briser.

— Compte sur moi.

— Fais-leur en baver. Tape sur les soldats si tu en as l'occasion. (John esquisse un sourire en coin un peu triste.) Tu es un gamin effrayant, alors effraie-les. Jusqu'au bout.

Pour la première fois depuis une éternité, je redeviens son petit frère. Je dois déglutir à plusieurs reprises pour empêcher les larmes d'inonder mes yeux.

— D'accord, dis-je dans un murmure.

Le temps qui nous est alloué s'écoule trop vite. Nous nous disons au revoir et deux gardes attrapent John par les bras pour le ramener dans sa cellule. Le commandant Jameson a l'air détendue. Elle est soulagée d'en avoir terminé avec mes dernières volontés. Elle adresse un signe à un de ses subordonnés.

— Alignez-vous. Iparis, escortez le frère du condamné jusqu'à sa cellule. J'ai quelque chose à faire. Je serai de retour dans une minute.

June la salue et suit John tandis que des soldats approchent de moi pour m'attacher les mains dans le dos. Le commandant s'en va.

J'inspire un grand coup. Il faudrait un miracle maintenant.

Une dizaine de minutes plus tard, on me fait sortir de ma cellule. Je fais ce que j'ai promis à John : je garde la tête haute. Aucune émotion ne se lit dans mon regard. J'entends la foule. Le brouhaha évoque le ressac. Je regarde les moniteurs plats accrochés sur les murs du couloir tandis que les soldats m'entraînent. Les spectateurs sont agités. Leurs rangs ondulent comme des vagues par temps orageux. Des hommes en armes sont disposés tout autour. Parfois, je vois des personnes avec des mèches rouges dans les cheveux. Des soldats écument la foule afin de les arrêter, mais elles ne semblent pas s'en soucier.

Au bout d'un certain temps, June nous rejoint. Je jette un coup d'œil par-dessus mon épaule tandis qu'elle emboîte le pas à mes gardes, mais je n'aperçois pas son visage. Les secondes se transforment en siècles. Que se passera-t-il lorsque nous arriverons sur les lieux de l'exécution ?

Nous entrons dans le dernier couloir.

À cet instant, j'entends Thomas, le militaire qui a tué ma mère.

— Mademoiselle Iparis.

— Que se passe-t-il ? demande June.

La réponse du capitaine me glace le cœur. Il est peu probable que l'intervention de Thomas fasse partie du plan de June.

— Mademoiselle Iparis, vous faites l'objet d'une enquête. Veuillez me suivre.

June

Ma première idée est d'attaquer Thomas, mais il y a trop de soldats autour de nous. Dommage. J'aurais pu le frapper de toutes mes forces, l'assommer et entraîner Day vers la sortie. John est déjà en sécurité. Dans un couloir, deux gardes sont allongés, inconscients. John est caché dans une gaine d'aération. Il attend que je passe à la phase suivante. Quand j'aurai libéré Day, je crierai un signal. John sortira alors du conduit comme un fantôme traversant un mur et il nous rejoindra. Par malheur, je suis incapable de vaincre Thomas et autant de gardes sans l'élément de surprise.

— Une enquête ? demandé-je en fronçant les sourcils.

Thomas effleure son calot comme pour s'excuser, puis il m'attrape par un bras et me sépare de l'escorte de Day. Plusieurs soldats nous emboîtent le pas.

— Le commandant Jameson a demandé votre incarcération, dit Thomas.

Nous tournons à une intersection et nous nous dirigeons vers les cages d'escalier. Deux autres soldats se joignent à nous.

Je prends un air outré.

— C'est grotesque ! Est-ce que le commandant ne pouvait pas choisir un moment moins théâtral pour lancer ces accusations ridicules ?

Thomas ne répond pas.

Il me fait descendre deux étages, jusqu'au sous-sol où se trouvent les salles d'exécution, le compteur électrique général et les entrepôts. Je comprends alors ce que nous faisons ici. On a découvert le vol de l'électrobombe que j'ai donnée à Kaede. En théorie, il ne devait pas y avoir d'inventaire avant la fin du mois, mais Thomas a dû en demander un ce matin. Je sens la panique monter en moi. Je ne dois pas lui céder. Je dois rester impassible.

Concentre-toi ! me dis-je avec colère. *Si tu perds ton calme, tu es morte.*

Thomas s'arrête au pied de l'escalier. Il porte une main à sa ceinture et un reflet brille sur la poignée de son arme.

— Une électrobombe a disparu. (La lumière des ampoules pare son visage d'ombres menaçantes.) Je m'en suis aperçu tôt ce matin, après être passé à ton appartement. Tu m'as dit que tu étais sur le toit, n'est-ce pas ? Est-ce que tu sais quelque chose à propos de ce vol ?

Je le regarde droit dans les yeux et je croise les bras sur ma poitrine.

— Tu crois que c'est moi qui l'ai volée ?

— Je ne t'accuse de rien, June. (Son visage est tragique, voire suppliant, mais sa main reste posée sur la crosse de son arme.) Je trouve juste qu'il s'agit d'une fâcheuse coïncidence. Peu de personnes ont l'autorisation d'accéder à cet étage et la plupart d'entre elles ont fourni un alibi convaincant pour la nuit dernière.

— La plupart ? dis-je sur un ton sarcastique qui le fait rougir. C'est un peu vague. Est-ce que les caméras de sécurité m'ont filmée sur les lieux ? Est-ce que c'est le commandant Jameson qui t'a demandé de m'interroger ?

— Réponds à la question que je t'ai posée, June, lâche-t-il d'une voix froide.

Je le fusille du regard. Il grimace, mais il ne s'excuse pas de son changement de ton. *Est-ce que c'en est fini pour moi ?*

— Ce n'est pas moi qui ai volé la bombe.

Thomas ne semble pas très convaincu.

— Ce n'est pas toi qui as volé la bombe.

— Qu'est-ce que je peux te dire d'autre ? Est-ce que le vol a été confirmé par un second inventaire ? Est-on sûr qu'il manque quelque chose ?

Thomas se racle la gorge.

— Quelqu'un a neutralisé les caméras de sécurité du sous-sol et nous n'avons aucune image du voleur. (Il tapote la crosse de son arme.) L'opération a été conduite avec rapidité et efficacité, et quand je pense rapidité et efficacité, je pense à toi. (Mon cœur s'accélère et sa voix se fait plus douce.) Je ne fais pas cela de gaieté de cœur, June. Mais je trouve curieux que tu aies passé tant de temps à interroger Day. Est-ce que tu as des regrets ? Est-ce que tu as l'intention de faire quelque chose qui…

Il ne terminera jamais sa phrase.

Une explosion secoue le couloir et nous projette contre les murs. Un rideau de poussière tombe du plafond et des étincelles crépitent un peu partout. Les Patriotes. L'électrobombe. Ils l'ont fait exploser sur le parvis. Ils sont venus, juste à l'heure, juste avant que Day soit conduit sur le champ de tir. Les armes à feu sont désormais inutiles dans un rayon de huit cents mètres. Pendant deux minutes. Merci, Kaede.

Je plaque Thomas contre un mur sans attendre qu'il retrouve son équilibre. Je tire le couteau accroché à sa ceinture et je tends la main pour ouvrir le panneau électrique.

Du coin de l'œil, je vois Thomas dégainer son arme comme dans un film au ralenti.

— Arrêtez-la ! crie-t-il.

D'un geste sec, je tranche les câbles du bas.

Un petit bruit étouffé, une gerbe d'étincelles et le sous-sol plonge dans l'obscurité.

Thomas lâche un juron – il vient sans doute de s'apercevoir que son arme ne fonctionne pas. Les soldats se bousculent. Je me glisse entre eux pour monter l'escalier.

— June ! crie Thomas derrière moi. Tu ne comprends pas. Tout ça, c'est pour ton bien !

Ces paroles réveillent une sombre rage au fond de moi.

— Ouais, bien sûr. C'est ça que tu as dit à Metias ?

Le courant sera vite rétabli. Je dois me dépêcher.

Je n'attends pas une éventuelle réponse de Thomas. Je monte les marches quatre à quatre en comptant les secondes depuis l'explosion de l'électrobombe. Je suis à onze. À cent vingt, les armes fonctionneront de nouveau.

J'ouvre la porte du rez-de-chaussée à toute volée et je plonge dans un véritable chaos. Des soldats se précipitent vers le parvis. Des bruits de pas résonnent de tous côtés. Je cours en direction du champ de tir où doit avoir lieu l'exécution. J'enregistre les détails comme si j'étais un ordinateur. Quatre-vingt-dix-sept secondes restantes. Douze soldats allant dans la même direction que moi. Trente-trois dans la direction opposée. Certains écrans sont noirs – sans doute à cause de la coupure de courant. D'autres montrent une foule déchaînée sur le parvis. Quelque chose tombe du ciel. Des billets ! Des Patriotes postés sur les toits font pleuvoir de l'argent sur la place. La moitié des spectateurs se bat pour s'enfuir, l'autre pour récupérer des unités.

Soixante-douze secondes. J'atteins le couloir menant au champ de tir. Mon esprit enregistre la scène qui se déroule devant moi en une fraction de seconde. Trois soldats sont étendus par terre. John et Day se battent contre un quatrième. Day a une sorte de foulard autour du cou. On a dû lui bander les yeux avant l'explosion de l'électrobombe, mais le bout de tissu a glissé. Les autres membres de l'escorte ont dû être appelés en renfort sur le parvis, mais ils ne vont pas tarder à revenir. Je me précipite et je balaie le dernier d'entre eux. L'homme s'effondre et John l'assomme d'un coup de poing à la mâchoire avant qu'il ait le temps de se relever.

Soixante secondes. Day semble mal à l'aise, prêt à s'évanouir. Il a sans doute reçu un coup de crosse à la tête, ou bien sa jambe blessée le fait souffrir. John et moi le prenons chacun par un bras. Sur mes indications, nous nous engageons dans un couloir étroit qui s'éloigne du champ de tir et nous rapproche de la sortie. La voix du commandant Jameson tonne dans les haut-parleurs. Elle est folle furieuse.

— Tuez le condamné ! *Tuez-le sur-le-champ !* Et assurez-vous que sa mort soit retransmise sur les JumboTron du parvis !

— Nom de Dieu ! lâche Day dans un souffle.

Sa tête roule sur le côté. Ses yeux bleus sont ternes et vitreux. John et moi échangeons un regard sans nous arrêter. Les gardes de l'escorte ont probablement regagné Batalla Hall et ils sont en route pour conduire Day au poteau d'exécution.

Vingt-sept secondes.

Il reste moins de cent mètres pour atteindre la sortie. Nous progressons à la vitesse d'un mètre cinquante par seconde. Vingt-sept fois un virgule cinq égale un peu plus de quarante. Lorsque nous aurons parcouru quarante mètres, l'électrobombe cessera de faire effet.

J'entends déjà des bruits de bottes dans les couloirs voisins. Sans doute des soldats à notre recherche. Il nous faudrait vingt-trois secondes supplémentaires pour atteindre la sortie et leur échapper. Ils auront largement le temps de nous abattre.

Je maudis les résultats de mes calculs.

— On ne va pas y arriver, me dit John.

Entre nous, Day a plongé dans un état de semi-conscience. Je pourrais les laisser continuer seuls et affronter les hommes lancés à nos trousses, mais cela ne leur ferait gagner que quelques secondes.

John s'arrête et tout le poids de Day se porte sur moi.

— Qu'est-ce que…

Je ne termine pas ma phrase. John prend le bandeau accroché autour du cou de son frère, puis il se tourne vers moi. J'écarquille les yeux en comprenant ce qu'il a l'intention de faire.

— Non ! Reste avec nous !

— Vous avez besoin de temps, dit John. Ils veulent une exécution ? Ils vont en avoir une.

Sur ces mots, il fait demi-tour et s'éloigne en courant. En direction du champ de tir.

Non. *Non, non, non ! Où vas-tu ?*

Je perds une seconde à le regarder. Que dois-je faire ? Continuer ou le poursuivre ?

John est décidé à se sacrifier.

La tête de Day bascule sur mon épaule. Six secondes. Je n'ai pas le choix. Des soldats crient dans le couloir menant au champ de tir. Je me remets en marche vers la sortie.

Zéro seconde.

L'électrobombe a cessé de faire effet. Je continue à avancer. J'entends des bruits derrière moi, mais je me dis qu'il vaut mieux ne pas regarder.

Nous atteignons enfin notre but. J'ouvre une porte à toute volée et nous nous retrouvons dans une rue face à deux soldats. Je n'ai plus la force de me battre, mais j'essaie quand même. Quelqu'un vient me prêter main-forte et les deux hommes s'effondrent. Kaede entre dans mon champ de vision.

— Nous sommes là ! Dépêche-toi ! crie-t-elle.

Les Patriotes sont postés à proximité des portes de sortie, comme c'était prévu. *Ils sont venus nous aider.* Je voudrais leur dire qu'il faut attendre John, mais je sais que c'est inutile. Quelqu'un me libère du poids de Day et des mains m'entraînent vers des motos. Je tire le pistolet accroché à ma ceinture et je le jette par terre. Je ne tiens pas à ce que les soldats nous repèrent grâce à son mouchard. Day est hissé sur une selle pendant que je monte sur une autre. *Il faut attendre John,* ai-je envie de dire.

Mais les motos démarrent et s'éloignent de Batalla Hall à toute vitesse.

Day

Un éclair, un coup de tonnerre et le fracas de la pluie. Au loin, le hurlement des sirènes d'inondation.

J'ouvre les paupières et je plisse les yeux pour me protéger des gouttes d'eau. Pendant un instant, je ne me rappelle rien, pas même mon nom. Où suis-je ? Que s'est-il passé ? Je suis assis près d'une cheminée. Je suis trempé. Je suis sur le toit d'une tour. La pluie enveloppe le monde dans une nappe opaque et un vent violent siffle contre ma veste humide, menaçant de m'emporter. Je me recroqueville contre la cheminée et je lève les yeux. Le ciel est caché par un océan bouillonnant de nuages furieux plus noirs que la nuit. De temps en temps, un éclair illumine cette mer ténébreuse pendant un bref instant.

Soudain, la mémoire me revient. Le peloton d'exécution. Le couloir. Les écrans. John. L'explosion. Les soldats tout autour de nous. June.

Pourquoi suis-je ici ? Je devrais être mort, criblé de balles.

— Tu t'es réveillé.

Je tourne la tête et je découvre June, bizarrement accroupie contre la cheminée. Elle est presque invisible dans sa tenue noire. Elle ignore les rigoles qui coulent sur ses joues. J'essaie de bouger, mais j'ai l'impression de recevoir un coup de poignard dans la jambe. Ma langue est collée à mon palais et je ne parviens pas à prononcer un mot.

— Nous sommes à Valencia, dit June. En banlieue. Les Patriotes n'ont pas voulu nous emmener plus loin. Ils se sont réfugiés à Vegas. (Elle cligne des yeux pour chasser les gouttes d'eau.) Tu es libre. Quitte la Californie tant que c'est encore possible. Ils vont te traquer sans relâche.

J'ouvre et je ferme la bouche. Est-ce que c'est un rêve ? Je me rapproche de June et je tends la main pour toucher son visage.

— Que... qu'est-ce qui s'est passé ? Est-ce que tu vas bien ? Comment m'as-tu tiré de Batalla Hall ? Est-ce qu'ils savent que tu m'as aidé ?

June me regarde comme si elle hésitait à répondre à mes questions. Au bout de quelques instants, elle hoche la tête en direction du bord du toit.

— Vois par toi-même.

Je me relève tant bien que mal et j'aperçois les Jumbo-Tron qui tapissent les murs des immeubles voisins. J'approche de la rambarde en boitillant et je regarde en bas. Nous sommes effectivement en banlieue. La tour au sommet de laquelle nous nous trouvons est abandonnée. Les points d'accès ont été bloqués par des planches. Seuls deux JumboTron semblent en état de marche dans tout le quartier. J'observe leurs écrans.

Le même message passe en boucle. Je sens mes poumons se vider.

DANIEL WING A ÉTÉ PASSÉ PAR LES ARMES AUJOURD'HUI.

Des images me montrent assis dans ma cellule, face à la caméra. Je suis remplacé par un plan du champ de tir où le peloton attend. Des soldats traînent un garçon qui se débat jusqu'au centre de la salle. Je ne me souviens pas de tout cela. Le prisonnier a les yeux bandés et les mains attachées dans le dos. Il me ressemble – à quelques détails près.

Des détails que je suis sans doute le seul à remarquer. Ses épaules sont un peu plus larges que les miennes. Son boitillement n'est pas naturel. Il a les lèvres de mon père, pas de ma mère.

Je plisse les yeux pour mieux voir. *C'est impossible...*

Le garçon s'arrête au centre de la salle. Les gardes s'éloignent d'un pas pressé. Les soldats du peloton lèvent leurs armes et les pointent vers le condamné. Un terrible silence s'installe pendant quelques instants.

Des éclairs et une fumée noire jaillissent des canons. Le garçon tressaute sous les impacts. Il s'effondre, face contre terre. On entend encore quelques détonations et le silence retombe.

Les soldats du peloton forment une colonne et quittent les lieux rapidement. Deux hommes soulèvent le corps et l'emportent vers les chambres de crémation.

Ma main se met à trembler.

C'était John.

Je pivote vers June. Elle me regarde avec calme.

— C'était John ! Qu'est-ce qu'il faisait à ma place, devant le peloton d'exécution ?

June ne répond pas.

J'ai du mal à respirer. Je comprends ce qui s'est passé.

— Tu ne l'as pas aidé à s'évader, dis-je en articulant avec peine. Tu t'es contentée de nous remplacer l'un par l'autre.

— Non, réplique-t-elle. C'est lui qui a fait ce choix.

Je m'approche d'elle en boitillant. Je l'attrape par les épaules et je la plaque contre la cheminée.

— Dis-moi ce qui s'est passé, hurlé-je. Pourquoi a-t-il fait ça ? C'est moi qui ai été condamné !

June pousse un cri de douleur et je m'aperçois qu'elle est blessée. Une plaie profonde zèbre son épaule. Sa manche est gorgée de sang. Mais qu'est-ce qui me prend ? Pourquoi est-ce que je lui crie après ? Je déchire un bout de ma chemise et je m'efforce de panser la blessure comme Tess le ferait. Je serre le bandage de fortune avant de l'attacher. June grimace.

— Ce n'est pas aussi grave que ça en a l'air, essaie-t-elle de me faire croire. Une balle m'a égratignée.

— Est-ce que tu as été touchée ailleurs ?

Mes mains effleurent l'autre bras, puis sa poitrine et ses jambes. Elle frissonne.

— Je ne pense pas. Je vais bien.

J'écarte les mèches trempées de son visage et je les glisse derrière ses oreilles. Elle lève les yeux vers moi.

— Day... mon plan ne s'est pas déroulé comme prévu. Je voulais vous faire évader tous les deux. C'était faisable, mais...

Le corps sans vie de John apparaît sur un écran géant. Le vertige s'empare de moi. J'inspire un grand coup.

— Que s'est-il passé ?

— Nous avons manqué de temps. (June fait une pause.) John a fait demi-tour pour nous en faire gagner. Les soldats ont pensé que c'était toi. Il avait pris ton bandeau. Ils se sont emparés de lui et ils l'ont conduit devant le peloton d'exécution. (Elle secoue la tête.) À l'heure qu'il est, la République a dû découvrir la vérité. Tu dois fuir, Day. Tant que c'est encore possible.

Des larmes coulent sur mes joues, mais je n'y prête pas attention. Je m'agenouille devant June, je me prends la tête à deux mains et je pose le front par terre. L'univers n'a plus aucun sens. John s'inquiétait pour moi pendant que je me morfondais dans ma cellule. Je ne suis qu'un sale égoïste. Mon frère, lui, a toujours pensé à moi avant de penser à lui.

— Il n'aurait pas dû faire ça, murmuré-je. Je n'en suis pas digne.

June pose une main sur ma tête.

— Il savait ce qu'il faisait, Day. (Ses yeux se remplissent de larmes.) Quelqu'un doit sauver Eden, alors John t'a sauvé. C'est le rôle des grands frères.

Son regard me brûle. Nous restons là, immobiles, figés sous la pluie. Une éternité s'écoule. Je me rappelle la nuit au cours de laquelle tout a commencé, la nuit où des soldats ont tracé une étrange croix sur la porte de ma maison. Si je n'étais pas allé chercher des médicaments à l'hôpital, si je n'avais pas croisé le chemin du frère de June, si j'avais trouvé un remède quelque part… est-ce que les événements se seraient déroulés autrement ? Est-ce que John et ma mère seraient encore en vie ? Est-ce qu'Eden serait en sécurité ?

Je l'ignore et j'ai peur d'approfondir la question.

— Tu as tout sacrifié, dis-je en essuyant les gouttes qui perlent aux cils de June. Ta vie. Tes certitudes… Pourquoi as-tu fait ça pour moi ?

June n'a jamais été plus belle que maintenant, sans fard, sincère, si vulnérable et pourtant invincible. Un éclair déchire le ciel et fait briller ses yeux sombres comme des pépites d'or.

— Parce que tu avais raison, murmure-t-elle. Tu avais raison sur tout.

Je l'attire contre moi. Elle essuie une larme sur ma joue et m'embrasse avant de nicher sa tête au creux de mon épaule. Je m'autorise enfin à pleurer.

June

Trois jours plus tard.
Barstow, Californie.
23.40
11 °C.

L'ouragan Evonia se calme enfin, mais la pluie, intense et glacée, tombe toujours en abondance. Sous le ciel furieux rempli de nuages noirs, le seul JumboTron de la ville relaie les nouvelles venant de Los Angeles.

ÉVACUATION DÉCRÉTÉE POUR :
ZEIN, GRIFFITH, WINTER, FOREST.
TOUS LES CIVILS DE LOS ANGELES ONT OBLIGATION DE CHERCHER REFUGE DANS DES BÂTIMENTS DE QUATRE ÉTAGES OU PLUS.

LA QUARANTAINE EST LEVÉE DANS LES
SECTEURS DE LAKE ET DE WINTER.

LA RÉPUBLIQUE REMPORTE UNE VICTOIRE
DÉCISIVE SUR LES COLONIES À MADISON,
DAKOTA.

LOS ANGELES DÉCRÈTE OFFICIELLEMENT
LA TRAQUE DES REBELLES PATRIOTES.

DANIEL WING A ÉTÉ PASSÉ PAR LES ARMES
LE 2 DÉCEMBRE.

La République continue à affirmer que Day a été
fusillé, bien entendu. Pourtant, des rumeurs courent
dans les rues et dans les sombres allées de Los Angeles,
des rumeurs qui laissent entendre que Day s'est joué de
la mort une fois de plus. D'après elle, un jeune soldat
l'aurait aidé à s'échapper. Mais les murmures restent des
murmures, car personne ne veut s'attirer les foudres de
la République. Cependant, les gens refusent de se taire.

Barstow est plus calme que le cœur de Los Angeles,
mais la ville n'en demeure pas moins surpeuplée. Ici,
la police ne nous recherche pas avec la même frénésie que dans la Cité des Anges. Barstow est un centre
ferroviaire important, mais la plupart des bâtiments y
sont délabrés. C'est l'endroit idéal pour Day et moi. Je
regrette de ne pas avoir pris Ollie avec moi. Si seulement le commandant Jameson n'avait pas avancé la date

de l'exécution. J'avais l'intention de le cacher dans une ruelle et d'aller le chercher après l'évasion. Je ne peux plus rien faire pour lui maintenant. Que va-t-il devenir ? Je l'imagine aboyant après les soldats qui sont venus fouiller l'appartement, effrayé, seul au monde. Je sens une boule se former dans ma gorge. Ollie était tout ce qui me restait de Metias.

Day et moi retournons au chantier ferroviaire – l'endroit où nous avons établi notre campement. Nous avançons avec peine, car les bourrasques de pluie sont violentes. Je prends soin d'éviter les zones trop éclairées, même les nuits de tempête. Day incline sa casquette au-dessus de ses yeux. J'ai glissé mes cheveux dans le col de ma chemise et une vieille écharpe trempée dissimule la partie inférieure de mon visage. Nous n'avons pas d'autres déguisements. D'antiques wagons délavés et rongés par la rouille parsèment le terrain vague. Il y en a vingt-six en comptant la voiture de queue, à laquelle il manque tout un côté. Ils sont tous peints aux couleurs de l'Union Pacific. Je dois me pencher en avant pour ne pas être renversée par le vent. La pluie mitraille mon épaule blessée. Day et moi marchons en silence.

Nous atteignons enfin la carcasse où nous avons élu domicile, un wagon trémie de cinquante mètres carrés équipé de deux portes coulissantes – la première rouillée, la seconde à moitié ouverte. Il a dû être conçu pour transporter des cargaisons craignant la pluie, car il est pourvu d'un toit. Il est dissimulé derrière trois autres wagons au fond du terrain vague. Nous grimpons à l'intérieur et nous nous installons dans un coin. Cette voiture est étonnamment propre, il n'y fait pas froid et, surtout, nous y sommes à l'abri des trombes d'eau.

Day ôte sa casquette et essore sa queue-de-cheval. Je devine que sa jambe lui fait mal.

— C'est rassurant de savoir que les sirènes d'inondation fonctionnent encore, dit-il.

Je hoche la tête.

— Il est peu probable qu'une patrouille ait réussi à suivre notre trace avec ce temps.

Je me tais et je le regarde. Il est épuisé, sale et trempé, mais il dégage toujours cette aura d'élégance sauvage.

— Qu'est-ce qu'il y a ? demande-t-il en cessant de tordre sa queue-de-cheval.

Je hausse les épaules.

— Tu as mauvaise mine.

Mes paroles lui arrachent un petit sourire, aussitôt remplacé par une expression de culpabilité. Je ne dis rien. Comment lui en vouloir ?

— Dès que la pluie s'arrêtera, dit-il, nous partirons vers Vegas. Je trouverai Tess et je m'assurerai qu'elle est en sécurité avec les Patriotes. Je ne peux pas l'abandonner comme ça. Il faut que je sache si elle est mieux avec eux qu'avec nous. (J'ai l'impression qu'il veut me convaincre qu'il fait le bon choix.) Ensuite, nous gagnerons le front pour chercher Eden. Tu n'es pas obligée de m'accompagner jusqu'à Vegas. Tu peux monter au front directement et m'y attendre. Nous pouvons nous mettre d'accord sur un lieu de rendez-vous. Inutile de risquer deux vies quand on peut n'en risquer qu'une.

J'ai envie de lui dire qu'il est fou de se rendre dans une ville militaire comme Vegas, mais je reste silencieuse. J'imagine Tess avec ses maigres épaules voûtées et ses grands yeux. Day a déjà perdu sa mère et son frère. Il ne perdra pas Tess.

— Tu as pris une bonne décision, dis-je enfin. Inutile de chercher à me convaincre. Je viens avec toi.

Day se renfrogne.

— Certainement pas.

— Tu auras besoin de soutien. Ne sois pas buté. Et s'il t'arrive quelque chose, comment le saurai-je ?

Day me regarde. Malgré l'obscurité, je suis incapable de le quitter des yeux. La pluie a lavé son visage. La mèche ensanglantée a disparu. Seuls quelques hématomes témoignent encore de ce qui lui est arrivé. Il ressemble à un ange, à un ange brisé.

Je tourne la tête en sentant mes joues s'empourprer.

— Je refuse de te laisser y aller tout seul.

Day soupire.

— D'accord. Ensuite, quand nous serons sur le front, nous chercherons Eden, nous le libérerons et nous traverserons la frontière. Les Colonies nous accueilleront sans doute à bras ouverts. Peut-être nous aideront-elles.

Les Colonies. Il y a quelques semaines, ce mot désignait encore mon pire ennemi.

— D'accord.

Day se penche vers moi et tend la main pour effleurer mon visage. Je sais que ses doigts sont toujours douloureux. Ses ongles sont noirs de sang séché.

— Tu es un génie, me dit-il. Alors comment peux-tu être assez idiote pour rester avec quelqu'un comme moi ?

Je ferme les yeux au contact de sa main.

— Dans ce cas, nous sommes tous les deux des idiots.

Day m'attire contre lui et m'embrasse sans me laisser le temps d'ajouter un mot. Ses lèvres sont chaudes et douces. Son baiser se fait insistant et je glisse les mains autour de son cou pour y répondre avec une fougue égale à la sienne. À cet instant, je me fiche que des soldats nous découvrent et nous arrêtent. Pour rien au monde, je ne voudrais me trouver ailleurs. Je veux rester ici, en sécurité dans les bras de ce garçon.

— C'est bizarre, dis-je un peu plus tard, alors que nous sommes blottis l'un contre l'autre sur le sol du wagon.

Dehors, l'ouragan fait rage. Dans quelques heures, nous devrons nous mettre en chemin.

— C'est bizarre d'être ici avec toi. Je te connais à peine, mais… j'ai parfois l'impression que nous sommes une seule et même personne née dans des univers différents.

Day joue avec une mèche de cheveux d'un air absent. Il reste silencieux.

— Je me demande ce qui se serait passé si j'étais née dans un quartier comme le tien et si tu étais né dans un quartier comme le mien. Est-ce que nous serions ici ? Est-ce que je serais devenue un des meilleurs agents de la République ? Serais-tu devenu un célèbre rebelle ? (Je lève la tête et je le regarde.) Je ne t'ai jamais posé de questions à propos de ton nom de rue. Pourquoi « Day » ? Pourquoi « Jour » ?

— Un jour, c'est vingt-quatre heures. Vingt-quatre heures pendant lesquelles tout est possible. Tu vis dans l'instant, tu meurs dans l'instant, tu affrontes la vie un jour à la fois.

Il regarde en direction de la porte ouverte. Un sombre rideau de pluie cache le monde extérieur.

— Tu essaies d'atteindre la lumière, ajoute-t-il.

Je ferme les yeux et je songe à Metias, à mes souvenirs les plus chers, y compris ceux que je préférerais oublier. J'imagine mon frère baigné dans un halo lumineux. Je me tourne vers lui et je lui adresse un ultime adieu. Un jour, nous nous reverrons et nous nous raconterons nos histoires respectives… mais, pour le moment, je le range à l'abri dans un coin de ma tête, dans un endroit où je puiserai la force dont j'ai besoin. Day m'observe. Il ne sait pas à quoi je pense, mais il sait décoder les émotions de mon visage.

Nous restons allongés et nous regardons les éclairs accompagnés de coups de tonnerre. Nous attendons l'arrivée d'une aube pluvieuse.

Le Livre de Poche s'engage pour l'environnement en réduisant l'empreinte carbone de ses livres. Celle de cet exemplaire est de :

315 g éq. CO$_2$

Rendez-vous sur www.livredepoche-durable.fr

PAPIER À BASE DE FIBRES CERTIFIÉES

« Pour l'éditeur, le principe est d'utiliser des papiers composés de fibres naturelles, renouvelables, recyclables et fabriquées à partir de bois issus de forêts qui adoptent un système d'aménagement durable. En outre, l'éditeur attend de ses fournisseurs de papier qu'ils s'inscrivent dans une démarche de certification environnementale reconnue. »

Édité par la Librairie Générale Française - LPJ
(43 quai de Grenelle, 75905 Paris Cedex 15)

Composition réalisée par Nord Compo
Achevé d'imprimer en Espagne par CPI
40.1114.5 – ISBN : 978-2-01-397131-7
Loi n° 49-956 du 16 juillet 1949 sur les publications destinées à la jeunesse.
Dépôt légal : février 2015